# ダッチ・シュルツの奇怪な事件

《朝松　健》
一九五六年生まれ。ペンネームの由来はアーサー・マッケンから。西洋魔術や立川流に造詣が深い。日本で最も多くのクトゥルー神話を創作し、「逆宇宙シリーズ」などの人気シリーズを生み出している。最近は「ちゃらぽこ」など妖怪伝奇ものが人気を博している。

-2

一九二八年四月十三日。

ロードアイランド州プロヴィデンス市。民間の精神医療施設。

独房のごとき病室で不意に声が起こった。

OGTHROD AI' F
GEB' L — EE' H
YOG — *SOTHOTH*
'NGA' NG AI' Y
*ZHRO*

〈龍尾《カウダ・ドラコニス》〉の呪文が唱えられ、退去《バニッシュ》は完了し、ここに儀式は閉幕した。

-1

一九三一年十月十一日。

イリノイ州シカゴ市。シカゴ最高裁判所。

大法廷は被告アルフォンス・カポネに有罪を宣告し、五万ドルの罰金とアルカトラズ刑務所における十一年の服役を命じた。

この瞬間、アル・カポネの時代は幕を閉じ、暗黒神は新たなる「闇の帝王」を求めて彷徨いはじめた。

# 0

一九三一年十月三十一日(万聖節前夜)。
ロードアイランド州プロヴィデンス市。

Y' AING' NGAH,
*YOG — SOTHOTH*
H' EE — L' GEB
F' AI THRODOG
*UAAAH*

「後から来た」者が〈龍頭《カプト・ドラコニス》〉の呪文を唱えた。
呪われた者を喚起する儀式は新たに執行され、
惨劇が再び繰り返される。

# 1

一九三五年十月十日午後十時二十五分。

アメリカ合衆国ニューヨーク州ニューヨーク市。

イーストリバーサイドの片隅に建つ木賃宿の前に一台の車が停められた。車は焦げ茶のビュイック。運転手は制帽をきっちりと被った初老の黒人だった。「行き止まり《デッドエンド》」と名づけられたこの街区には滅多に停まらない高級車である。車は磨き立てらしく街灯のぼんやりした明かりにも鏡のように輝いていた。ビュイックに驚いて駆け寄った不良どもの顔がボディに反射する。不良どもが目を丸くして、ビュイックに触れようと汚れた手を伸ばしかけた。

だが、ビュイックの助手席に坐る大男と後部座席の二人の男を目にするなり、不良どもは血相変えて逃げ去った。助手席の男は時代遅れなテンガロンハットを被り、灰色のマントを羽織っている。眠っているのか、深く俯いていた。ただそれだけなのに、テンガロンハットの男からは大の男が見ても寒気を覚えるような不吉な雰囲気が漂っていた。

「サンライズ・ホテルです」

運転手が車内の男たちに呼びかけた。

「おう、早いな」

「小汚ねえヤサだぜ」

後部座席《リアシート》から、やくざな調子の返事があがった。後ろに坐った二人はテンガロンハットの男に呼びかける。

「悪いが、ちょっと待っててくれよ、ヴァージニアン」

「待たせはしねえ。ほんの十分ばかりだ」

二人の声はテンガロンハットの男に対する敬意と恐れを帯びていた。テンガロンハットが微かに上下した。「承知した」と言ったようだ。その反応を確かめてから、二人はドアを開いた。

男たちは車の左右から別々に降り立った。いずれも二メートル近い体躯《ボディ》で胸板の厚さと肩幅の広さはゴリラのようだ。ゆったりした縦縞のスーツをまとい、ボルサリーノを目深に被って顔を隠している。そのために二人とも縦に割れた顎だけが異様に目立って見えた。

二人は木賃宿の玄関に歩いていった。バネの甘くなったドアを押し開いてサンライズ・ホテルの内部《なか》に入る。ホールは暗くて腐ったキャベツの臭いがした。床は薄く、歩いただけで踏みぬきそうだ。二人の大きな足音に驚いて、ホテルの主人がカウンターの向こうで顔を上げた。

「いらっしゃいまし」

「電話したのは、てめえか」

「その件で来た」

口々に言いながら二人はカウンターの前に並んだ。そうした時、彼らが同じ鋳型から取ったようにそっくりに見えるのはホテルの暗い照明のせいだけではない。

「そう仰ると、お二人はルチアーノさんの……」

主人に皆まで言わせず男たちは名乗った。

「バッグだ」

「俺はメンディー」

「どうも。わたしは当ホテルの主人の……」

「てめえの名前なんざどうでもいい」

メンディーと名乗った男が決めつけた。バッグが抑揚のない口調で質問する。

「ボスに会わせたいって東洋人《イエロー》はどこだ?」

主人はチョビ髭を歪めて二人に愛想笑いを見せ

た。

「三階の、突き当たって右の部屋です。お電話でも申しましたが、十日前に投宿して以来、ずっと働きもせず、毎日、波止場や盛り場に出かけて何やら様子を探ってるみたいです。きっとボストンかシカゴの組織の廻し者ですよ」

主人が言い終えると、二人はうなずきもせず、カウンターの右にある階段に向かった。

「わたしがお知らせしたと、ボスに伝えて下さいよ、メンディーさん」

主人の声が狭いフロアに響く。

「ねえ、バッグさんも。わたしの手柄だと必ず伝えて下さい。お願いしましたよ」

男たちはニスで真っ黒な階段を上りだした。二人の体重で急な階段がギシギシと軋む。そうして上り続ける二人は呼吸も足取りもぴたりと合っていた。


二階を上り切り、続いて三階へと移ろうという時、男たちは足を止めた。互いに目配せし合う。「ここから先は気をつけろ」という合図のようだった。男たちは用心深い足取りで、さらに三階まで上った。三階のフロアに着くと、メンディーが懐に手を流した。ゆっくりリボルバー拳銃を引き抜く。ゆったりした上着はショルダーホルスターに収めた拳銃の膨らみを隠すためであった。メンディーが取りだしたのは変わったリボルバーだ。コルトでもスミス&ウエッソンでもない。それはナガンM1895。リボルバーなのにバレルが可動して内部のガスを排気する拳銃である。メンディーはナガンの銃口に消音器《サイレンサー》を素早く取りつけた。普通のリボルバーならば消音器は無効だが、ナガンM 1895はバレルが排気するのでサイレンサーがフルに機能する。だからトリガーを絞れば、カチッという撃鉄の落ちる音だけ響かせて弾丸を発射するのだ。二

ナガン M1895

人は視線を廊下の突き当たりへ、さらに右の部屋へと流した。息を殺して部屋のドアを見つめる。

突然、バッグがドア横まで駆け寄り、壁にぴたりと背を付けた。その位置からドアを睨んだ。部屋のドアは薄っぺらで、バルサ材のようである。バッグが片足で軽く蹴っただけで、簡単に破れそうだった。だが、バッグはドアを蹴破ることなく、グローブのような手で静かにノブを握った。そっと廻す。ノブが廻って、カチリ、という小さな音を立てた。それを聞いたメンディーが目だけで笑った。今の音が、彼のナガンM1895の撃鉄が落ちる音にそっくりだったからだ。

バッグがメンディーに小さくうなずいた。メンディーは拳銃の銃口を天井に向ける。「お前に任せる」というメンディーの無言の返事だった。バッグは作り声で部屋に呼びかけた。

「今日は部屋を掃除する日なんだが。いいかね、旦那？」

部屋から返事はない。バッグはドアを押した。そっと開くと隙間から部屋の中を覗いてみる。室内に人影はない。バッグの目が激しく瞬いた。

「誰もいねえ」

バッグは唇を歪めた。

「勘づきやがったか」

二人は小さく叫んで部屋に飛び込んだ。

狭い部屋だ。ベッドが部屋の大半を占めている。あとは部屋の隅に洗面台があるだけの、鶏小屋のような部屋だった。

「どこだ、チー……」

そこまで言った時、ドアの陰から人影が滑りだした。人影がバッグの喉めがけて手刀《しゅとう》を打ちこんだ。手刀はバッグの喉に水平に叩きこまれる。喉仏を叩き潰さない程度に加減された手刀だった。バッグは声も洩らさず、床に倒れ込んでいった。

その時になってメンディーの目はようやく相手を捉えていた。まだ若い東洋人である。身長は五フィート六インチくらいか。さして高くはない。中国人《チーノ》と主人は言ってたが、チャイナタウンの住人みたいな中山服ではなく、地味な柄の背広を着ていた。

「小僧ッ」

メンディーはナガンM1895を若い男に向ける。サイレンサーの銃口が一瞬泳いだ。相手の俊敏な動きに目も狙いも追いつかなかった。不意に若い男の姿がメンディーの視界から消えた。

「どこだ⁉」

メンディーは驚いて相手を追い求めた。周囲を見渡す。そこに生じた隙めがけ、若い男のパンチが叩きこまれた。今まで味わったこともないパンチだった。軽く指を曲げた掌の付け根近くで、死角から鋭く突きあげてくる。それは掌底《しょうてい》打ちという古流柔術の技だったが、メンディーには知る由もなかった。掌底がメンディーの突き出た下顎に炸裂した。その二メートル近い長身がまっすぐ伸びきった。メンディーのソフト帽が宙に舞った。バランスを崩したメンディーの右手が掴まれる。若い東洋人はメンディーの手首をひねりあげた。

「うわあっ」

激痛に叫びをあげてメンディーは苦し紛れにトリガーを絞った。撃鉄の落ちるカチッという音がした。薄っぺらなドアの金具が外れた音よりも頼りない音だったが、その音と同時に、部屋の隅の洗面台が粉々に砕けた。

「ほう」

若い男は床に散った琺瑯《ほうろう》の欠片《かけら》を見て、感心したように呟くと、拳銃を持ったメンディーの手をさらにひねりにかかった。

「離せ、てめえ」

メンディーがそう叫んだ時には、すでにナガンM1895は若い男の手に移っていた。若い男はメンディーに銃口を向けて言った。

「動くな《フリーズ》。手を上げろ《レイズ・ユア・ハンズ》」

「畜生……」

メンディーはしぶしぶ両手を上げた。

「誰を狙った？　人違いじゃないのか」

と若い男は言った。

「デッドエンドのサンライズ・ホテルにいる黄色いのを連れて来い、と命令されたんだ。ホテルの主人《おやじ》は、この部屋にいると言った。だから、俺たちはここに来たのさ」

「わたしは日本人だ」

「そらみろ、中国人《チーノ》じゃねえか」

若い男はムッとしてナガンM1895の引き金に指を掛ける。それを見たメンディーは言い訳をする口調で付け加えた。

「……おんなじように黄色くて、みんな細い目しているんだ。いちいち中国人《チーノ》と日本人《ジャップ》の区別なんかつくかよ」

それを聞いた若い男は苦笑した。

「わたしにはイタリア系もアイルランド系もユダヤ系も、ギャングという一点で全部同じ人種に見える。それと同じことか」

「言うじゃねえか」

メンディーは鼻を鳴らした。

「そんなこと言い返す中国人《チーノ》には初めて……」

「日本人だと教えただろう」

「ソリー、ミスター・ジャップ」

「お前らがギャングということは一目で分かった。だが、生憎ギャングに知り合いはない。……言え、お前らは誰の子分だ」

「チャールズ・ルチアーノ」

メンディーは誇らしげに答えた。

「ルチアーノだと？　あの、、ラッキー・ルチアーノか？」

それまでの冷笑的な雰囲気が若い男から拭われた。アメリカ東海岸最大のボスとして君臨し、「犯罪王」の異名さえ持つチャールズ・〝ラッキー〟・ルチアーノの子分と聞いて、日本人は驚いたようだった。

「ラッキー・ルチアーノが、わたしに何の用だ」

「さあてな。俺らはそこまでは知らねえ。ルチアーノさんにお会いして、直に尋ねてみろよ」

メンディーは歯を見せて笑った。

「こいつ……」

若い男は、一瞬、メンディーに銃口を向けた。だが、若い男の目は笑っている。脅かすのが目的のジェスチャーなのだ。メンディーにもそれが分かったらしい。ヘラヘラ笑いながら両手を上げ直した。

「殺さねえでくれ、中国人《チーノ》の旦那。俺は弱虫なんだ。銃口なんか向けられたら小便を漏らしちまう」

メンディーがそう言い、若い男が鼻を鳴らした時、不意にドアが蹴破られた。若い男とメンディーがそちらを向くより早く戸口から声が起こった。

「約束の十分が過ぎた」

暗い声だった。まるで地獄の釜の底から響いたように聞こえる。しかも声は幽霊のそれのように虚ろである。メンディーが身を翻して叫んだ。

「待ってくれ、ヴァージニアン⁉　すぐ終わるから！」

ヴァージニアンと呼ばれた男の声は無表情に言い返した。

「ルチアーノに言った言葉をお前も聞いていたはずだぞ、メンディー。俺は待つのに飽きた。だから、もう待たされるのは御免だ」

若い男は戸口に目を転じた。開け放たれたドアの向こうに大きな人影がわだかまっていた。人影は分厚くて灰色のマントを羽織っている。ヴァージニアンと呼ばれた人影が、テンガロン・ハットを被った大男であることに日本人が気づいた瞬間、ヴァージニアンはマントを撥ねのけた。稲妻のような素早さで、腰の左右に提げたホルスターから拳銃を抜いた。抜くと同時に、ヴァージニアンは両手の拳銃を腰だめに撃ち放った。二挺同時の銃声が轟いた。日本人の手からナガンM1895が弾き飛ばされる。床に落ちて戸口のほうに滑ったナガンM1895をヴァージニアンは踏み留めた。膝下まであるブーツを履いた足だった。ブーツは乾いた泥で汚れている。

「…………」

日本人はヴァージニアンを愕然と見つめた。

ヴァージニアンは六フィートを軽く超えていた。灰色のマントの下の長身は、半世紀近く前の軍服で覆われていた。南北戦争の、南軍の軍服である。ヴァージニアンの両手に握られたリボルバー拳銃は、コルトM1851・ネイビー。リンカーン大統領時代に使われたパーカッション式リボルバーであった。それに気がついて、日本人は唇に冷笑を拡げ、皮肉な調子で尋ねた。

「ギャングの次は骨董屋か？」

「口には気をつけたがいいぜ、中国人《チーノ》。ヴァージニアンには洒落も冗談も通じねえ」

相棒のバッグを起こしながら、メンディーが口を挟んだ。

「そいつは俺たちと違って生真面目なんだ」

「それは喜ばしいな。米国に来て一カ月になるが、初めて話の合いそうな人間に会ったよ」

「ヴァージニアンは人間じゃねえ」

面白くもなさそうにメンディーは独りごちると、

コルト 1851 M・ネイビー

「俺たちと一緒にボスの所まで来てもらおうか」

そう若い日本人に呼びかけた。

「形勢逆転だ。断ることも出来まい」

日本人は苦々しくうなずいた。

## 2

ハーレム街レノックス・アベニュー。コットン・クラブ。

セレブが酒を飲み、デューク・エリントンのジャズが流れて、舞台で褐色の踊り子たちが肌も露わに踊り続ける。薄暗いフロアを横切って、奥まった一角に進むと、バッグとメンディーは真紅のビロードが張られたドアの前で足を止めた。バッグは両手を前で組み、日本人に言った。

「俺たちがお守りできるのは、ここまでだ」

「入れよ。ボスがお待ちだぜ」

と、メンディーが突き出た顎をしゃくった。二人に促されてヴァージニアンと日本人だけがドアをくぐった。そのまま、VIPルームに進み入る。VIPルームは船室を模した内装で、さして広くはないが、細部まで金がかかっていた。日本人は部屋専用の電話器が壁に固定されているのに気がつき、

「凄いな」

と呟いた。それを聞いたヴァージニアンは、電話器を睨みつけ、足元に唾を吐き捨てた。

「電話に恨みでもあるのか？」

日本人が尋ねると、ヴァージニアンは何も答えず、片手でソファを引き寄せた。大人が二人がかりでなければ持てないような、どっしりしたソファも、ヴァージニアンにかかれば小学校の椅子と変わらなかった。ヴァージニアンはソファに腰掛けるなり、だらしなく両足を伸ばした。肘掛けからダラリと両手を垂らす。そんな格好は坐っている時に撃ち殺されたようだった。

日本人が連行されてきたのを見て、テーブルで

何やら話していた男が、ブランデー・グラスを置いて立ち上がった。

「初めまして。わたしがチャールズ・ルチアーノだ」

静かな声で挨拶して、日本人に握手を求めてきた男は、まだ四十前にしか見えなかった。中肉中背で黒髪のイタリア系の男である。上等のポマードで髪をオールバックにして最高級のタキシードを身にまとい、高価そうな眼鏡を掛けている。貴族にも銀行家にも見えないが、映画会社の重役か、政府のロビイストくらいには見えそうだ。言葉遣いも物腰も丁寧で、威嚇するような気配は微塵もなく、とても「犯罪王」の異名をとるギャングのボスには見えない。

ルチアーノの隣で一緒に話しこんでいた男も立ち上がった。

「俺はオウニー・マドゥン。このコットン・クラブのオーナーだ」

こちらは小太りで背が低く、アイルランド風の訛りをしていた。ルチアーノと同様、最高級のタキシードを着てダイヤモンドのタイピンを煌《きら》めかせている。

「チャールズから話を聞いた時には、ヴァージニアンと同じくらい、四十前後かと思ってたが。ずっと若いな」

そう話しかけてきた言葉遣いも、笑顔も、ルチアーノより遥かにドスが利いている。懐に拳銃を隠したギャングが慇懃《いんぎん》な顔をしているような凄みがあった。

「何を飲むかね、若いの？」

「では、スコッチをソーダ割りで」

「ハッハ、お前さんは運が良いな、若いの。最高級のスコッチを、ついさっき持ってこさせたところだぜ。ジョニー・ウォーカーの青ラベルだ。味は俺が保証する」

オウニー・マドゥンがウィスキー・ソーダを作るのを横目に日本人は言った。

「お招きに預かりまして光栄です、ミスター・ルチアーノ。しかし、わたしにはどうして……」

「初対面の挨拶は抜きにしよう」

ルチアーノは片手を上げて、日本人の言葉を制した。

「君の職業、階級、渡米して現在ニューヨークに滞在する目的、わたしは何もかも知っている。だから、お互いとぼけ合うのはやめようじゃないか。双方にとって時間の無駄というものだ。だが、Japanese army intelligence lieutenant Tatewaki Gotoh とお呼びするのを君は好まないはずだ。何と言っても偽名と架空の身分でこの国に入国したのが無駄になるからね」

日本人の目が一瞬険しくなった。その右手が動きかけ、拳銃のないことを思い出して静止する。

「さて、そこで。……とりあえず君のことを何とお呼びしたら宜しいかな。パスポートにあるテシガワラとか言う名はイタリア系の口に馴染まないのだ。さりとて立ち入った話をするのに相手が無名では話しづらい。そうだろう？」

「渡辺、佐藤、山田、木村……どれでも好きな名で。いずれも米国在住の日本人には多い名前だそうだ。なんならセッシュー・ハヤカワか、バロン・ニシとでも」

「ハッハ、中国人《チーノ》にしちゃ洒落たこと言うじゃないか」

とマドゥンが大声で笑った。

「日本人だ」

「そうだったな」

オウニー・マドゥンは悪びれもせず、日本人にウィスキー・ソーダを手渡した。

「ありがとう」

礼を言った日本人にマドゥンはウインクをくれると、ルチアーノに振り返って言った。

「そういや新聞で日本人の探偵が出てくる小説を読んだぞ。あれは……ミスター・モトってんだ。ミカド直属の密偵で、抜群の推理力で事件を解決する。早川雪州主演で映画にすれば、きっと大当たりだろうな」

「ふうん……。ミカドの密偵ね」

ルチアーノは鼻を鳴らし、意味ありげな一瞥を日本人にくれると、

「では、我々も君をそう呼ばせてもらおうか。ミスター・モトと」

「ご随意に」

たった今「モト」という名になった日本人は、ラッキー・ルチアーノに訊き返した。

「ところで坐っても？」

「おお、失礼。どうぞ、坐ってくれたまえ」

ルチアーノがうなずいて坐るのを待って、モトも椅子に坐った。モトはウィスキー・ソーダを一口啜《すす》ると、真正面に坐るルチアーノに微笑みかけた。

「質問を続けさせてもらうが。ミスター・ルチアーノ、あなたはわたしの本名も職業も階級もご存知だとおっしゃった。そのうえで、わたしに御用がある？」

「無論だ。職務上の君の実績を何もかも知りつくし、君のことが大いに気に入ったよ。我々は銃器が扱えて格闘技の心得がある人間には尊敬の念を抱く。たとえ相手が異国の人間でも、二十代半ばの青年でも、……帝国陸軍の軍人でもね」

「その、わたしの実績とやらには、今回わたしが渡米した目的も含まれているようだな。それを知ったうえで頼みごとというのか？」

「たった今、何もかも知り尽くしていると言った

はずだが」

「では、わたしに何をしろと？」

モトが畳みかけると、ルチアーノは少し考えて、こう言った。

「いつも組織の幹部に言って聞かせているのだが。我々の組織コーザ・ノストラには忘れてはいけないモットーがある」

「それは？」

〝There is no such thing as good money or bad money. There is just money.〟（良い金だろうが悪い金だろうが、金に変わりない。同じ金だ）

「ルチアーノさんは実利主義者でいらっしゃる」

「実利主義だってよ、チャールズ」

マドゥンは声を上げて笑い、モトの隣に坐った。さりげなく片手をモトの背に回してくる。モトが眉をひそめたのを見て、ルチアーノが言った。

「オウニーの無礼を許してくれたまえ。隣の男がショルダーホルスターを掛けていないか、無意識で調べてしまうのが、この男の癖なんだ」

「それより、あなたの御用とやらを早く聞かせてくれないか」

「せっかちなんだな、日本人は」

「自分本来の職務に忠実なだけだ。早く寄り道を済ませて本来の職務に戻りたいのでね」

「君に良く似た男を知っているよ」

「その人も、わたしと同業かな？」

「いや。軍人でも密偵でもない。検事だ。名をトーマス・エドモンド・デューイという」

「先日、ニューヨーク州知事閣下に特命検事に任命されたデューイ氏のことか？」

モトの質問を聞いてマドゥンが手を拍《う》った。

「新聞を読んでるなら、話は早いぜ」

「日本人も中国人も新聞は良く読むものでね」

モトは皮肉な目でマドゥンに振り返った。

「ＯＫ、悪かったよ、モト。もう中国人には間違えない。謝るから、チャールズの頼みを聞いてくれ」

「では、お聞きしよう」

　モトが真剣な表情になると、ルチアーノは口を開いた。

「頼みたいのは殺し《ヒット》だ」

「相手は何者だ？」

「名をアーサー・フレゲンハイマーという」

「ドイツ人のようだが。ナチスか？」

「両親はドイツ系ユダヤ人だが、アーサーはれっきとしたアメリカ人だ。ナチスなんてドイツのおとぎ話とは関係ない」

「ギャングなのか？」

「もともとはビールの密造屋だよ。〝ビール男爵〟なんて呼ばれて好い気になってた小悪党だった。ところが数年前から急にアーサーは別人のように凶暴になり、手段を選ばず勢力を伸ばしはじめた」

　ルチアーノの説明を受けてマドゥンが言った。

「……二〇年代の終わり頃、アーサーはニューヨークの顔役の一人ヴィンセント・コールと、密造酒販売の縄張りを巡って抗争を繰り広げた。一時は町中で互いにトミーガンをぶっ放し合う派手な出入りにまでなってな。ところが、ある日のこと、コールとアーサーの出入りのトバッチリを食らって、町のリンゴ売りが殺されたんだ」

「リンゴ売り？」

「今でこそ見かけなくなったが。あの頃は街頭で幼い子どもがリンゴを売っていた。一個、二十五セントでな。国の唯一まともな経済政策ってのが、リンゴ売りの斡旋だってんだから、ひでえ時代《ハード・デイズ》だったぜ」

「子どもがギャングの抗争のとばっちりを受けて殺されたと？」

　マドゥンは葉巻の吸い口を銀の鋏で切りながら

うなずいた。

「そうだ。女子どもを殺すギャングは民衆の敵だ。誰も許さねえ。さすがにアーサーはすべての新聞で叩かれた。そこで、野郎はほとぼりが冷めるまで身を隠すことにしたのさ」

「ロードアイランド州プロヴィデンスへ」

とルチアーノは苦々しい表情で吐き捨てた。

「プロヴィデンス？　聞いたことのない街だな」

「開拓時代からある古くて小さな都市だよ。E・A・ポオが昔、住んでいたことがあると聞いた。ラグビーのアイビー・リーグに属する大学もあったな。ブラウン大学というのだが。……ラグビーには興味がないだろうから、君は知る必要もあるまい」

「そのプロヴィデンス市にはアーサーの親族でもいたのか？——日本では官憲に追われて地下潜伏したヤクザや共産主義者は、大抵、親族か仲間の元に身を隠すものだが」

「いいや。プロヴィデンスにはアーサーの親族は誰もいなかった。ただ……」

「ただ？　……ただ、なにがいたというんだ？」

「ただ二〇年代にニューヨークのレッドフックあたりを縄張りにしていたロバート・サイダムという男の身内がいた」

「その、ロバート・サイダムというのもギャングなのか？」

モトが尋ねるとマドゥンがテーブルを叩いて叫んだ。

「サイダムはギャングなんかじゃねえ！　あの畜生は異常者だった！　イタリア系もアイルランド系もユダヤ系も、ギャングなんて奴らはみんな人殺しかもしれん。だが、どの国出身のギャングにだって信心はある。神も信じている。耳掻き一杯くらいだが、良心だって持ってるんだ。だが、ロバート・サイダムと、あの野郎の一味はそうじゃなかった。奴ら、悪魔を崇拝してやがった。そしてスラム街や孤児院から子どもをさらっては、麻薬漬けにして、さらに悪魔崇拝の儀式で生贄にしたり生きたまま食ったりしていた。だから、見ろ。神の罰がくだって、ロバート・サイダムは信心していたリリスとかいう女悪魔に食われてしまった。嘘じゃないぜ。この事件を担当した刑事はサイダムの最期を目にして頭がおかしくなった。……それくらい凄まじい最期だったんだ」

モトは怪訝な顔で尋ねた。

「悪魔崇拝だって？　二十世紀のアメリカ——それもニューヨークでそんなものが実在するのか？」

「残念ながらね」

ルチアーノは口の両端を下げて見せると、ブランデーを一口飲んで呟いた。

「ニューヨークには悪魔崇拝者もいれば、魔女もいる。何万年も昔に沈んだ大陸で崇められていた邪神に仕える連中もいるし、星の世界から飛んで来た化け物もいるのだよ。わたしもこの目にするまでは信じられなかったがね」

「……」

モトはウィスキー・ソーダを一口飲んだ。

ルチアーノは話題を元に戻して、

「アーサーはプロヴィデンス潜伏中にスペクルム・フォニー——ラテン語で〝いつわりの鏡〟と呼ばれる謎の人物と接触した。あるいは、フォニーと会うためにプロヴィデンスに潜伏したのかもしれん。……このフォニーという奴はハイチから流れてきたブードゥー教の魔女《ウィッチ》という噂で、ロバート・サイダムの組織では教皇《ポープ》と呼ばれ、子どもを生贄にする儀式を仕切っていたそうだよ」

「教皇《ポープ》？　魔女《ウィッチ》なら女教皇《ハイ・プリースティス》じゃないのか」

「魔女《ウィッチ》の中には男の魔女《ウィッチ》もいるそうだ。我々の組織の調査でも、スペクルム・フォニーが世間一般で言う女の魔女か、男の魔女かは掴めなかった」

「ややこしいな。それで？」

「アーサーはスペクルム・フォニーの紹介で、メトラトンと呼ばれる黒魔術界の大物と知り合い、それからスペクルム・フォニーを殺した。……多分殺したのだろう。スペクルム・フォニーはプロヴィデンスから消えたからな」

「ちょっと待て。話が見えないのだが。スペクルム・フォニーという魔女は、その、メトラトンとかいう大物を紹介してくれたのだろう。それなのに、どうして、アーサーはフォニーを殺さなければならなかったんだ？」

「メトラトンの命令だったそうだ。どうやらメトラトンがアーサーの後ろ盾になる条件というのが、フォニーを殺すことだったらしい」

「さっぱり分からない。まるで別の星の話を聞かされているようだ」

「我々コーザ・ノストラとも、君たち日本人とも相容れない価値観と掟で、アーサーとフォニーとメトラトンの三名は結ばれた。その掟は我々のような〈こちら側〉の世界の住人には〝無意味〟、〝狂気〟、〝裏切り〟としか思えないが、彼ら――〈向こう側〉の人間には一貫した価値観に基づいた意味ある行為であり、信仰深き行ないであるようだ」

「まったく理解不能だ」

モトはウィスキー・ソーダを飲んで首を横に振った。

「わたしも理解不能だよ、モト。だが、これだけは確かだ。メトラトンなる謎の人物と、プロヴィデンスで知り合ったアーサー・フレゲンハイマーは、人智の及ばぬ力を得た。そして、未だデューイ検事が目を光らせているニューヨークに帰って来た。戻った記念に奴は婦人帽子の箱をわたしに送ってきたよ。箱の蓋を開けたら、ジャック・ダイヤモンドという顔見知りのギャングの首が入っていた。ダイヤモンドの首はカードをくわえていてね。カードにはこう書かれていたよ。『アーサー・フレゲンハイマーは生まれ変わった』と……」

「三二年のことだ」

絹のハンカチを出してマドゥンが言った。

「アーサーが突然、俺に連絡してきたんだ。『ヴィンセント・コールと手打ちしたいので、手打ちの場を仕切ってくれ』とな。プロヴィデンスでの地下潜伏が過酷だったのか、アーサーは別人みたいな声と話し方になっていた」

「それはアーサー本人だった？」

「ああ。電話をもらった日に会って確かめた。直に会うと俺の良く知るアーサーに間違いなかった。声や話し方が変わったのは、ギャング風の話し癖を捨ててプロヴィデンスの紳士《ジェントルマン》階級の作法を学んだせいだということだった」

「紳士階級……植民地時代からの古い家柄か。日本で言う旧家ということだな」

とモトは独りごちた。

「まあ、アーサーがどんな作法を身につけようが知ったこっちゃない。奴はもうニューヨークで出入りをやめると言ってるんだ。俺は喜んで承知し、手打ちの仕切りを引き受けた。それでニューヨークが静かになるんだぜ。当然だろう？」

「同感だな」

「そして俺は、ニューヨークで最高のホテルに部屋をとって、アーサーとコールを引き合わせたのさ。ちゃんと特別なパーティー会場もセッティングしたし、お互いに握手して過去のわだかまりを水に流したら、皆で酒を飲み、ジャズバンドで盛り上がって女どもと騒ごうと、俺は本気で思っていた」

「その場で二人は手打ちしたのか？」

「ああ。手打ちはした。過去のことは水に流すと、俺の前で誓い合った。このオウニー・マドゥンの前でな」

「ところが、誓いは破られたんだな？」

「そうだ……」

マドゥンはハンカチで額を拭った。アーサーとコールの手打ちの「場」を思い出して脂汗が滲んできたようだ。

「手打ちの乾杯の直後に、パーティー会場の電話が鳴ったんだ」

「電話が会場に？」

「俺もアーサーもコールもそれぞれに組織を持っている。いつ何時、どんな緊急連絡が入ってもおかしくない地位と立場だ。だから電話のあるパーティー会場を用意させたのさ」

そこでマドゥンは鼻の下に浮かんだ汗を拭き、テーブルのグラスに手を伸ばした。ブランデーを飲むコクリという音が、やけに大きくVIPルームに響いた。一息置いて、マドゥンは続けた。

「電話を取った女がこう言った、『コール、貴方によ』。コールは尋ねた、『誰からだ』。『さあ、気取った喋り方の男の人。シェイクスピアの芝居みたいな感じの話し方よ。イギリス人じゃないかしら』と女が答えた。『イギリス人に知り合いはいないがな』とか言って首を傾げながら、コールは電話を取ったんだ。『ヴィンセント・コールだ』。少し話して、相手が何か挑発するようなことを言ったらしい。コールは怒って叫んだ。『メトラトンなんて野郎、俺は知らねえ！』。すると、それまで女とふざけていたアーサーが、急に真剣な顔になり、コールのほうを向くと、こう言った。『俺は知っている』……」

「それで？」

「アーサーは続けた。『メトラトンは俺の

聖守護天使《ホリー・ガーディアン・エンジェル》だ』。それを聞いたコールは電話を持ったまま、アーサーに振り返った。そしたら
……」

「何が起こったんだ?」

「アーサーは言った、『ヴィンセント・コール、俺とメトラトンから手打ちの祝いだ』。……そしてアーサーは取り憑かれたような顔になると、妙な祈りの言葉を唱えはじめた」

「祈りの言葉?」

「そうさ。きっとユダヤの魔法の呪文だろう。万軍《サバオト》がどうの、ヘブルの神がなんだの、って言ってたからな。奇妙なことに、アーサーの呪文に合わせて何処からともなく、同じ呪文が響いてきた。そうしてアーサーが呪文を唱え終え、何処からか響く呪文の声も終わった瞬間、コールは悲鳴をあげた。まず奴は両手で脇腹を押さえたんだ。見ていた俺たちには何が起こっているのか分からなかった。ただ、苦しそうに叫び、床に倒れて、転げ回るコールを見ているしかなかった。そのうち、メリメリメリッともの凄い音がした。布地が裂ける音だったが、裂けたのは布地だけじゃなかった。黒いタキシードの両脇腹から真っ白い牙みたいな物が何本も突き出してきたんだ。なんだと思う。肋骨さ。コールの肋骨が奴の肉と皮膚を破り、タキシードの生地を破って外側に突き出てきたのさ」

「………」

「それからは阿鼻叫喚って奴だった。苦しくて俯いたコールの首の後ろから太い槍みたいな物が突き出した。奴の頸椎と脊椎の一部だ。さらに悲鳴をあげる顔面の骨がギリギリと音を立てて、顔の肉や皮を裂いて、めくれあがった。腕の骨が肘を破って出た。足の骨が膝から飛び出した。口の中では歯がポロポロとこぼれ落ち、上顎の骨がおかしな具合によじれて、歯茎や顎の肉を裂いて飛び出てき

た」

マドゥンは喉に絡みついた痰を吐きだそうとするような苦しげな咳を繰り返し、ブランデーの残りを一気に呷《あお》った。

そして口を拭いながら言った。

「……きっと時間にしたら二分と経っちゃいなかっただろう。だが、俺には一時間か二時間、いや半日くらいにも長く感じられたぜ。……やっと動かなくなった時、ヴィンセント・コールは純白の骨に覆われた肉と内臓《はらわた》の塊に変わっていた。俺は外に出ると子分に命令した。『コールが何処かの組織にやられた。ミンチの山にされたぞ』……それから便所に駆け込み、胃が裏返るほど吐き続けた」

「………」

ルチアーノは押し殺したような声で言った。

「そして、アーサー・フレゲンハイマーは、ニューヨーク全部を制覇すると宣言し、動きはじめたのだ」

「その、黒魔術使いのアーサーを、わたしに殺せと言うのだな」

「アーサーは黒魔術師ではない。奴の聖守護天使……黒幕……後ろ盾となっているメトラトンなる人物こそが黒魔術師なのだ」

「だが、アーサー以外はメトラトンの顔も素姓も知らない？」

「そういうことだ、モト」

とマドゥンが身を乗り出した。

「アーサーとメトラトンを殺してくれ。アーサーは半月前にコットン・クラブに来て、『十月三十一日までにラッキー・ルチアーノを後ろから刺さなければ、貴様をコールと同じ方法で殺す』とほざきやがった。俺がルチアーノを裏切れないのを知っていて、あえてそんなことを要求してきたんだ。つまり野郎は『オウニー・マドゥンに狙いを定めた』

と宣言したって訳だ」

　マドゥンは何度も顔を拭きながら訴えた。

「アーサーを殺すのには指定日がある。指定日は十月二十三日と二十四日。この二日以前でも以後でも駄目だ」

　ルチアーノは言い足してマドゥンのグラスにブランデーを注ぎ足した。マドゥンは軽くうなずいてグラスを口に運ぶ。それを見つめたままモトは尋ねた。

「どうして十月二十三日と二十四日なんだ？」

「……専門家の助言によると、その二日間、アーサーに付いている〝奴ら〟の力は一時的に衰えるらしい」

「〝奴ら〟？」

「悪魔。妖魔。魔神。邪神。何と呼んでもいい。とにかくアーサーに力を貸し、黒魔施術師メトラトンの魔力の源泉となっている何かの力が、十月二十三日と二十四日には、満月が新月になるように衰えてしまうというのだ」

「信じても良い情報なのか？　わたしには迷信にしか聞こえないが」

「一九三一年十月二十四日、政府はアル・カポネをクック郡刑務所に放り込んだ。……カポネも全盛期には悪魔だか魔物だかに護られているという噂があったよ。だが、エリオット・ネスは隠秘学者《オカルティスト》の力を借りてカポネを追い詰めた。『十月二十三日と二十四日、そのいずれかの日にカポネをクック郡刑務所に送り、監獄の周囲に旧神《エルダーゴッド》の印形《シジル》を描けば、カポネも、カポネの後ろ盾になっている暗黒神も動けない』。そう、ネスのブレーンになった隠秘学者は進言したという。ネスはそれに従って、二十三日に郡刑務所の床や壁やカポネ用の独房に、旧神《エルダーゴッド》の印形《シジル》を仕掛けた。そいつのお陰で、太陽を西から昇らせることも出来ると言われたアルフォンス・カポネは、もう、手も足も出すことは出来なかった。……考えてもみろ。カポネの子分は、何度となく、脱獄を手引きしたんだ。カポネがアルカトラズ刑務所に送られる途中、囚人護送列車をダイナマイトで脱線させて騒動のどさくさにカポネを救い出す計画もあった。だが、カポネの右腕のフランク・ニティが東奔西走したにも拘わらず、カポネを救い出す作戦はことごとく失敗してしまった。なぜか。……十月二十四日にカポネと暗黒神との絆が断たれたからだ」

「今回も、その手で行こう、と助言をもらった」

マドゥンは消えた葉巻に火を点け直して言った。

「助言？　誰が？」

「カポネの時にネスのブレーンだった男の助言だ」

「その名はマイケル・リー。……と言っても、君にはどうでもいい情報だろう」

「ネスのブレーンだった人物が、よく今回はラッキー・ルチアーノに知恵を授けてくれたな」

「マイケル・リーの敵《かたき》は旧支配者とか言う、かつて地球を支配していた人類以前の知的存在だそうだ。この旧支配者の勢力を潰すためならば、相手が財務省でもFBIでもマフィアでも構わないと、リーはわたしに断言したよ」

ルチアーノが微笑すると、マドゥンが口を挟んだ。

「さっきチャールズが言ったコーザ・ノストラのモットーだ。〝There is no such thing as good money or bad money. There is just money.〟お前さんの言う実利主義だな。マイケル・リー先生もルチアーノと同じ宗旨の持ち主だったのさ」

「成程。敵の敵は味方というのは世界中通じると思っていたが、黒魔術だの悪魔だの邪神だのといった世界にも通じる真理だった訳だ」

「そうさ。だから、俺はアイリッシュ・ギャングだがルチアーノのようなイタリアン・ギャングと手を結ぶ。アーサーの畜生を殺《バラ》せるんだったら、俺はカトリックからプロテスタントに宗旨替えしたっていい」

「十月二十三日か二十四日に、アーサー・フレゲンハイマーを暗殺する。その前でも後でも不可。なるほど、ご依頼の筋は分かった。……それで、わたしに対する報酬は？」

モトが担保物件を尋ねる銀行家のような口調で質問すると、ルチアーノは応えた。

「君の本名・階級・職務・渡米の目的を警察当局・FBI・アメリカ陸海軍・憲兵隊に黙っていてやろう。さらにオウニー・マドゥンが今回の殺しの必要経費一切を支払う」

「何千ドル、何万ドル掛かろうと全額支払うぜ。幾らかかろうがアーサーとメトラトンが始末出来れば安いものだ。安心して戦車でも戦闘機でも軍艦でも使って、請求書は俺に廻してくれ。……どうだ。好条件だろう、若いの」

とマドゥンが、モトの後ろにまわした手で背中を軽く叩いた。さらにルチアーノが付け加える。

「わたしは君がアメリカから出国するまでその身の安全を完全に保障する」

「………」

モトは伏し目になって少し沈黙してから、

「もし、あんたたちの依頼を断ったら？」

「後ろで寝ているヴァージニアンが今すぐ目を覚まし、二挺のコルト・ネイビーで君を蜂の巣にする。君の死体は外にいるバッグとメンディーがコンクリート漬けにして、ハドソン川に沈めるだろう。海の底には組織に逆らった組合幹部や、我々の邪魔をした刑事や、組織を嗅ぎまわった新聞記者もいるから、話相手には不自由しない」

「わたしに選択の余地はない訳か」

「君はラッキー・ルチアーノと話しているのだよ。たとえ相手がルーズベルト大統領でも、ラッキー・ルチアーノは選択など、絶対にさせない」

ルチアーノの瞳が冷たい光を放った。

精密機器を思わせる光である。

磨き上げられた自動拳銃そっくりな光だ。

とモトは思った。

「……………」

「そう、しけた顔をするなよ、モト。良いニュースと悪いニュースがあるが、どっちが聞きたい？」

モトの背から手を引いて、マドゥンが笑いかけた。

「どちらも聞きたくない気分だが」

「そう言わずに聞けって。まずは、良いニュースだ。お前さんに最強の武器を貸してやるぜ。ちょっと早いが、俺とルチアーノから万聖節《ハロウィン》の贈り物だ。お菓子か悪戯か？《トリック・オア・トリート》　って尋ねようか」

「お菓子も悪戯も嫌いだ。もしくれるなら、トミーガンと手榴弾、それと陸軍の一個中隊もくれ」

「ハッハ、やっぱりお前さんはユーモアがある。気に入ったぜ。オウニー・マドゥンとラッキー・ルチアーノからの贈り物は、そんなケチなものじゃない。黒魔術には黒魔術って訳だ。最強の魔術武器《マジカル・ウェポン》をお前さんに貸してやる。これが良いニュースだ」

「……………」

モトが困惑の色を表すと、マドゥンは自分のグラスにブランデーを注ぎながら続けた。

「お次は悪いニュースだが。その最強の武器、つまり黒魔術に対抗できる魔術武器ってのは、そこのヴァージニアンだ」

「骨董品の南軍兵士が黒魔術に対抗できる最強の武器だって？……」

モトは灰色のマントを羽織った大男を見やった。ヴァージニアンは未だ死んだように、手足を投げ出したまま、ソファに坐り続けている。

こんな奴が最強の武器だというのだろうか。確かに早撃ちの腕は神業だが……。

そんなモトの考えを読みとったか、ルチアーノは慎重に言葉を選びながら、

「ヴァージニアンの素姓についてはいずれ知るだろう。決して君は失望することはあるまい。却って我々に感謝するはずだ」

「骨董品の値打ちは故事来歴で決まると言う。今ここで、あそこで寝てる南軍兵の素姓を教えてくれないか」

「それは後だ。それより先に、君に知って頂きたいのはアーサーの通り名だよ」

「通り名？　アーサー・フレゲンハイマーでは駄目なのか」

「その名前は検察やＦＢＩ、国税庁、財務省が使う呼び名だ。ニューヨークの暗黒街では、アーサーはもう一つの名前のほうで知られている」

「なんという名前だ」

モトの問いに、ラッキー・ルチアーノは憎しみと呪いを込めて、こう答えた。

「ダッチ・シュルツ」

## 3

当座の活動資金二千ドルをルチアーノから受け取ったモトは、翌日の夕刻、デッド・エンドの木賃宿から荷物を引き上げた。

そして、そのまま、オウニー・マドゥンの手配した南ブルックリンのパークサイド街にあるアパートに荷物を移すことにした。荷物はルチアーノの子分に任せたので、モト自身はあてがわれたアパートを見てはいなかったが、手配してくれたマドゥンによれば、贅沢でも貧しくもないごく普通の住まいであるという。

「まあ、これからはモトもラッキー・ルチアーノと、このオウニー・マドゥンの客分だ。誰にも拳銃やナイフは向けさせないからよ、どうか安心してくれ」

パークサイド街に向かうロールスロイスの後部座席でマドゥンはそう言うと、さらに説明した。

「これから行くのは若い夫婦者が住むようなアパートだから、デッド・エンドみてえに、アパートの周りに目障りなチンピラはたむろしていない。寝てる時にギャングや警官が襲ってくることもないだろう。もちろん、大家がダッチにタレ込むことなんか絶対にない訳だ」

それからマドゥンは声を潜めると、

「生憎、同居人は若い女じゃなくて、前で寝てるガンマン――ヴァージニアンだが。まあ、こいつは我慢してくれ」

と、助手席で寝ているテンガロンハットの大男を指差して笑った。

「それからな。ダッチを殺す前に、一つ、俺のために調べてくれないか」

「ダッチに関わることか?」

「そうだ。ボー・ワインバーグという男を探して欲しい」

「どうして?」

「ボーはダッチのブレーンで、財務担当だったが、プロヴィデンスからダッチが帰ってきた頃に、俺に寝返った」

「ダッチ・シュルツの財務担当者がオウニー・マドゥンに寝返った?　信じられない話だな」

「俺も最初は信じられなかった。だが、ボー・ワインバーグの話を聞いて、奴を信じることにした。ボーによるとダッチは黒幕のメトラトンをプロヴィデンスから、このニューヨークに移し、何処かに住まわせたそうだ。ところが、それと一緒にダッチはメトラトンの飼っていた使い魔《ファミリアー》だか悪魔《デーモン》だかもニューヨークに運んで来たらしい。ボーはその悪魔を目にして、もうダッチとは組めないと思った。そして俺に寝返ったんだ。俺は、『しばらくダッチの下で働き続けて、野郎の動きを逐一伝えろ』とボーに命じた。つまり、スパイという訳だ」

　マドゥンの口が「スパイ」と言った瞬間、モトは反射的に右手を胸に走らせかけた。拳銃を求める動きだった。懐に拳銃がないことを思い出して、モトは手を下げる。マドゥンはモトの反応に気づかず説明を続けた。

「それから何カ月か、ボーは、ダッチの行動を連絡してくれたんだが、突然、音信不通になってしまった。いくら探しても未だに行方不明だ。……こいつなんだが」

　マドゥンはポケットから写真を取りだし、モトに手渡した。写真には二人の男が並んでいた。一人は髪を七三に分けて、太い縦縞の背広を着た三十七、八の男。もう一人は三十半ばで、ソフト帽を被り、分厚いコートをまとった男である。七三に分けた男はクラーク・ゲーブルに少し似ていたが、鼻の下に蓄えたコールマン髭が、気障で、嫌味に見える。ソフト帽の男は妙にのっぺりした顔で、大きな目ばかりが目立った。その目は異様に鋭く、ぬめ光っている。

「ゲーブルに似てる奴がボー・ワインバーグ。ソフト帽を被っているのがダッチ・シュルツだ」

「ダッチは麻薬中毒なのか」

「さてな。切れやすい野郎だが、麻薬《ヤク》をやってるという噂はついぞ聞かないが。なぜ?」

「ダッチの目だ。ぬめ光り、狂気を湛《たた》えている」

「プロヴィデンスからニューヨークに帰った時に撮った写真だからな。田舎暮らしで神経が切れかかっていたんだろう。とにかく狂犬みたいに危険な奴だ。……ボーは、そんなダッチが恐ろしくなり、一秒でも早くダッチの傍から逃げたいと訴えて、俺の懐に飛び込んで来た。それなのに無理矢理、もう少しダッチの側近でいろ、と命じたのは俺だからな。責任を感じているよ。だから、ボーの行方が気になるんだ。どうか、ついでに探しておいてくれ」

「ボー探しは只働きなのか」

「おいおい、ユダヤ人でもねえのに、ガメツいこと言うなよ」

オウニー・マドゥンは笑いだした。

と、不意に、笑い声に外から起こった耳障りな音が重なった。

「なんだ?」

モトとマドゥンは同時に音のほうに振り返った。メインストリートを走るロールスロイスめがけて、後ろから車が追い上げてくる。真っ黒いその車がパッカードと知ってオウニー・マドゥンは歯を剥いて唸った。

「あの運転手はダッチの組の野郎だ」

「後ろのパッカード、こちらと並走する気です」

運転手が悲鳴混じりに叫んだ。

「好きにさせろ。どうせ町中だ。大した真似はできんだろうぜ」

運転手に言い切ったオウニー・マドゥンは、次いでモトに囁《ささや》いた。

「安心しな。このロールスはボディに鋼板を仕込んでいるし、窓は全部、防弾ガラスだ。手榴弾を投げつけられても、乗ってる俺たちはかすり傷一つ負うことはない」

「………」

マドゥンには答えず、モトはサイド・ウインドウの外を見やった。黒塗りのパッカードはさらにスピードを上げて、遂にロールスロイスと並走する。

ロールスロイスとパッカードとの車間は四フィートとなかった。向こうの助手席のサイドウインドウが開かれて、バニラ色の背広を着た男がロールスロイスに笑いかけた。男はモトと目が合うと、大声で呼びかける。

「よう、若いの《ヤングマン》」

言いながら、男は銃口をこちらに向けた。ドラム・マガジンを装填したトミーガンだ。

「お土産だ《サプライズ》!!」

その声と同時にトミーガンの銃口が火を吹いた。雷鳴のような機関銃の掃射音が通りに轟く。ロールスロイスのサイドウインドウに火花が散り、防弾ガラスが銃弾の炸裂した箇所から白く曇っていった。運転手は悲鳴をあげながらも必死でロールスロイスを走行させ続ける。

「止めるな。ずっと走らせろ」

マドゥンが運転手に命じた。

と、その声に反応したように、助手席でテンガロンハットが動いた。今まで寝ていたヴァージニアンだった。耳を聾《ろう》する銃声と炸裂音にも驚いた様子もなく、ヴァージニアンは右を並走するパッカードに振り返った。ヴァージニアンは素早くサイドウインドウを下ろした。完全に開き切れば、窓からオレンジ色の火箭《かせん》が何本もロールスロイスに飛びこんでくる。灼熱した銃弾だ。運転手はまた悲鳴を上げてスピードを上げた。だが、パッカードはぴたりと並走したまま、こちらへの銃撃を続けた。ヴァージニアンがコルト・ネイビーを抜いた。片手を曲げて身の前に固定する。その上に銃を握った腕を置くと、並走するパッカードに狙いを定めた。トミーガンの男が何か叫んで笑った。

おそらくヴァージニアンを嘲笑したのだろう。とモトは思った。

ヴァージニアンは眉ひとつ動かすことなくコルト・ネイビーのトリガーを絞った。一発。二発。三発。それでヴァージニアンは狙い撃ちをやめた。コルト・ネイビーの銃口の向こうで、いきなりトミーガンが撥ね上がった。トミーガンは夜空に向かって銃弾を撃ち続ける。だが、それも長くはない。トミーガンが宙に舞い、車道に転がった。トミーガンを撃っていた男はサイドウィンドウから身を外に突き出していた。男のバニラ色の上着の背中に血が滲んでいく。ヴァージニアンの狙い撃ちで心臓をやられたようだった。

急にパッカードはジグザグに走りだした。クラクションが鳴りっぱなしである。モトは目を凝らした。運転手がハンドルにつんのめっていた。そのソフト帽が真っ赤に染まっている。三発狙い撃ちしたヴァージニアンの弾丸の一発は、トミーガンの男の心臓を直撃し、もう一発は運転手の頭を貫通していたのだ。パッカードは舗道に突っ込んだが、乗り上げる前に、消火栓に衝突して急停車した。消火栓から水が噴水のように噴き上がり、周囲が水びたしになっていく。消火栓に激突したショックでパッカードのサイドドアが開いた。男が転げ出し、水溜りに仰向けになった。男は拳銃を握っている。その眉間には赤い孔が開いていた。すでに死んでいた。ヴァージニアンの撃った三発目は、後部座席から拳銃を構えていたこの男の眉間を貫いていたのだった。

「パトカーがすぐに来ますが、どうします？」

運転手がマドゥンに尋ねた。

「向こうが勝手に仕掛けてきて、勝手にくたばったんだ。俺の知ったことじゃない」

マドゥンは吐き捨てるとモトに振り返った。

「なあ、そうだろう？」

モトは小さくうなずくと、

「ルチアーノは、いずれ素姓も分かるなんて言ってたが、あのガンマンは何者なんだ？」

と、助手席の大男を目で示した。ヴァージニアンはコルト・ネイビーをホルスターに戻すとサイドウインドウを閉めてテンガロンで顔を覆い直した。どうやらガンマンはまた寝るつもりらしい。

「ヴァージニアンの本名はオリヴィエ・デュトロンという。ヴァージニア州マナサスの生まれだ」

「そんなことを言われても、日本人には何のことやらさっぱり分からない」

モトは肩をすくめた。

「ヴァージニア州は南北戦争時代、南軍に付いた。だから奴は南軍の制服を着ていて、皆にヴァージニアンと呼ばれているんだ。今でも北軍《ヤンキー》が大嫌いな偏屈野郎さ。マナサスは奴が生まれ、葬られた街、い、い、い、い、い、いだが、死んだ街じゃない」

「ちょっと待て。葬られたとか死んだとかと言ってるが、ヴァージニアンは生きているだろう。助手席で寝息を立てて寝ているぞ」

モトがマドゥンに言い返すと、助手席のほうから暗い声が返された。

「死んだのはメキシコのエル・パソだ」

声の主はヴァージニアンである。寝はじめたと思ったが、まだ起きていて、モトとマドゥンの会話を聞いていたらしい。

「なんだって!?」

と、モトは助手席を見やった。

暗い声は続ける。

「エル・パソの旅籠《ポサーダ》で仲間と信じていた男に背中から騙し撃ちされた」

「何を言ってるんだ?」

モトはヴァージニアンに問いかけた。

マドゥンは苦笑いしながら、

「なんだ。起きていたのかよ、ヴァージニアン。いつから、そんなに人が悪くなったんだ。起きてるんだったら、お前のこと、もう少しモトに教えてやってくれよ。これから二週間ほど一緒にダッチ・シュルツを狙うんだ。せいぜい仲良くしてくれ」

と言うと葉巻に火を点けた。

「生まれは一八四七年九月五日」

ヴァージニアンは面倒そうに言った。

「それじゃ今年、八十八歳だぞ。わたしの祖父より年寄りになる。だが、お前はどう見ても四十歳前後だ」

抗議するように言ったモトを無視して、ヴァージニアンは続けた。

「エル・パソで後ろから撃たれて死んだのは一八八八年八月三十一日だった」

「なにを……」

マドゥンが葉巻の煙を濛々《もうもう》と吐きながら、

「なにしろ南北戦争で、ヴァージニアンはウィリアム・クァントリルと一緒にクァントリル遊撃隊《ライダーズ》の一員としてゲリラ活動に従事してたってんだぜ」

と、我が事のように自慢した。

「それはヴァージニアンの親父さんの話か？」

モトは反論したが、マドゥンは無視して誇らしげに続けた。

「当時、奴の遊撃隊の仲間にはジェシーとフランクのジェームズ兄弟がいた」

そう言ってから、マドゥンは嬉しそうにモトの二の腕を肘で突ついて微笑みかける。

「知ってるか、ミスター・モト。ヴァージニアンはあのジェシー・ジェームズと戦友だったんだぜ」

「…………」

モトは呆然とマドゥンの説明に耳を傾けるしかなかった。

「戦後、ヴァージニアンは故郷《くに》に帰らず、ニューメキシコに移って賞金稼ぎに商売替えした。そしてアメリカとメキシコの国境地帯で、お尋ね者の賞金を追い続けたんだ。この頃、メキシコの山賊どもが奴に付けた渾名が、ディアブロ。つまり『悪魔』さ」

おかしそうにマドゥンは身をゆすって笑い、笑いすぎて葉巻の煙にむせ込んだ。しばらくむせ続け、ようやく咳を納めると、マドゥンは続ける。

「一八八八年八月に殺されるまで、ヴァージニアンは、そんな稼業をしていた。そしてエル・パソで殺されたんだ。ヴァージニアンの死体は南軍の戦友たちの手でエル・パソから故郷《くに》に戻された。泣ける話だろう」

「それを黒魔術で生き返らせたのか？」

「白魔術だよ、俺たちがやったのは。ダッチとメトラトンの黒魔術を倒すためなら、何をやったって、そいつは白魔術だ。そうだろう」

「…………」

「マナサスの共同墓地に埋められてた棺桶を掘り返して、そいつをニューヨークに運んできた。そして棺桶に入ってたヴァージニアンの屍骨《アッシュ》を魔術で蘇らせたのさ」

「信じられん」

「俺だって、この目で見るまでは、そんな真似が出来るなんて信じられなかったよ。だが、魔術師が俺とルチアーノの前でやってみせてくれた。ぞっとしねえ光景だったが、コールが黒魔術で殺される現場よりは遥かにマシだった。考えてもみなよ。人間が自分の骨に殺される光景よりは、屍骨が人間に蘇生する光景のほうが、ずっと生産的だものな」

「魔術を行なったのはあんたたちのブレーン――マイケル・リーとかいう男か？」

「いやいや。生憎だが、マイケル・リー先生は今、ベルリンにいる。なんでも奴さんの敵がドイツで蠢きはじめたそうでな。だからベルリンから電報で『十月二十三日か二十四日がダッチとメトラトンを倒すチャンスだ』と教えてくれた」

「では、別の……魔術師？」

「そうだ。相当にインチキ臭いが、マイケル・リーと同じくらい助けになる先生さ。知らないか、アドリアン・マルカトーっていう……。ニューヨークに教団《カルト》を持っている魔術師だ」

「いや。耳にしたことはないが」

「二〇年代にはよく新聞を騒がせたんだがな。〝世界最大悪人〟とか、〝食人鬼〟とか、二十世紀最大の黒魔術師〟とかって。ハッハ、新聞屋《ブンヤ》の見出しはいつも笑かしてくれるぜ」

「アドリアン・マルカトー……」

「魔術師先生には、しこたま現金《げんなま》を握らせたから、ご利益はあらたかだ。ヴァージニアンの蘇生だけじゃなく、ダッチのアジトを探すのも手伝ってくれるとよ」

「そいつにボー・ワインバーグの居所を訊いたらどうなんだ」

「生憎、そいつは出来ねえんだ。なんでもボーの周りには、今のダッチと同じように、魔術的な障壁《シールド》って奴が張られてしまったらしい。だからギャングも魔術師もボーの行方はおろか、生きてるのか、死んだのか、それさえ分からねえ」

「そのアドリアン・マルカトーに、わたしも会えるのか？」

「ああ。明日、ブロンクスのレッドフック地区近くの教会で会うと約束を取り付けておいた」

「教会？　魔術師と教会で会うのか」

「教会と言っても、今は使われちゃいない廃教会だ。マルカトーとそこで落ち合うように手配した」

「あんたは」

「おいおいおい、オウニー・マドゥンは幼稚園の先生じゃない。良い子たちの引率までは出来ないぜ。お前さんとヴァージニアンの二人だけで教会に行き、マルカトーに、ダッチのアジトが何処にあるかを訊くんだ。ひょっとしたら、マルカトーは、メトラトンとかいう黒幕気取りのクソ野郎についても、何か新情報を掴んでいるかもしれない。そいつも、確かめておいてくれ」

マドゥンがそう言った時、ロールスロイスが停車した。いつの間にか、車はパークサイド街に入っている。運転手が降りて、後部に回ると、恭しくモトの隣のドアを開いた。

運転手にうなずいて降車しようとしたモトに、

「待て」

とマドゥンが思い出したように呼びとめた。

「なんだ」

「ダッチとボーの写真を忘れるな」

とマドゥンは、コールマン髭の男と狂気の目をした男が並んだ写真をモトに押し付けた。

「それから……こいつもな」

付け加えるように言って、マドゥンは冷たい物をモトの手に握らせる。何かと見れば、それは銃弾だ。銃弾は銀色に輝いている。

「なんだ、これは。わたしに自殺でもしろと言うのか」

「ハッハ、そいつは笑えねえ冗談だぜ、モト。……こいつは大事なお守りだよ。若い頃、ヘルズ・キッチンでやんちゃしてた頃に、ルーマニア人の船乗りから貰ったんだ。銀で出来た銃弾でな。三十六口径の拳銃に詰めたら本当に撃てるらしい。こいつをくれた船乗りの話じゃ、なんでもルーマニアでは銀の銃弾は、吸血鬼でも人狼でも悪魔でも……魔術師でも倒せると信じられてるんだと。ヘルズ・キッチンで警官隊とドンパチやった時、仲間は全員殺されちまったが、俺一人だけ助かった。その時、内ポケットに入ってたのが、この銀の銃弾だ。以後、俺はお守りにしてる。マルカトーよりも、ご利益あらたかかもしれないぜ」

「悪いが、迷信は信じないことにしているんだ……」

「チッ、誰がくれてやるって言ったよ？　大事なお守り《チャーム》をやる訳ないだろう。今回、特別に貸してやるだけだ。今回の殺し《ヒット》が終わるまで持っていな。返してくれるのは、ダッチとメトラトンを始末してからでいい。どうも、この銀の銃弾がお前さんとヴァージニアンを救ってくれるような気がしてならないんだ」

「それは……どうも。だが、わたしには銀の銃弾より欲しいものがある」

「なんだ？　ダイナマイトか。ニトログリセリンか」

「拳銃だ」

「そんなものなら、ここにも一挺ある」

とオウニー・マドゥンは腰に手をやってヒップホルスターのコルトM1911を抜き、銃把《グリップ》のほうをモトに差しだした。

「花のニューヨークで、南軍の亡霊を相棒に、ギャングと黒魔術師を始末する……か。まるで小栗虫太郎の冒険小説だ。故国《くに》に帰って上官に話しても、ふざけるな、と一喝されるのが落ちだな」

そう独りごちてモトはヴァージニアンと共に、アパートの宛がわれた部屋へと進んでいった。


「ほらよ」

「いや。コルト・ガバメントは反動が大きくて日本人の手に余る」

「じゃ、何がいい？　後でメンディーにでも届けさせるが」

「ベルギーの拳銃は手配できるか？」

「もちろん」

「ではファブリック・ナショナル社のブローニングM 1910を」

「変わった拳銃《ハジキ》がお好みなんだな」

「日本人の繊細な手に合うので日本の陸軍将校は好んで使っている」

「わたしも」と続けようとした言葉を呑み込んでモトはロールスロイスから降りた。銀の弾丸を握りしめ、アパートに向かって歩き出した。玄関に続く階段の前には灰色のマントを羽織った大男が待っている。それを見てモトは苦笑した。

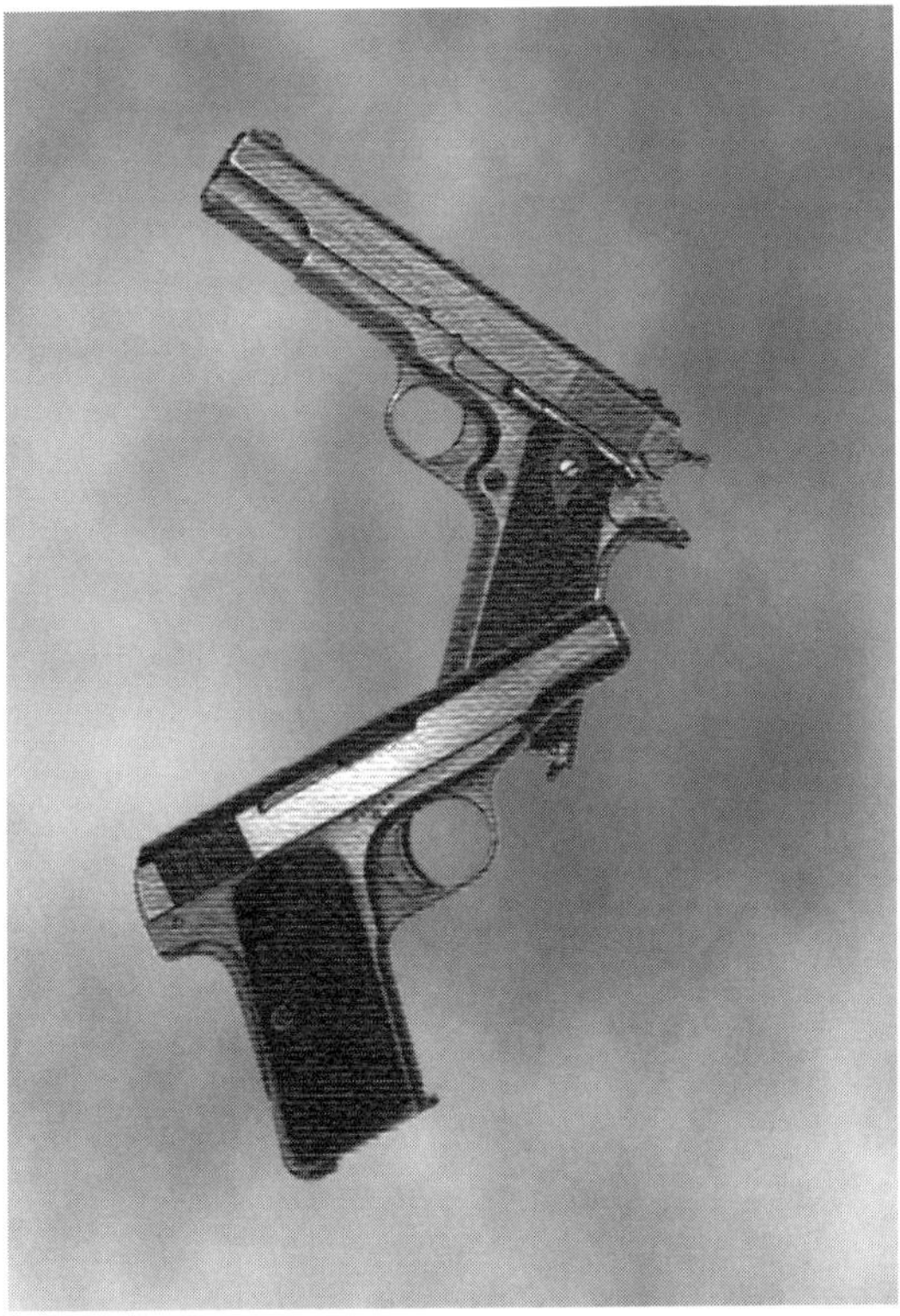

上：コルト M1911　下：ブローニング M1910

## 4

一九三五年十月十二日。ニューヨーク市。ブルックリン。レッドフック地区。

ニューヨークが人種の坩堝《るつぼ》なら、その暗黒地帯に位置するレッドフック地区は「人種の塵溜《ごみた》め」と、人種差別に凝り固まった市警の連中に呼ばれていた。

ここと比べれば、ハーレムのスラム街は高級住宅地だ。なにしろ、レッドフックでは一番上等な階層がギャングで、そのギャング連中はレッドフックに定住せず、週に一度、みかじめ料を集めに来るだけなのである。

そんなレッドフック地区の、最も影の濃い一角に聳《そび》える廃教会にモトとヴァージニアンが訪れたのは、午後四時過ぎのことだった。

教会には「洗礼者ヨハネ教会」と彫られた緑青《ろくしょう》だらけの看板が掛かっている。

ただし、留め釘が錆びているせいで大きく傾き、今にも頭上に落ちてきそうだった。

ドアを押せば歯が浮きそうな軋みをあげて開く。完全に開くと内部《なか》から埃とカビの入り混じった空気が吹き出してきた。モトはその空気にむせながら、隣に立った大男に尋ねた。

「ゾンビーは教会に入っても平気なのか？」

「平気だ」

ぶっきらぼうに答えてヴァージニアンは先に廃教会に踏み入った。

床はいたるところに穴があき、集会場のベンチはほとんどが消えている。どうやら近隣の不信心者が長い期間を掛けてベンチを持ち去ったようだ。かろうじて説教壇は残っていたが、壁に飾られていた十字架や聖者の石膏像も盗まれた後だった。天井はドーム状だが、直に描かれた天界の景色は大半が塗料がはがれて漆喰の白い地だけとなっている。天使に至っては全部顔が消えていた。だだっ広くて床も壁も穴だらけの集会場に踏み入りながら、ヴァージニアンは言った。

「ちなみに俺はゾンビーじゃない」

「死んで蘇ったんだろう。そういうのを西インド諸島の住民はゾンビーと呼ぶと聞いたが」

モトが言うと、テンガロンハットの鍔《つば》の陰から視線が投げられる。突き刺さるような視線の鋭さに、モトは思わず薄笑いを拭った。

ヴァージニアンは暗い声で続けた。

「俺を死の眠りから呼び起こしたマルカトーレは、俺のことを〝リトゥルネー〟と呼んでいた」

「リトゥルネー?」

モトがヴァージニアンに訊き返すと、二人の頭上から声が落とされた。

「帰還者という意味のラテン語だよ」

「誰だ」

モトは反射的に胸を押さえた。背広の下に吊るしたショルダーホルスターには、今朝早くメンディーがホルスターと一緒に届けてくれたブローニングが眠っていた。

「誰かいるのか」

と、モトは呼びかけて、声のしたほうに目を凝らした。

集会場から吹きぬけになった二階である。聖歌隊が並ぶ席に、長身な肥満漢が、壁の穴から差し込む光を背にして立っていた。ゆっくりと男は移動する。それにつれて、その男の姿が目に映ってきた。男は日本の僧侶のように頭を剃りあげている。スキンヘッドの下には肉の詰まった大きな顔が続いていた。ギョロリとした目には自分以外のすべての人間を蔑むような光を湛え、鼻は大きく、唇は薄くて大きい。ツイードの背広にミンクの毛皮のコートをまとい、手には黄金《こがね》色に輝くステッキを持っていた。ステッキの握りは山羊の頭をデザインしているようだ。

まるで怪奇映画に出てくる怪人だ。

と思ってモトは鼻白んだ。

「我が星辰五芒星教団にあってはマスター・インフェルヌジ。我が前世はローマ人魔術師オルビス・ドラコヌス。我が魔法名《マジカル・モットー》はナイアルラトホテップ・シャガイ・ハー。そして、アメリカに滞在する英国人としての我が名はアドリアン・マルカトー」

肥満漢の言葉の終わりのほうに、暗い声が重なった。

「ごたくはいい。オウニー・マドゥンに言われて来たんだろう。……話せよ」

ヴァージニアンの声である。

いつの間に、と驚いてモトは、ヴァージニアンのいた位置を振り返った。

たった今まで、ほんの三フィートと離れていない場所に立っていたはずのヴァージニアンは二階の聖歌隊席に立ち、コルト・ネイビーをアドリアン・マルカトーに向けていた。

「私を怒らせるなよ、リトゥルネー」

マルカトーはヴァージニアンを大きな目玉で睨みつけた。

「屍骨《アッシュ》に過ぎなかったお前を偉大なるソロモン王の呪文で蘇生させたのが誰だったか忘れたのか。この私だ。今この場で解体の呪文を唱えて、元の屍骨に戻すことも、私には出来るのだぞ」

マルカトーがそう言って黄金のステッキを向けても、ヴァージニアンは銃口を魔術師に据えて微動だにしない。

ヴァージニアンは短く言った。

ステッキを足元に落としてマルカトーは両方の掌をヴァージニアンに見せた。撃つな、というジェスチャーだった。

マルカトーは自分が蘇生させた南軍兵士に心の底から恐怖している。

モトはそう感じて、急速に乾いていく唇をそっと舌先で湿らせた。

「ルチアーノやオウニー・マドゥンに、アドリアン・マルカトーは魔術師ではなくて詐欺師でした、と話してやろうか。奴ら、お前に失望し、さぞ怒るだろうな。本気でマフィアのボスを怒らせたことはあるか、アドリアン・マルカトー？　奴らは俺みたいに一発で仕留めてはくれない。お前の頭からガソリンをぶっ掛けて生きたまま火焙りにするだろう」

「ま、待て」

マルカトーは叫んだ。

「やれよ」

「なに⁉」

「お前が呪文を唱えれば、俺はクソ忌々しい北軍《ヤンキー》どもの世界から消えて、また眠ることが出来る。ただし、俺が地獄で眠り直す時には一人じゃない。お前も道連れだ」

「馬鹿な男だ。銃弾ごときで最高魔術位階に属するアドリアン・マルカトーを倒せると思うてか」

ヴァージニアンは物も言わずにコルト・ネイビーの引き金を絞った。銃口が火を噴き、鼓膜の破れそうな銃声が廃教会に反響した。同時にマルカトーの足元で床板が弾けて穴が開いた。反射的にマルカトーは身を竦めた。親指で撃鉄を起こしながらヴァージニアンは命じた。

「無駄話は嫌いだ。早く、ダッチ・シュルツとメトラトンに関する情報を吐け」

「じょ、情報は……」

「早まるな、リトゥルネー。少し駆け引きして小遣いを稼ごうと思っただけだ」

「オウニー・マドゥンはお前に現金《げんなま》を掴ませたと話していた。マフィアが現金と言う時には万単位だ。千や二千の端金《はしたがね》じゃない」

魔術師と死者との会話を聞きながらモトは階段を上った。床がところどころ抜けた階段である。白人の大人が駆け上れば二階から一階まで全部崩れてしまいそうな階段も、モトは猫のようなしなやかさで、足音を立てずに上ることが出来た。モトがアーチ型の出入り口から姿を見せたのに気づくと、マルカトーは言った。

「坐って話さないか。銃を突きつけられて立ち話するのに、馴れてないのだが」

「坐れよ」

ヴァージニアンは命じた。

「有難う。お心配りに感謝する」

皮肉な調子でマルカトーは近くの木製ベンチに坐った。傲慢な表情が顔から消え、スキンヘッドから額に掛けて冷や汗が浮かんでいた。

マルカトーに銃口を向けたままヴァージニアンが左に坐り、モトが右に腰掛けた。坐ると同時に麝香《じゃこう》の香りがモトの鼻を掠めた。魔術師は日本の公家のように身に香を焚き染めているのだ。

「ダッチ・シュルツのアジトは三箇所ある」

マルカトーは話しはじめた。

「一つは港湾地区の倉庫。ここはビール男爵と呼ばれた頃に押さえた場所で禁酒法時代には密造酒の倉庫に使っていた。今は奴の子分どもの溜まり場だ。次はハーレムのレノックス・アベニュー――コットン・クラブ近くにある事務所だが、ここはナンバーズ賭博の上がりを集める場所として使っている。この事務所にはダッチの腹心の部下オットー・バーマンが常駐している。三番目はサヴォイ・プラザ・ホテル最上階の最高級の部屋。ここは奴のセカンド・ハウスだ」

「三つともルチアーノはとっくに知っている。アドリアン・マルカトー――ニューヨークの魔術師しか知らない場所があるはずだろう」

「知らん」

マルカトーがきっぱり答えると、ヴァージニアンは何も言わずに、コルト・ネイビーの銃口をスキンヘッドのこめかみに押し付けた。

「本当に魔術師が不死身だったら、拳銃でも剣でも殺すことはできず、異端審問官の拷問具でも傷つけることなど出来なかったはずだ。だが、中世の魔術師は簡単に拷問具に傷つき、死んでいった。なぜだと思う？　魔術師は一度死んでる俺と違って、お前のようなタダの人間だったからだ」

「ま、待て。本当に知らないんだ」

ヴァージニアンの親指がコルト・ネイビーの撃鉄を引き起こした。

「地獄で待っててくれ、アドリアン。ダッチを殺ったら、俺もすぐに行く」

「やめろ、やめてくれ。まだ話は終わっていないんだ」

アドリアン・マルカトーは手を合わせんばかりの調子で言った。

「聞こう」

そう呟いたが、ヴァージニアンは、マルカトーのこめかみからコルト・ネイビーを引こうとはしない。

「ブレントウッズにあるピルグリム州立病院を知っているか」

「知らない」

とモトが横から口を挟んだ。

「わたしはニューヨークにはまだ慣れていないんだ。教えてくれ」

「ピルグリム州立病院はニューヨーク州が運営している世界最大の精神医療センターだ。八百二十五エーカーの広大な敷地に一万人を超える患者を収容している」

「その州立病院がダッチ・シュルツと何の関わりがある?」

ヴァージニアンは引き金を押さえたまま尋ねた。

「プロヴィデンスでの地下潜伏を止めてニューヨークに戻ってからというもの、ダッチ・シュルツは、ピルグリム州立病院に週に何度も通うようになったんだ。プロヴィデンスに行ってから奴の性格が変わったと、奴を知る人間は皆言ってるが、この州立病院への見舞いも、その一つだ」

「そんな立ち入ったことをどうして知った?」

モトが尋問する口調で訊いた。

「私の魔術教団《カルト》の信徒が麻薬依存症で州立病院に強制入院させられた。その信徒は入院患者の間で囁《ささや》かれている噂を小耳に挟んだのだ。あのダッチ・シュルツが、たった一人で、週に何回もピルグリム州立病院に姿を見せるとな」

「ギャングが精神療養センターに何の用だというんだ?」

モトは畳みかけた。

「ダッチがニューヨークに戻ってきたのと前後して、奴の父方の大伯父が神経衰弱で入院したそうだ。別の噂では奴が慌てて戻ってきたのは、大伯父のためだというのだが、これは眉唾だな。ダッチは自分の母親がハドソン川で溺れていても助けるような男じゃない」

「大伯父が入院してるのは真実なのか」

「これは間違いない。その大伯父は金庫か独房のような特別病室に入っているという」

「たかが神経衰弱の患者が金庫か独房のような病

室とはおかしいな」

「そうだろう。だが、ダッチはピルグリム州立病院のために莫大な寄付をしているし、研究援助と称して院長や、部長クラスの医師たちにも大金を支払ったという噂もある」

「ギャングが精神科医たちに寄付をばらまいているというのか?」

「ダッチが州立病院に現れるのは、大伯父の見舞いのため……。だが、それは表向きの建前で、真相は少し違っているようだ」

「なぜそんなことが分かる?」

「見舞いに来る時、ダッチはいつも大量の生肉を病室に運び込ませているのだ。それも何百ポンドも」

「大量の生肉だと?」

「さらにダッチの大伯父には毎日三ガロンの血液が輸血されているという。これも入院患者の噂だ」

「精神科の治療にどうして、三ガロンなんて大量の輸血が必要だというんだ?」

「おかしいだろう。まるで馬か牛の輸血だ。しかも、それが毎日だというんだ。……ピルグリム州立病院では凶暴な患者の前頭葉を傷つけるロボトミー治療や、脳に電気を通してショックを与え、凶暴性を無くす治療――医者連中の言うところの〝最新式の精神治療〟を行なっているから、ことによると大量の輸血も最新式の治療なのかもしれん。また、ダッチの大伯父が生肉を大量に食いたがるという強迫観念に取りつかれているということも、可能性としては有り得る」

「だが、お前はそんなこと、信じていないんだろう。アドリアン?」

ヴァージニアンがテンガロンハットの鍔《つば》の陰から突き刺さるような視線を魔術師にくれた。依然として魔術師のこめかみには銃口が押しつけられたままだった。

「ああ。信じてない。……我が魔術教団の信徒の見舞いに行き、ここまで聞き知ったのが三日ほど前のことだ。興味を持った私は見舞いの後、迷った振りをして入院病棟を片端から回って、ダッチの大伯父という人物の病室が何処か調べてみた」

「方法は？」

「簡単だ。見舞い客は必ず各病棟のナースステーションの受付で、置かれている書類に名前と、見舞いに来た相手の名前、その病室を書かなければばならない。全入院病棟のナースステーションで片端から受付書類を盗み読みしたのだ。……つまり、アーサー・フレゲンハイマーが何号室の誰に面会に来たのか、をな」

「魔術師より探偵か新聞記者のほうが向いていそうだな」

「そんなことを褒められても少しも嬉しくない。……そこで幾つかのことが分かった」

「なんだ？　何が分かった？」

モトがそう尋ね、

「それは……」

と、マルカトーが答えようと口を開いた瞬間、ヴァージニアンが天井を仰いだ。

「むう」

低く唸って、ヴァージニアンは視線を飛ばし、ドーム状になった天井を見つめた。天井に描かれた天使はいずれも漆喰や塗料が剥げ、顔が白くなっていた。その顔のない天使群をじっと見つめたまま、ヴァージニアンは言った。

「嫌な気配がする。まるで野営しててコヨーテの大群に囲まれたような雰囲気だ」

「わたしは何も……」

モトが「感じない」と続けようとした時、アドリアン・マルカトーが黄金のステッキを握り締めた。

遠くから声が聞えた。廃教会の外、通りのほうで誰かが喚くような声だ。

人種の塵溜《ごみた》めと呼ばれるレッドフックのチンピラどもが喧嘩する声か？

とモトは思った。

だが、その声はレドフックの街角で叫ばれる異国の言語や罵声ではなかった。意味は分からないが、何か——意味のある言葉だ。

わが主エロヒム、わが主エホヴァ、
わが主サバオト、メトラトン・オン・アグラ・マトン、
神託の言葉、サラマンダーの神秘、
森の集会、地霊の洞窟によりて

その声を聞いたマルカトーは、まるで舞台で台詞を言うような調子で、モトとヴァージニアンに呼びかけた。

「この場に妖気が湧き立ちはじめた。我が友よ。魔軍の翼の音を聞け」

「なんだと？」

訊き返したモトの耳に乾いた音が聞こえた。

バサッ、バサッ、バサッ、というその音は、確かに硬い羽根を持った鳥の大群の羽ばたきである。だが、周囲を見渡してもそのようなものは見えなかった。目に入るのは影のみ——。破れた壁より漏れ入る陽光で出来た、三人の足元に広がる暗い影だけだ。

鳥の羽ばたきが次第に大きくなってくる。

だが、何処にも、鳥の姿は見えなかった。

謎の声は続く。

魔神コエリ、アルモンシン、ギボル、ヨシュアよ、
エヴァム、ザリアトナトミクよ、来たれ、来たれ、

来たれ。

ぎあっ――

不意にモトの足元で怪鳥の鳴き声が響いた。

その一声を待っていたかのように、三人の坐る二階全体が激しく揺れはじめる。地震ではなかった。二階席の三人の影が足元で波立つ。千々に千切《ちぎ》れて、小さな鳥の影と変じていく。何千という小さな鳥影だ。その一羽一羽が翼を羽ばたかせ、動き出した。床から身を起こし、空中めがけて飛び立っていく。瞬く間に鳥の影は二階の空間を埋め尽くし、三人の鼻や口を覆って、彼らの呼吸を止めようとする。

だが、それよりも早く――、

「イーヴラシュルネ・アンブラ・アベス！」

アドリアン・マルカトーが呪句《プレイヤー》を唱えていた。

呪句《プレイヤー》は、演劇や映画に出てくる魔女が呪文を唱えるのとは、まったく違っていた。車のエンジンのように、大きな発動機のように激しく唸り、周囲の空気と磁場を震動させる――そんな発声法だった。アドリアン・マルカトーは黄金のステッキで空中に五芒星を描いた。

さらに唱えた。

「退去《バニッシュ》せよ、影の鳥たちよ」

「イーヴラシュルネ・アンブラ・アベス！」

そしてステッキを横に捧げて、何事か念じる。その間、モトは鼻と口を手で覆い、影鳥の大群より顔面を守り続けた。ヴァージニアンは黙って影鳥のたかるに任せている。それを見ているうちに、モトは、ヴァージニアンが呼吸というものをしていないことに初めて気がついた。影鳥の大群は出現した時と同じように、唐突に消えた。

「退去《バニッシュ》させたぞ。私の魔力、私の魔術のパワーをとくと見たか」

自信たっぷりにマルカトーは言った。

「ああ。堪能した。あんたは大した魔術師だと良く分かったよ」

モトは小さくうなずいた。

「言っておくが、今の攻撃はダッチの黒幕メトラトンの魔術だ。だが、メトラトンの実力はこんなものではない。今のはほんの脅し、いってみれば、チンピラが飛び出しナイフをチラつかせたようなものに過ぎん」

「そんなことより、さっきの続きを教えろ。ダッチ・シュルツの大伯父を名乗る奴はピルグリム州立病院の何号室にいる？　何と言う名前だ？」

そう尋ねたモトに、アドリアン・マルカトーは、右手の掌を突き出した。大きな掌にモトは目を落として質問した。

「これは？」

「何の真似だ？」

横目で睨んで、ヴァージニアンもマルカトーに訊いた。

「先程の話の続きが聞きたければ、五百ドル出せ」

「お前、殺されたいのか？」

コルト・ネイビーの銃口がスキンヘッドに丸い痕が付くほど強く押しつけられる。だが、アドリアン・マルカトーは笑っていた。

「私を殺したならば、お前たちはダッチ・シュルツの大伯父の病室が何処で、その名が何というのか、永遠に知ることは出来ん」

「ナースステーションに行って、お前と同じ方法で調べれば済むことだ」

「ふん。州立病院の看護婦や医師が、南軍兵士の格好をした大男や、得体のしれない東洋人に、乞われるままに来客簿を閲覧させると思うかね？　まあ追い返されるのが落ちだ。下手をすれば、我が友ヴァージニアンくんは特別病室に監禁されるし、東洋人は凶暴な患者として本国に強制帰還させられるだろう。そうなったら元も子もなかろうが。そっちの話は知ってるよ。十月二十三日か二十四日がダッチ暗殺の指定日だそうだなあ。あと二週間足らずなのに、そのような遠回りをしてもいいのかね？」

「金の亡者め」

モトが顔をしかめた

「魔術の沙汰も金次第だよ」

マルカトーはクックッと含み笑いを落として言った。

このアドリアン・マルカトーという男は、驚嘆すべき能力を持った魔術師なのか、金に汚い俗物なのか。まったく得体がしれない。

とモトは眉をひそめた。

「マドゥンは結構な金をお前に支払ったと言っていたぞ」

ヴァージニアンが非難するように言った。

「わたしが何処に住んでいると思うんだね。君たちのようなスラムの鶏小屋などではない。ミッド・タウンの最高級ホテルだよ。そのツインルームを我が屋敷として住んでいるのだ」

「ヴァージニアンを蘇らせて得た何万ドルもの報酬も、キャビアやシャンペンに化けてしまったという訳か」

モトは軽蔑を露《あらわ》にして吐き捨てた。

「それだけではないよ。毎晩異なる世界各国の美女、ハバナ産の葉巻、フランスから取り寄せたコニャックにも金は必要だ」

悪びれもせず、マルカトーは答えた。

「よし。千ドルくれてやる」

モトは上着の懐に手を入れた。それと同時に、ヴァージニアンがコルト・ネイビーを魔術師のこめかみから引いた。

「請求したのは五百ドルなのに気前がいいな」

マルカトーが、ほくそ笑むように呟いた。その手に百ドル紙幣を十枚握らせると、モトは答えた。

「あと五百はガイド料だ」

「ガイド……。この、マスター・インフェルヌジをピルグリム州立病院の道案内に使うというのか」

「道案内と、もし必要が出来たら州立病院で医者や看護婦との折衝。そして……ダッチの大伯父が魔術を使った時に、わたしたちを魔術的に防御する役目。それら込みでの千ドルだ」

「なんということだ。この私が左様な真似をせねばならぬとは」

マルカトーは芝居がかった調子で言って、大きな溜息を落としながらも、モトから千ドルをひったくると、素早く内ポケットに仕舞いこんだ。

「日本人はラッキー・ルチアーノやオウニー・マドゥンより抜け目ない人種と覚えておこう。まるでカイロで会った骨董商人のようだ。あの時は『アル・アジフ』の断章に三千ポンドも吹っ掛けられた……」

「アドリアン、無駄口はいい。ダッチ・シュルツの大伯父の病室は何号室だ」

ヴァージニアンが無表情に尋ねると、

「本館地下にあるZ病棟の一〇一一号室だ。入院患者として登録された名は、J・Cという」

「J・C？　ジョン・クックとか、ジョージ・キャンベルとかじゃなくて、ただのJ・Cだと」

「医師も看護婦も介護士も入院患者も……ダッチ・シュルツ自身もJ・Cと呼んでいる」

アドリアン・マルカトーはそう説明すると、

「もう一つ、面白いことを教えてやろう」

「なんだ？」

「このJ・Cという人物は、ダッチ・シュルツの大伯父だというのに見かけは二十代半ば――ちょうど、このモトくんと同じくらいの年齢らしい」

「ダッチは今年三十三だぞ。その大伯父がどうして二十代半ばなんだ？」

ヴァージニアンの質問に、マルカトーは肩をすくめた。

「私に詰め寄られても困るね。さらに言うならJ・Cは二十代半ばのアメリカ青年にも拘わらず、古めかしい英国訛りの英語を使うそうだ」

「英国人か？」

モトはマルカトーの横顔を見つめた。

「コールが殺された時、電話を掛けてきたメトラトンも英国人みたいな話し方をしていたそうだな」

「おや、そうかね」

マルカトーは惚けるようにうそぶくと、

「君たちの表情を見ていると、今すぐ州立病院に連れて行け、と言いたげだが。生憎とピルグリム州立病院を探るのは、あと三日待たねばならんよ」

「どうしてだ」

「病院で患者の暴動が起こったのだ。それで一部施設が壊れてしまったので、本日から病院は工事のため外部の来客はお断りだ。月光のせいか、五年前にトンボーが発見した冥王星の影響か、はたまた磁場のせいか、死者まで出たそうだよ。だが、院長と州知事が警察やマスコミに手配して揉み消したので大きな警察沙汰にもならず、新聞には報じられなかった。……その暴動の後始末に三日掛かるのだそうだ」

## 5

一九三五年十月十五日午後三時。ニューヨーク市ブレストウッズ。ピルグリム州立病院。

世界最大の精神療養施設は正面に十一階の本館が聳《そび》え立ち、その左右に翼のように病棟部が広がっていた。前庭は広く、野球が出来そうだ。何もかも真新しく光り輝いて見えるが、その窓はすべて鉄格子で遮断され、さらに金網が張り巡らされていた。本館に一歩踏み入ると、塗料の臭いとそれを薄める薬品の臭いが入り混じり、一階ホールには、一部、まだテント地の布が敷かれている。

「騒動があったにしては院内はきれいだな」

感心して呟いたモトに、マルカトーが囁《ささや》き返した。

「院長命令で、三日かけてやっとここまで戻したんだ。それは、それは、凄まじい騒ぎだったらしい。守衛が一人死に、看護婦と医者も十人近く怪我をしたというから、まるで三月にあったハーレムの黒人暴動だ」

一九三五年三月十九日、黒人の少年が万引きして警官に殺されたというデマが飛び、ハーレムで黒人の大暴動が発生した。三人が死亡して数百人が負傷、被害総額は二万ドルに及ぶというそのハーレム暴動さながらの患者の暴動が、三日前、ピルグリム州立病院で起こったというのである。

「患者のほうの被害は百人近かったが、病院側が力づくで揉み消したという噂だ」

「アメリカでは犯罪者と精神障害のレッテルを貼られると、たちまち自由もクソもなくなる訳だな。忘れないようにしよう」

モトは皮肉な調子で呟いた。

「それにしても、ペンキと薬品の臭いで頭痛がする。私までもおかしくなってきそうだ」

マルカトーは露骨に顔をしかめながら、玄関から、受付カウンターに進んでいった。

「三人とも見舞いだ」

と受付に立つ中年女に説明する。女はコルク板のボードに挟まれた用紙と鉛筆を差し出した。マルカトーは素早くサインすると、

「我が教団の信徒の見舞いに来たことにしておく。つまり君たちも魔術教団の信徒という訳だ」

モトに囁《ささや》いて、

「受付の来客名簿に名前を書きたまえ」

と、ボードと鉛筆をまわした。

モトはうなずいて、マルカトーの次にサインする。名前は「セッシュー・モト」にした。それを読んだマルカトーが微笑んだ。

「君は日本人には珍しいユーモアの持ち主だな」

モトがボードをヴァージニアンに回す。ヴァージニアンは記名欄に、無造作に「×」と書いて、受付の女に戻した。女はヴァージニアンのサインを見もせず、事務的に言った。

「患者さんの病室はホールの案内板でお確かめ下さい」

「有難う」

と礼を言って三人はロビーに進んだ。

そんな三人を守衛室のガラス窓から黒い制服に黒い制帽の守衛が、じっと睨んでいた。守衛はヴァージニアンの古臭いマントと南軍の軍服に注目したようだった。

「良いことをお教えしよう」

マルカトーがヴァージニアンに囁《ささや》いた。

「なんだ」

広い鍔《つば》の下から、ヴァージニアンは、マルカトーにうるさそうな視線をくれた。

「今のニューヨークで、君のように薄汚れて古臭い軍服を着ているのは例外なくホームレスだ」

「知ったことか」

「そうもいかんさ。どうして退役軍人はホームレスになってしまうのか。原因は精神疾患なのか、それとも何がしかの傷を負って脳に異常をきたしたのか。……これはピルグリム州立病院の医師の重要なテーマなのだ。見たまえ。守衛も看護婦も医者も、君が新参の患者ではないかと注目しておる」

モトは歩きながら一階ホールを見渡した。ホールは患者と看護婦、それに屈強な介護士でごった返していた。患者のうちテント生地の拘束衣を着せられているのは、凶暴性があると診断された者のようだ。両手を胸で合わせたまま何本もの革バンドと容易に切れない紐で固定されていた。鉄格子の向こうに広がる外の景色を眺めている患者は強力な向精神薬を投与されたせいで、目は虚ろで光がなかった。さらに椅子に坐って背凭《もた》れに手を掛けて俯いている患者、ストレッチャーに寝かされて全体を覆ったテント地のカバーから首だけ出した患者、落ち着きなく立ったり坐ったりを繰り返す患者などがいる。

ロビーを進むにつれ、モトは、清潔で明るい院内が少しずつ黒い煤《すす》のような霞《かすみ》に覆われていくのを感じた。

これは霞《かすみ》じゃない。絶望だ。

とモトは考えた。

監獄よりも過酷な環境に投げ込まれた患者たちの絶望が黒い煤《すす》となって病院中に舞い散っている。それを体感し、激しく瞬いたモトに、マルカトーが前を見たまま囁《ささや》いた。

「周囲の人間を注視するな。刺激してはいかん」

「皆、大人しいぞ」

「誰が患者と言った。私は医者と看護婦と介護士を刺激するな、と言っておるのだ」

ヴァージニアンが口を挟んだ。

「Z棟というのはどっちだ」

「それを知ってどうする？」

「J・Cとか言う奴の病室に行く」

「簡単には行けないぞ」

「何故だ？」

「Z棟は二種類の患者しかいないからだ」

「二種類とは？」

「まず医師の純然たる研究材料として監禁されている患者だ。彼らは毎日、何種類もの向精神薬を投与され、電気を流され、頭蓋骨に穴をあけられて脳細胞を採取されている」

「実験用のモルモットだ」

モトが暗澹《あんたん》たる表情で呟いた。

「もう一種類は？」

「諸般の事情で精神に疾患があると診断された人間だ」

「話が見えないな」

「株主の邪魔になる経営者、慈愛に溢れるあまり大司教に煙たがられた司祭、学会の政治力学からはみ出した天才学者、清廉潔白すぎる政治家、全財産を妻子ではなく救貧院や孤児院に寄付しようとした富豪の慈善家。……つまり精神に異常がなければ周囲の者が困る善男善女だよ」

「………」

「Z棟の半分はそうした人間が患者として厳重な病室に軟禁されている。病室には鋼鉄のドアと防弾ガラス。窓には鉄格子と金網。内壁は自殺防止のためマットで覆われ、三十分に一度、看護婦か介護士あるいは守衛が様子を見に来る。さらに患者によっては自分の名前も忘れるほどの向精神薬が投薬される」

「J・Cもか」

「ああ。ダッチ・シュルツが金の力で入院させたそうだ」

「J・Cは、わたしと同年代の若い男だと三日前に言ってたが、その後、何か分かったことはないか？」

「分かったことって、何がかね？」

「たとえばJ・Cの正体は。どうしてこの病院の特別病室に入院しているのか。どうして三ガロンもの輸血をしたり、何百ポンドもの生肉が与えられるのか。……そんなことだ」

　モトが説明するとヴァージニアンが二人に振り返った。

「J・Cというのは、メトラトンの正体を知ってしまったダッチの子分じゃないのか」

「どうして、そんな推理を？」

「メキシコのモントレーという町で、山賊の頭目が、両足の脛から下を切って歩けなくして、喉を潰して話せなくした子分を、犬みたいに飼ってるのを見たことがある。殺す前に、どうしてそんな酷い真似をしたのか訊いたら、奴は、自分と三十年も苦楽を共にした子分だから殺せないと言った。奴が何をしてこんな罰を受けたのかと訊いたら、三十年間奪って貯め込んだ金貨や銀貨の隠し場所を知ってしまったからだと答えた」

「つまり、知ってはいけないことを知った可愛い舎弟だから、殺すにしのびなくて、こんな病院に監禁しているという訳か」

　モトはヴァージニアンに振り返った。

「そういうことも考えられる。それだけ言いたかったんだ」

「面白い推理だが」

　とマルカトーが言った。

「大量の輸血と、ダッチの差し入れる生肉の説明にはなっていないな」

むっとしたヴァージニアンを無視して、マルカトーは行く手を指差した。

「見たまえ。そこの廊下を曲がれば、二手に別れる。左に行けば入院病棟に通じるエレベーターがあり、右に曲がって少し行けば、機材室と被服室が並んでいる」

「どっちに行く？」

「右だ。被服室で白衣に着替え、機材室でストレッチャーを調達する」

＊

それから十二分後。

本館地下一階にある隔離病棟のZ病棟で、業務用エレベーターが自動的に開かれた。蛇腹《じゃばら》式の内側の扉を手で開いたのは白衣の医師である。医師は六フィートを超える長身で、全身に肉が詰まったような肥満漢だった。剃りあげた頭に額帯鏡《ヘッドミラー》を付けた顔はドイツの怪奇映画に登場する医師のようだ。その後ろに白衣を着た東洋人がストレッチャーを押して従っている。ストレッチャーには拘束衣を着せられた長髪の大男が横たわっている。そのまま前進すると右側にナースステーションがあった。ガラスの仕切りの向こうから青い制服に純白のナース帽の看護婦がこちらに振り返った。

「マウントサイナイ病院のドクター・ディートリッヒだ」

看護婦が尋ねるより先にマルカトーが名乗った。

「凶暴性のあるホームレスの患者だ。緊急にロボトミー手術を施さねばならん。明日が手術だ。今夜だけこちらの病棟に収容させてもらうことになった。貴院の院長の許可は得てある」

そして白衣の下から書類を出した。

「書類を確かめさせて下さい」

看護婦が言ってナースステーションの仕切り窓を引いた。

「当然だ。確かめたまえ」

そう言って書類を渡そうとしながら、マルカトーはストレッチャーの大男にしか聞こえないような小声で囁《ささや》いた。

「ヴァージニアン、今だ。少し暴れろ」

何も言わずに、ヴァージニアンはいきなり身を起こした。次いで野獣のような唸りを上げて、拘束衣で胸の上で交差させられた両腕に力を込める。テント地の縫い目からビッ、ビッ、ビッ、という音が起こった。人間離れした膂力であった。

「ドクター・ディートリッヒ！　拘束衣が裂けてしまいそうです」

モトはインターン風に緊張の面持ちで叫んだ。それを聞いて看護婦がナースステーションから廊下に出ようとする。

しかし、マルカトーは「大丈夫だ」と片手を上げて、白衣から注射器を出した。針の付いていないのを巧みに隠し、ヴァージニアンの頸動脈に注射する振りをして見せた。

「早く、寝ろ」

マルカトーに促されて、ヴァージニアンはすぐに横たわり目を閉じた。

「ドクター・ディートリッヒ。患者《クランケ》は麻酔薬に耐性があります。目を覚まさないうちに早く行きましょう」

モトが緊迫した調子で言うと、マルカトーは手にした書類をガラス仕切りの向こうの看護婦にヒラヒラさせた。

「そういう訳だ。説明は病室に収容してからだ。空いてる病室があるはずだが？」

「一〇一四です」

「ありがとう」

礼を言ってマルカトーは書類を白衣のポケットに戻して、さらに廊下を進みだした。

「呆れたツラの皮だな」

ストレッチャーを押しながらモトが感心した調子で言った。

「それも魔術師のたしなみだよ」

「Z病棟に空き部屋があると、どうやって知った」

「三日前に調べておいたのだ。手品は下ごしらえが大事だからな」

「看護婦に見せた書類は？　どうやって手配したんだ」

「ふん、これはホテルから突きつけられた請求書だよ」

「もし看護婦が今の手に引っ掛からなかったらどうする積もりだった？　後学のために教えてくれ」

「その時はそれなりに手はある。魔術師の本領が見たければ次の関門で見せてやろう」

「次の関門？」

「もう少し前進したら分かるだろうさ」

マルカトーはストレッチャーを押すモトを従えてZ病棟の最奥へ進んでいく。広い廊下は暗く、空気が生暖かい。十月中旬なのに汗ばむほどだ。階上のロビーや病棟と違ってZ病棟は全体にスチーム暖房が働いているのだ。生暖かい空気は通気が悪いせいで、埃っぽくて消毒液の臭気が満ちていた。

「まっすぐ進め」

マルカトーが後ろに従ったモトに小声で呼びかけた。

「進んでいる」

そう答えたモトは、

「両方の腰に提げたホルスターをどう隠すかと思えばマントを使うとは……」

と小声で独りごちた。ヴァージニアンの腹から腰辺りには古臭い灰色のマントが毛布のように掛けられていた。

「この大男ばかりは白衣を着て医者に化けることは出来ん。となれば患者に仕立てるしかあるまい」

廊下の左側だけにドアが並んでいる。全てのドアは頑丈な鋼鉄製で独房のように覗き窓が付されていた。廊下を進んだだけでは分からないが、覗き窓の内側には金網が設《しつら》えられ、病室の壁は全面マットで覆われており、便器も洗面台も角のないデザインになっているのだ。

「まるで刑務所だ。とても入院病棟には見えない」

歩きながらマルカトーが囁《ささや》いた。モトの返事はない。それでもマルカトーは続ける。

「だが、ピルグリム州立病院ではこの程度の設備は軽症患者の入院病棟と大して変わらない。Z棟で注目すべきは、ここから先だ」

その言葉が終わらぬうちに、廊下の前方で右手のドアが開いた。そのドアは病室と違って明るい色のオーク材で出来ている。開いたドアを顎で示してマルカトーは囁《ささや》いた。

「あれが、次の関門だ」

戸口から二人、黒い制服に制帽の警備員が現われた。ヘビー級ボクサーのような屈強な男たちである。二人とも腰にホルスターを巻いてリボルバー拳銃をぶち込んでいた。

「そこで止まって下さい」

警備員の一人がマルカトーに呼び掛けた。もう一人が素早くマルカトーとストレッチャーに駆け寄って言った。

「ここから先は特別警護病棟です。先生方のお名前と、必要書類をお見せ願います」

「いいとも」

マルカトーの声を聞いて、モトは右手をストレッチャーから離した。

医師ではないと警備員に見破られたら、マドゥンに用意してもらったブローニング拳銃を懐から抜こう。それで脅して目指す一〇一一号室に突入するのだ。

と覚悟した。

軽く白衣の前ボタンを外したり、また嵌めたりを繰り返しながら、警備員の腰の拳銃を見つめる。

相手が抜こうとしたら蹴りで利き腕を潰し、それを奪うことも可能だ。

と、そんなことを考えていた。

「さあ、これが必要書類だ。よく見たまえ」

マルカトーは警備員に書類を差し出した。それがホテルの請求書であることは言うまでもない。モトは息を潜めて、マルカトーと警備員の会話に集中した。

「これが……ですか」

「そこに書いてあるだろう。しっかりと、集中して、一言一句落とすことなく、読んでくれたまえ」

と前置くとマルカトーは、ゆっくりした口調で説明する。

「わたしはマウントサイナイ病院のドクター・ディートリッヒ」

そこでマルカトーは指を鳴らした。マルカトーから書類を受け取った警備員だけでなく、モトの前に仁王立ちになった警備員も、指を鳴らす音にハッと息を呑む。

マルカトーはゆっくりと続けた。

「後ろにいるのはインターンのモト」

また、指を鳴らした。

「ストレッチャーで横臥《おうが》しておるのは姓名不詳のホームレスで、非常に凶暴性のある患者だ。明日、急遽ロボトミーを施すことになったのだ」

また指を鳴らした。

「ところが、マウントサイナイ病院では設備も執刀できる医師もいないので、こちらに一夜だけ預かっていただくことになった」

そこまで説明するとマルカトーは大きな音で手を拍った。二人の警備員は一瞬、冷水を浴びせられたような表情になる。だが、すぐに元に戻り、マルカトーとモトに微笑みかけた。

「結構です、ドクター・ディートリッヒ」

とマルカトーの前の警備員が書類を戻してきた。

「病室は知っておる。ありがとう。ああ、ところで、一〇一一号室の鍵を貸してくれんかな。ちと必要でな」

「お安いご用です。ドクター」

警備員はにこやかにダッチの大伯父の病室の鍵をよこした。それに礼を言ってマルカトーとモトは、さらに前に進みだす。

「驚いただろう。これが魔術というものだ」

「瞬間催眠を応用した暗示にしか見えなかったが」

「ふん、日本ではそういうらしいな」

そうして進みながらモトは左に並ぶ鉄のドアと、ドアの上に貼られたナンバープレートを読み続けた。……一〇〇七……一〇〇八……一〇〇九……一〇一〇……一〇一一……。二人は足を止めた。一〇一一号室は右の壁にあった。背後を振り返れば、二人の警備員は警備室に戻り、すでにドアを閉めている。

「いいぞ」

モトが囁《ささや》くとヴァージニアンが起きあがり、両手を左右に引いた。難なく拘束衣から両手を抜く。もともとよりベルトは締めていなかったのだ。ヴァージニアンは素早く降りて、マントを羽織った。モトはストレッチャーを廊下に寄せると白衣を脱ぎ、そこに放り投げた。

「そら、鍵だ」

マルカトーがモトに鍵を手渡した。

「開けてくれても罰は当たらないと思うが」

「ふん。それは料金外だ」

居直ったように言ったマルカトーをモトは睨みかけたが「早くしろ」というヴァージニアンの囁《ささや》きに促され、鍵を鉄の扉の鍵穴に差し込んだ。静かに回す。錆びかけたロックの外れる手応えが、鍵を通して掌に伝わった。モトは鍵をポケットに入れ、まずヴァージニアンに振り返った。ヴァージニアンの表情はテンガロンハットの鍔《つば》の陰に隠れて伺うことが出来ない。ただ、だらりと垂らした両腕が、いつでもコルト・ネイビーを早撃ち出来ると無言で語っていた。マルカトーは中指と人差し指を立てて何事か呪文を唱えている。

モトはドアの金具を握った。金具は氷のように冷たい。それをひねって引いた。歯が浮きそうな軋みをあげて鉄の扉が開く。

扉の向こうはJ・Cの病室だった。

## 6

五秒後。

モトは戸口を越えて一〇一一号室の中へと進み入った。

その後にヴァージニアンが続き、さらにマルカトーも入っていく。

マルカトーは敷居を越える瞬間、そっと空中に五芒星を描いた。病室に不吉な気配を感じて、迫りくる〝魔〟を祓ったらしい。それは魔術師ならぬモトも感じていた。病室に入ると同時に背筋に寒気が走り、全身の皮膚に粟が生じたからである。

それでもモトは歩を進めた。

目の前に広がるのは闇。肌に感じたのは冷気。耳に聞こえるのは動物の立てる荒い息遣い。その声は僅か五、六歩ほど前方から起こっている。だが恐れることなく、三人は冷たい闇に身を浸した。

不意に背後で鉄の扉が閉まった。先程は重い軋《きし》みを立ててゆっくり開いたのに、閉じる時は巨人が力任せに閉じたようだ。

肩越しに振り返ったが、扉を閉めた人間はいない。

誰もいないのか。

そう訝《いぶか》しんでモトは闇に目を凝らした。

数秒そうしていると、次第に、部屋の奥にぼんやりと人影らしきものが見えてきた。

男だ。椅子に坐っているらしい。その足元には大きな犬のような物が二匹うずくまっている。

それを視覚で捉えると、闇の中に二つの光点が浮かび上がった。指先ほどの大きさをしたオレンジ色の光点だ。その高さと位置からモトは光点が何者かの目から発せられた光だと判断した。二つの光点の下から暗い声が起こった。

「余の病室に許可なく踏み入るは誰《たれ》ぞ？」

投げられた問いは古語混じりであった。

これは老人の語彙《ごい》じゃない。もっと遥かに昔に生きていた人間の言い回しだ。

と、モトは思った。

もっと昔──たとえばシェイクスピアが生きていた時代の英国人が使っていた言い廻しじゃないか。

「お前がＪ・Ｃか」

モトは尋ねた。

二匹の犬の唸り声が人影のほうから聞こえた。大型猟犬が主人に近づく人間に警戒して発する唸りだった。椅子に坐った人影が足元にうずくまった大型犬を軽く撫でた。唸りが治まる。犬たちは良く訓練されているようだ。

「然り」

暗い声が返された。地獄の釜から湧いたように低く、反響し、それでいて幽霊のように虚ろな声である。その声はヴァージニアンと同種類の声帯から発せられているように、モトには聞こえた。

「わたしはセッシュー・モト。こちらはアドリアン・マルカトー。あちらの男はヴァージニアンだ」

「………」

「我々はダッチ・シュルツとボー・ワインバーグを追っている。お前がダッチの大伯父というのは本当か」

沈黙。相手は何か考えているようだ。ダッチとボーの名前を口にすると、二匹の大型犬が、また威嚇の唸りをおとした。

「左様。わたしは、アーサー・フレゲンハイマー、の、大伯父だ」

人影は言葉を切りながら、ゆっくりと答えた。その言葉遣いを耳にしたモトは、十八世紀の人間がぎこちなく現代語を使おうとしているように感じた。

「神経衰弱で入院中と聞いたが、本当か」

「そうだ。正確には、好古趣味が、昂じて、神経症になって、しまったのだ。光線に対する過敏反応も、あり、部屋は常に、今のごとく、目を凝らして、やっと、見える程度の明度——つまり、これくらいの、暗さを、保持せねば、ならぬのだよ。わたしは十八世紀の、文物を、研究しておったの、だが、ね。それの、度が過ぎて、自分が、二世紀前、つまり十八世紀の人間だ、という……強迫観念に、捉われて、しまっ、た。それを、自覚したので、アーサー・フレゲンハイマーに頼んで、この州立病院に、入院、させてもらった、のだ。それゆえ、ご覧のごとく、二十世紀、つまり現代、の言語で、会話するのに、大変な労力を必要と、する。お聞き苦しい点は、ご容赦願いたい」

「我々はダッチ・シュルツの債権者に派遣されてここまで来たのだ」

マルカトーが横から口を挟んだ。

「ダッチは週に何度もこの病室に見舞いに来ると聞いたが」

「甥は、慈愛に、満ちた、性格で、ね。いかにも、週に二、三度、わたしの見舞いに、来てくれる」

話すうちにモトの目は明確ではないが、相手の容貌をおおよそ把握した。

顔立ちは二十代半ば、自分と同じくらいだが、異様に老成した印象がある。

髪は黒く、顔に皺はないのだが、髪にも皮膚にも艶がなく、そのため目下の闇を透かして見れば、八十か九十、いや、それ以上の老人を前にしているような錯覚に捉われそうなのだ。

「諸君が、アーサー・フレゲンハイマーの、債権者に派遣されたので、あるのなら、彼が、見舞いに来た、時に、負債を、支払うように、伝えて、おこう」

「お願いする。なにしろ何万ドルという大金だ。回収できないと我々の責任が裁判で問われる」

マルカトーはいい加減なことを言いながら、上着の内ポケットから万年筆と書類を取りだした。

「時に、大伯父上のご尊名をお伺いしたい。アーサーの負債が大伯父上に請求されぬよう、手続きせねば。……そうして差し上げたほうが宜しかろう？」

殊更に古臭い調子で問いかけた。

「余の名はJ・Cだ」

「いや。頭文字だけという訳には参らぬよ。銀行も絡んでおるし、厄介な税金の問題もあるでな。これは財務省に出す正式な書類なのだから、大伯父上のご尊名を是非ともお願いする」

「………」

J・Cは少し沈黙した。


「大伯父上がピルグリム州立病院に入院しておることは書類に記す必要はござらぬ。単に形式的にお名前をここに記せば我々の用は終わり、大伯父上は今までと同じ静寂の中で思索にふけることが出来ましょう」

「………」

さらに一呼吸の沈黙の後、ようやく、J・Cは囁《ささや》き声で応えた。

「余の姓名はジョーゼフ・カーウィンという」

「ほう。東海岸の由緒ある人物と同じ姓名ですな」

とマルカトーは書類から顔を上げた。その目がじっとカーウィンを見つめる。

「カーウィンさん。ひょっとして、あなたは、マサチューセッツ州セイレムの生まれではありませんかな」

「セイレムには、以前、住んでいた、ことも、あるが、むしろプロヴィデンス、のほうが、長い」

と、そこでカーウィンの声は笑いを含んだ。

「ずっと、ずっと、長くプロヴィデンス、に、おったよ」

「そうでしたか」

と、うなずくと、マルカトーはモトとヴァージニアンに言った。

「書類にジョーゼフ・カーウィン氏のお名前を記したから、我々の用は済んだ。では、退散しよう」

意外な言葉にモトは困惑して、

「いや、しかし、まだ話は終わっていないだろう」

と反論した。

だが、マルカトーは手にした書類を畳んで万年筆と一緒に懐に仕舞うと、

「いいんだ。もう、済んだ」

そう言ってモトとヴァージニアンに「ドアに戻ろう」と促した。

「いいのか？」

モトはマルカトーにしか聞こえないほどの小声で尋ねた。と、すぐにマルカトーの囁《ささや》きが、モトの耳元近くで返される。

「ドアまで行ったら、わたしが奴にあることを質問する。それを聞いて奴が動揺したら、君は、奴に大声で呼びかけろ」

「なんと叫べばいい？」

するとマルカトーはモトの手を取って、その掌に素早く「A」と「M」で始まる奇怪な姓名を走り書きした。

「これは……」

「しっ、いいから」

そう言ってマルカトーは先にモトとヴァージニアンを進ませた。ヴァージニアンが先頭になってドアに戻っていく。

ヴァージニアンがマントの下から手を伸ばし、ドアのノブを握った。

その瞬間、マルカトーは足を止めた。

身を翻して、奥のほうで椅子に坐ったままのジョーゼフ・カーウィンと対峙すると、こう言った。

「そうだ、申し遅れたが、わたしは魔術を研究しておってね。セイレムの魔女事件とプロヴィデンスで魔術師の起こした事件については聊《いささ》か詳しいのだ」

「ほ、ほう……奇特な、ご趣味だ」

口調こそ平静を装っているが、カーウィンが動揺した。その気配をモトははっきりと背中で感じ取った。

マルカトーは薄笑いを湛《たた》えて言葉を続けた。

「せっかくお目に掛かったのだからお訊きしたい。サイモン・オーンとエドモンド・ハッチンソンが亡くなったのは御存知かな？」

「誰と、誰、ですと？　とんと心当たりがないが」

惚けるようなカーウィンの返事を聞いたマルカトーは一呼吸置いて、さらに続けた。

「あなたのお名前がジョーゼフ・カーウィンとお聞きして驚きましたわい。てっきりチャールズ・デクスター・ウォードと名乗るものかと思っておりましたからな」

カーウィンが息を呑んだ大きな音が聞こえた。

その瞬間、モトは病室の気温が一気に低下したのを体感した。

今だ！

と声が心に閃き、モトは振り返ると、大きく叫んだ。

「アルモンシン・メトラトン！」

それはジョーゼフ・カーウィンの魔法名《マジカル・モットー》に他ならなかった。

秘密の名前を呼ばれてジョーゼフ・カーウィンは一瞬凍りついた。

だが、すぐに足元に向かって命じる。

「やれっ、奴らを生きて返すな！」

カーウィンの足元に控えた二匹の大型犬が同時に床を蹴った。

黒くて大きな塊が宙を舞い、緩やかな弧を描いてモトとヴァージニアンに飛びかかった。

モトは大型犬に押し倒される。倒される瞬間、モトは自分に飛びかかったのが大型犬などではないことを知った。胸にぶつかってきたのは人間の肉体の感触だ。大きさは膝から下のない人間の大きさである。喉笛を噛みちぎろうと向かってくる口は人間の口で、歯も人間の前歯、さらにハッハッという息遣いも人間の声だった。

噛みついてこようとする口と歯を左手で食い止めながら、モトは懐からブローニング拳銃を引き抜いた。ガウッガウッガウッ、と喰いつこうとする顔面の下顎めがけて左の掌底を叩きこんだ。

「ばうっ」

人間臭い声が大型犬から発せられた。大型犬の顔は人間の顔だった。その額を狙ってモトはブローニング拳銃を連射した。一発。二発。三発。四発。銃声の度に銃口から青い銃火《ガンファイア》が閃いた。眩《まばゆ》い銃火は銃弾を射出しながら、自分を食らおうとするものの顔を照らしだした。

その容貌にモトは見覚えがあった。七三に分けてポマードで固めた髪。クラーク・ゲーブルに似た面立ち。気障なコールマン髭……。

まごうかたなきボー・ワインバーグだ。

行方不明のダッチ・シュルツの腹心の部下は腕と脚を途中から切断され、人間としての意識を失い、ジョーゼフ・カーウィンの番犬として病室に飼われていたのである。

四発の銃弾を至近距離から頭部に食らい、ボー・ワインバーグだったものは、衝撃で後方に撥ね飛

ばされた。

　モトは素早く起きあがると、拳銃をヴァージニアンに襲いかかった地獄の犬に向けた。

「今、そいつも倒すぞ！」

　その声を浴びたヴァージニアンは片腕を地獄の犬の口に押し付けていた。そうやって腕を噛みつかせた状態で、コルト・ネイビーの銃口を地獄の犬の頭部に向けた。三発立て続けに銃声が轟いた。

　地獄の犬が大人しくなる。その口から無造作に腕を振りほどくと、ヴァージニアンは立ち上がった。

「俺を襲ってきた奴のツラを見ろ」

　ヴァージニアンは言った。モトはそちらに視線を向けた。同じ場所に三発食らって、犬は人間の顔の半分を失っていたが、それでも、大きな目と、ぬめるような光を帯びた黒い瞳には見覚えがあった。

「ダッチ・シュルツか」

　吐き捨てるように言うと、モトはブローニングの銃口を病室の奥に坐った人影に据えた。

「組織を動かして俺たちを狙ったダッチが、どうしてカーウィンのペットになっているのか、それを教えてもらおうか」

「それより本物のダッチがこれなら、組織を動かしてるダッチは誰なんだ」

　ヴァージニアンもカーウィンにコルト・ネイビーを向けた。

　二人の男から銃口を向けられても、カーウィンの影は椅子に坐り続けている。

「まだ奥の手があると言いたそうだな」

と言ったモトの向こう脛めがけて、床から黒いものが飛びかかった。反射的に撃った。だが、それは、動きが緩慢になっただけで、未だモトに噛みつこうと歯を剥いて唸り続ける。

「くそっ」

弾倉を替えて構え直そうとしたモトに、ずっと見ていたマルカトーが言った。

「弾を無駄にするな。ボーもダッチも死んでいる」

「なんだと？」

ヴァージニアンが振り返ると、マルカトーはカーウィンの影に向かって呼びかけた。

「二人とも不完全な屍骨《アッシュ》から復元されたリトゥルネーだ。いや、面白半分に屍骨《アッシュ》を欠損させて復元したと言うのが正しいな。そうして歪んだ肉体と魂で復元した二人を番犬代わりにしていた。そうだな、ジョーゼフ・カーウィン」

病室の奥から人影が含み笑いを洩らした。ひとしきり笑うとカーウィンの影は答えた。

「まさかギャングの一味に魔術師がおるとは予想だにしなかった。これは余の誤算だ」

神経衰弱患者のたどたどしい言葉遣いをかなぐり捨ててカーウィンは笑った。

「十八世紀にプロヴィデンスで死者の復元の研究を重ね、一度は町の民に焼き殺されたが、一九二〇年代に復元を遂げ、自らの子孫になり済まそうと企んだ。だが企みを医師に感づかれ、退去《バニッシュ》させられた。……そうだったな、カーウィン。貴様の行ないは現代魔術結社において細部まで伝えられているぞ」

「だったら、この魔術は伝えられておるか」

と言うなりカーウィンの影は胸の上で両手を握った。

「三日前、州立病院内で起こった暴動の原因が何か知ったら、貴様たちは二度と安眠できんぞ。いいか、良く聞け。Z病棟に監禁された重症患者はことごとくダッチ・シュルツの手でリトゥルネーとすり替えられているのだ。死から生還したばかりのリトゥルネーは大量の血と大量の生肉が必要だ。

それが与えられなければ奴らはお前たち人間を襲い、生きながら肉を食らい、内臓《わた》を啜《すす》り、血を吸いつくす。さあ、始まるぞ。全病室のリトゥルネーが今、ピルグリム州立病院に解放される。患者たちが泣き喚き、医師や看護婦が貪り食われても、外部からは、単なる精神療養センターの暴動としか見えない」

口早にそう言うと、カーウィンは念を凝らした。

「わが主エロヒム、わが主エホヴァ、わが主サバオト、メトラトン……」

廊下から鉄の扉が次々と開放されていく音が響きはじめた。看護婦の悲鳴。警備員の叫び。緊急警報のベルが鳴り響き、赤いシグナルが点滅する。

だが、事態はそこまでだった。

アドリアン・マルカトーが人差し指と中指を立て、空中に五芒星を描くと、対抗呪文を唱えはじめたのだ。

おぐすろっど、あい・ふ
げぶ・る……いー・へ
よぐ・そとーと
んがー・んぐ・あい・い
ずろー！

それこそは『アル・アジフ』の名で知られるアラブの魔術書『死霊秘宝《ネクロノミコン》』にも記された「呪われし者」を倒すための龍《カウダ・ドラコニス》尾の呪文であった。

マルカトーの口からその呪文の最初の一語が放たれるや、すでにはじまっていた患者を解放する呪文が宙に呑まれた。

声を出すことも出来ずに、怪物の影は両腕を苦しげに振りまわし続ける。だが、それも不気味な〈よぐ・そとーと〉の名が呼びあげられるまでだった。その名が発せられた、と同時にジョーゼフ・

カーウィンの肉体に目を覆うばかりの変化が起こりはじめた。それは単なる〝分解〟というより、〝変容〟ないし〝進化の逆行〟と呼ぶべき現象だった。

モトは病室が暗く、目下の事態を目にしなくて済んだことを神に感謝した。

マルカトーは呪文を唱え終えた。

鉄の扉の外から響いていた阿鼻叫喚《あびきょうかん》は始まった時と同じように唐突に止んだ。

カーウィンの坐っていた椅子には灰青色《かいせいしょく》の灰が残っていた。

恐らく、重病患者と入れ替わったリトゥルネー、生肉を貪り生血を啜《すす》る死者どももまた、ことごとく同じように灰と化していることだろう。

「行くぞ」

ヴァージニアンがドアのノブに手を伸ばした。そちらに振り返り、モトはヴァージニアンを数秒見つめて、そっとマルカトーに尋ねた。

「ヴァージニアンは今の呪文で解体しないのか」

「ああ」

とマルカトーはうなずいた。

「私が彼に用いた復元の魔術はクトゥルーやヨグ・ソトートといった神々の魔術体系ではない。ソロモン王より伝わる魔術の体系だ。体系が異なれば、いくら解体の呪文を唱えても、ヴァージニアンを地獄に帰してやることは出来ん」

その言葉が終わらぬうちに、ヴァージニアンは鉄の扉を開いた。

廊下から暖房のぬくもりと消毒薬の臭気が流れてくる。それを嗅ぎながら、モトは、この臭いも慣れれば悪くはない、と思った。

「この後は？」

モトが尋ねると、ヴァージニアンが歩きながら応えた。

「偽のダッチ・シュルツを片づける。ルチアーノやマドゥンの言葉を借りれば、落とし前をつけるって奴だ」

「落とし前か。なら、絶好の小道具がある」

と呟いて、モトはポケットから一個の銃弾を取り出すと、ヴァージニアンとマルカトーに示した。

「それは」

尋ねた二人にモトは答えた。

「銀の弾丸だ」

「口径は？」

ヴァージニアンが質問した。

「36口径だとオウニー・マドゥンは言ってたな」

モトが応えると、ヴァージニアンは無言で腰のホルスターからコルト・ネイビーを抜き、モトに差しだした。

「なら、これを使え。コルト・ネイビーも36口径だ。ぴったり合うぞ」

# 7

一九三五年十月二十三日。午後九時。

ニューヨークのパブ・レストラン、パレス・チョップ・ハウスをダッチ・シュルツが訪れた時、彼には三人の部下が従っていた。

財務担当オットー・バーマン、ナンバーズ賭博の責任者エイブ・ランダウ、それに用心棒のルル・ローゼンクランツである。

ルルが一同を代表してカウンターに赴き、店の者に、

「四人分のステーキとフレンチフライ、それにスペアリブだ」

と注文した。

その時、レストランのドアが開いて、男の客が入店した。若い東洋人と、長身で灰色のマントを着た二人組である。

奥の席に戻ろうとしたルルは東洋人のスーツの胸が拳銃の形に盛りあがっているのに気がついて、ヒップホルスターに手をやった。

ルルが抜くより早く、マントの男は無表情にマントを撥ね上げた。コルト・ネイビーを抜き放つと、素早く引き金を絞った。眉間に一発食らって、ルルはその場に倒れた。即死だった。

銃声を聞いて奥の席にいたオットーとエイブが腰を上げた。オットーはズボンの前に差したコルト・ガバメントを抜きかけて、マントの男に撃たれた。36口径弾はオットーの心臓を一発で貫通した。

エイブはテーブルの下に隠していたトミーガンを取ろうと屈みかけた。その頭部にマントの男はコルト・ネイビーを二発射出した。エイブは即死した。

東洋人はダッチ・シュルツを探し求めた。

シュルツはすぐ近くのドアの向こうにいた。そこは男子便所であった。

小用を終えたダッチの背に東洋人は奇怪な名前を呼びかけた。それはダッチ・シュルツという通り名でもアーサー・フレゲンハイマーという本名でもなかった。

「スペクルム・フォニー！」

〝いつわりの鏡〟というラテン語の名前を呼ばれたダッチ・シュルツは、ホルスターから抜いて、東洋人に撃とうとしたコルト・ガバメントを取り落とした。コルト・ガバメントは男子便所の小用便器に落ちた。

「貴様、俺がダッチ・シュルツと知って……」

ダッチ・シュルツの言葉を押し戻して東洋人は言った。

「ダッチ・シュルツは魔術師が解体して退去《バニッシュ》させたぞ」

「なに!?　では、メトラトンは……」

「ジョーゼフ・カーウィンも地獄に戻った」

唇の端を歪めて吐き捨てると、東洋人は懐からコルト・ネイビーを抜き、

「くたばれ、化け物！」

一声叫ぶなり、引き金を引いた。コルト・ネイビーの銃口から発射されたオウニー・マドゥンの銀の弾丸はダッチ・シュルツの腹部に命中した。

倒れたダッチに、さらに後から便所に駆け込んだマントの大男がコルト・ネイビーの残りの弾丸を全て撃ちこんだ。

それだけ撃ちこまれたのにも拘わらず、ダッチは立ち上がると便所から出て、子分の死体が転がるボックス席まで歩いていった。

そして椅子に坐ると、ダッチ・シュルツはテーブルに両手をついて、力を抜いた。テーブルに突っ伏

「地下潜伏した先のプロヴィデンスでダッチ・シュルツは、一九二八年に滅ぼされた黒魔術師復活に、自分の知らないうちに加担させられた。ダッチはジョーゼフ・カーウィン復活を目の当たりにし、そして、スペクルム・フォニーに殺された。フォニーはダッチに成り済まし、カーウィンと共にピルグリム州立病院を手始めに、ニューヨークを死者の帝国にしようと企んだ。カーウィンはダッチとボーの屍骨《アッシュ》で化け物を作り、病室でペットにしていた」

「ウウップ、まるで三文恐怖小説《パルプ・ホラー》みてえな話だ」

マドゥンが顔をしかめると、モトは彼に言った。

「あんたの大事なお守りはスペクルム・フォニーを殺すのに使わせてもらった。流石はルーマニア人の銀の弾丸だな。マンハッタンの魔術師の息の根を止めてくれたよ」


したが、まだダッチは死んではいなかった。

生きとし生ける者を呪う言葉を吐き続けるダッチ・シュルツは、遅れて駆けつけた警察により救急病院に運ばれた。

瀕死の状態でダッチは生き続け、うわ言を吐き続けた。そのうわ言は犯罪の証拠としてすべて記録されたが、ダッチ・シュルツの犯罪を立証するうわ言は何もなかった。

翌十月二十四日、ダッチ・シュルツはようやく腹膜炎で死亡した。

＊

オウニー・マドゥンとラッキー・ルチアーノの前にモトとヴァージニアンが戻ってきたのは十月二十四日の夜のことだった。

「ダッチ・シュルツの件はつつがなく処理した」

報告したモトにルチアーノが尋ねた。

「結局、どういうことだったんだ」

## 8

一九三五年十一月一日。

ヴァージニア州マナサス市。デュトロン家代々の納骨堂。

棺桶に横たわりながらヴァージニアンは言った。

「ヘイ、ジャップ。名前を聞いてなかったな。日本人でも名前くらいあるんだろう。聞かせろよ」

モトは苦笑混じりに応える。

「私の名は神門帯刀《ごとうたてわき》。階級は陸軍少尉。……君は死の世界に戻る身だから、真実を教えてやろう。ルチアーノに掴まれたわたしの身分は大日本帝国陸軍情報部員というものだ」

「つまり日本のスパイということか」

「そうだ。米国の軍事施設をスパイに来た。怒ったかね」

「俺の生まれはヴァージニアだ。こう見えても南軍でジェシー・ジェームズと一緒に戦ったんだぜ。くそ忌々しい北軍《ヤンキー》どもがどうなろうと、俺の知ったことか」

と吐き捨てて、ヴァージニアンは、棺桶の蓋を自分で閉じた。

「おやすみ、戦友」

神門は蓋が覆われた棺桶に帝国陸軍式の敬礼をすると、ポケットから羊皮紙を取りだした。それはアドリアン・マルカトーより受け取ったものだ。表面にはリトゥルネーを屍灰に戻す、ソロモン王より伝わる「退去《バニッシュ》」の呪文が記されている。

【完】

《小　伝》

◆ラッキー・ルチアーノ（一八九七年十一月二四日―一九六二年一月二六日）

本名はサルヴァトーレ・ルカーニアといい、シチリア島の鉱山町に生まれ、九歳の時、両親と四人の兄弟とともにアメリカに移住した。

十四歳の時にサルヴァトーレという名前を嫌って自ら「チャールズ・ルチアーノ」と名乗るようになり、若くしてやくざの世界で頭角を現すようになる。

一九二九年、当時ルチアーノはジョー・マッセリアの率いる組織にいたが、対立する組織のボス、サルヴァトーレ・マランツァーノに誘拐され、ジョー・マッセリアを裏切るよう迫られる。これを断ったルチアーノは拷問をうけ、ニューヨークのステイトン・アイランドの路上で意識不明で倒れているところを発見される。この時に九死に一生を得たことから、「ラッキー・ルチアーノ」と呼ばれるようになる。

その後、カステラマレーゼ抗争と呼ばれるジョー・マッセリアとサルヴァトーレ・マランツァーノの争いが激化する中、ルチアーノはマッセリアを見限り、マランツァーノの下につくことを決心する。一九三一年四月、ルチアーノはマッセリアをイタリアン・レストラン「スカルパート」に誘い、ルチアーノがトイレに立った隙に複数の暗殺者が乱入し、マッセリアを射殺する。

しかし、ルチアーノとマランツァーノの関係は決して信頼によるものではなく、お互いに排除しようという計画を練っていた。一九三一年九月、マランツァーノがヴィンセント・コールをルチアーノ暗殺の刺客として雇ったという情報を得ると、ルチアーノは国税局査察官を装った暗殺者をマランツァーノの事務所に差し向け、ボディガードの武器を取り上げた後、別室でマランツァーノを暗殺する。

かくしてルチアーノはニューヨークマフィアの実力者となり、それまで血縁関係や古いしきたりに従って動いていたマフィアを、合理的で近代的なビジネス組織へと作り変えていった。

その後巨大売春組織を作り上げるが、同時に治安当局にも目をつけられるようになり、特別検察官のトマス・E・デューイに厳しく追及される。その目を逃れるため、一時、古くからの友人であるオウニー・マドゥンのもとに身を隠すが、一九三六年、ついに逮捕され、三十年から五十年の禁固刑を宣告される。しかし服役中も犯罪組織を支配し、その権勢は衰えなかった。

一九四六年、ルチアーノは恩赦によって釈放され、国外追放となる。その理由は連合軍のシチリア上陸に協力したからで、その橋渡しに一枚噛んだのが、ルチアーノを逮捕し、当時ニューヨーク州知事となっていたトーマス・E・デューイだと言われている。

イタリアに強制送還されたルチアーノは、イタリアとアメリカの間に麻薬密輸ルートを築き、一九六〇年代の麻薬王となる。しかし、彼の意志に反して二度と生きてアメリカの地を踏むことはなく、一九六二年一月二六日、自身をモデルとする映画の打ち合わせのためにプロデューサーを空港へ迎えに行き、そこで心臓発作を起こし死亡する。ルチアーノの遺体はアメリカに運ばれ、今もニューヨークのセント・ジョーンズ墓地に眠っている。

## ◆ダッチ・シュルツ（一九〇二年八月六日―一九三五年十月二四日）

本名はアーサー・フレゲンハイマーで、両親はユダヤ系ドイツ人の移民であった。「ダッチ」とは「オランダ人の」という愛称である。十代ですでにギャングのボスとなり、一九二〇年代後半には禁酒時代を背景に密造酒の製造によってブロンクスを支配し、「ビール男爵」とも呼ばれていた。そのほか、ナンバーズ賭博、売春などにより巨万の富を築く。

ラッキー・ルチアーノと一時は同盟を結ぶが、やがてニューヨークの縄張りをめぐって対立するようになる。一九三一年、ルチアーノとともにクック郡刑務所に収監されていたアル・カポネを訪れ、アル・カポネよりコミッションの協定に基づく縄張りの決め方を説得される。しかし、シュルツはニューヨーク市内の大部分の権益を主張し、ルチアーノとの対立は深まることとなる。

一九三二年、シュルツは脱税容疑で検察官トーマス・E・デューイに起訴され、二十二カ月間の潜伏生活を余儀なくされる。この間に副官であったボー・ワインバーグが、ラッキー・ルチアーノの後ろ盾を得て、シュルツの権益を自分のものにしていった。一九三二年、ルチアーノが差し向けたマランツァーノ暗殺者の四人の中にボー・ワインバーグがいたという説もあり、ダッチ・シュルツが起訴される前から、ルチアーノとワインバーグの繋がりがあったとも推測される。

第一審では有罪だったが、第二審で無罪を勝ちとったシュルツは一九三四年、ニューヨークに戻る。そこでワインバーグの裏切りを知り、一九三五年、彼を粛清する。

ニューヨークの権益を取り戻したが、特別検察官となったトーマス・E・デューイに再び脱税容疑で告発され、シュルツは拠点をニュージャージー州ニューアークに移すことになる。デューイを恨んだシュルツは、「デューイ暗殺」をコミッションに諮るが否決され、逆上し独自でデューイを暗殺すると宣言する。このシュルツの言葉が、コミッションへの脅威になると幹部たちに判断され、皮肉にもシュルツ暗殺が決定される。

一九三五年十月二三日、シュルツはニューアークのレストランで腹心のオットー・バーマン、副官のエイブ・ランダウ、ボディガードのルル・ローゼンクランツとともに食事をしていた。午後十時二十分、シュルツがトイレに立ったところで、二人の暗殺者チャールズ・〝バッグ〟・ワークマンとエマニュエル・〝メンディー〟・ワイスに襲撃される。しかし、シュルツは絶命せずにテーブルまで戻ってき意識を失う。病院に運び込まれたシュルツは、二十時間後に息をひきとるまで、二千語近い、意味のない言葉をつぶやき続けたという。

最後に言った言葉は「俺をほっといてくれ」だった。

### ◆ ヴィンセント・コール（一九〇八年七月二十日―一九三二年二月八日）

一九〇八年、アイルランドのドニゴールで生まれ、翌年、家族とともにアメリカへ移住する。十代の頃にダッチ・シュルツと出会い、弟のピーターとともに暗殺者としてシュルツのもとで働くようになる。

しかし、コールは独自の勢力を拡大し、一九二九年にはシュルツの売上一万七千ドルを強奪しようと企てる。現場に駆け付けたシュルツは、武装したコール一団と対峙し、対等のパートナーとすることを要求される。シュルツはこの要求を拒否する。その後、シュルツが報復としてピーターを殺害したことにより、対立は激化する。

一九三二年二月八日、コールはマンハッタンのドラッグストアの前の公衆電話からオウニー・マドゥンに脅迫電話をかける。マドゥンは電話を逆探知するためにコールとの話を引き伸ばし、やがて黒塗りのリムジンがドラッグストアの前に到着する。降り立った男がコートの下からサブマシンガンを出し、電話ボックスに乱射しコールを殺害した。

コールの遺体はブロンクスの墓地の弟ピーターの隣に埋葬された。

### ◆オウニー・マドゥン（一八九一年十二月十八日―一九六五年四月二十四日）

本名はオーウェン・ヴィクター・マドゥンでイギリスのリーズに生まれる。早くに父親が死に、母親はオーウェン達兄弟を養護院へ預け、単身アメリカへ移住する。一九〇二年、三人の兄弟も母親を追ってイギリスを後にする。ニューヨークのヘルズ・キッチンへ着くとオーウェンはすぐにゴファア・ギャングの一員となる。敵対勢力の幹部たちを次々に暗殺し、一九〇八年の十八歳の時には一家の中で頭角を現していた。

一九二〇年に禁酒法が施行されるとオーウェンはカナディアン・ウィスキーの密輸入を始め、また他組織の密造酒製造を乗っ取るなど、着々と事業を拡大していった。

オーウェンは反対勢力だったボスたちとも協力関係を結ぶと、次々とナイトクラブを開店、または買い取っていった。もっとも豪華で有名だったのが「コットン・クラブ」である。デューク・エリントン、ルイ・アームストロングなどもオーウェンと契約しクラブに出演した。

一九三五年、ヴィンセント・コール殺害に関与したと警察に嫌疑をかけられ、オーウェンに対する警察の嫌がらせはますますどくなった。また彼の縄張りへイタリア系マフィアが浸食するようになったので、一九三五年とうとう彼はニューヨークを離れた。

### ◆アル・カポネ(一八九九年一月一七日―一九四七年一月二五日)

禁酒法時代に巨万の富を築き、最も悪名が高く、最も民衆に人気が高かったシカゴ・ギャング。アメリカ合衆国はカポネの密造事業を調査するために、エリオット・ネスを中心としたチームを作り、「アンタッチャブル」と呼ばれて世間の注目を集めた。一九三一年、カポネは密造ではなく脱税容疑で告発された。

一九三一年十月二四日、カポネはクック郡刑務所に入るが、賄賂によって待遇は豪華で、組織の指示、命令も変わらず行っていた。しかし、五月三日にアトランタ刑務所に移されると、状況は一変し、他の囚人と変わらぬ扱いとなる。八月二二日、極悪犯罪人専用の刑務所であるアルカトラズ刑務所に移された後は、過酷な囚人生活を送る。

一九三九年十一月十六日に釈放された時は、若い時に罹患した梅毒が重症化しており、一九四七年一月二五日、脳卒中と肺炎を併発して死亡した。

## ◆ジェシー・ジェームズ（一八四七年―一八八二年四月三日）

南北戦争時代、ジェシー・ジェームズはウィリアム・クァントリルの指揮するゲリラ部隊に参加する。南軍が敗北するとゲリラ部隊は犯罪者とみなされ、その後ジェシーは兄のフランク・ジェイムズとともに強盗団を結成し、犯罪を繰り返すようになる。その一方で貧しいもの、女こどもに対して義賊として振る舞い、南部の民衆からの人気が高かった。一八八二年、一万ドルの賞金を懸けられ、子分の裏切りによって命を落とす。

一八六六年二月十三日は、世界で初めてジェームズ兄弟が銀行強盗に成功したため、「銀行強盗の日」と言われている。

## ■　コーザ・ノストラ

「コーザ・ノストラ」とはイタリア語で「我らのもの」という意味である。二十世紀、イタリアよりマフィアの大物ボスが多数アメリカにに渡り、密造酒製造・販売に携わり巨万の富を築いた。一時、ラッキー・ルチアーノを一家に入れ、彼に暗殺されたサルヴァトーレ・マランツァーノもその一人である。

サルヴァトーレ・マランツァーノはカステランマレーゼ戦争に勝利した際に「ボスの中のボス（Capo di tutti capi,boss of all bosses）」を名乗り、組織名を「コーザ・ノストラ」と命名したとされている。マランツァーノは「五大ファミリー」としてマフィアを五つのグループに分けるなど、ニューヨークを縄張りとするマフィアの整理・統合を行った。各ファミリーのボスが集まって開催される会議は、「コミッション（全国委員会）」と呼ばれている。

マランツァーノの跡を継いだルチアーノは、優れた組織力をもって「コーザ・ノストラ」を近代化し、一大犯罪シンジケートに築き上げた。「コーザ・ノストラ」の実体を作り上げたのはルチアーノである。

「コーザ・ノストラの掟」

第一条　第三者が同席する場合を除いて、一人で他の仲間と会ってはいけない。

第二条　我々の仲間の妻を見てはいけない。

第三条　ポリ公と友達になってはいけない。

第四条　居酒屋や社交クラブに通ってはいけない。
第五条　コーザ・ノストラにはどんな時でも働ける準備がなければならない。
　　　　それは妻が出産している時でも、ファミリーのために働かなければならない。
第六条　絶対的に約束を遵守しなければならない。
第七条　妻を尊重しなければならない。
第八条　何かを知りたくて呼ばれたときは、必ず真実を語らなくてはならない。
第九条　ファミリーの仲間、および仲間の家族の金を横取りしてはならない。
第十条　警察、軍関係の親戚が近くにいる者、家族に対して感情的に背信を抱く者、
　　　　素行の極端に悪い者、道徳心を持てない者は兄弟の契りは交わせないものとする。

（編集部註）

参考文献
『マフィアの興亡』／同朋舎出版
『マフィア経由アメリカ行』／徳間文庫

# 青の血脈～肖像画奇譚

《立原　透耶（たちはら　とうや）》
一九九一年コバルト読者大賞を受賞し、翌年同文庫でデビューする。中国幻想文学に造詣が深く、翻訳、研究などを行っている。クトゥルー神話代表作品は『はざかい』（『秘神～闇の祝祭者たち～』収録）、『苦思楽西遊傳』（『秘神界 歴史編』収録）など。

## 序　満州からの娘〜受け継がれる血

中国。長い戦争が終わり、満州から引き揚げてくる人々の群れに、目鼻立ちのすっきりした青年がいた。若い男は戦争に駆り出されているはずである。誰もが口には出さなかったが、美しい若いの女性が男装しているのだと思っていた。着の身着のままで命からがら逃げ出しながら、人々は顔立ちを隠しきれない青年を見ては、可哀想にと呟いた。

このままでは目立ってしまう。野盗やたちの悪い男たちに襲われてしまうだろう。だが同時に、青年……もしくは乙女が狙われて囮になってくれれば、自分たちは助かるかもしれないと思いもし、己の心の弱さと醜さを恥じたりもした。

不安は的中した。

ある場所を通りかかった際に、野盗に遭遇したのである。

男たちはすぐに青年に目をつけた。

「男はこっちに来い。年寄りはいらん。小家伙《ガキ》もいらん。おまえだけでいい」

老人と子供は抱き合い、母親たちは目を伏せた。連れて行かれる青年の背中を見送り、彼らは急ぐように逃げ出した。

下卑た男たちに取り囲まれても、青年は動じなかった。

「脱いでもらおうか」

にやにやしながら、代表格のひげ面が言う。

「男なら殺す。女なら助けてやる。裸になってもらわねば分からん」

愚かな。

青年が呟いた。

「この徐登《シュー・ドン》にかような振る舞いをするとは」

青年の唇が何かを唱えた。

「禁じる。そなたたちは息をしてはならぬ」

人差し指が伸ばされた。

同時に、十数人の野盗は喉元をかきむしり、うち倒れた。

目玉が飛び出す。口をぱくぱくとさせる。こめかみがびくびくと脈動し、全身の血管が浮き出す。

あっけなく絶命した男たちを一瞥だにせず、徐登《シュー・ドン》はその場を後にした。

「この土地を去らねばならない。逃げつづけなければ。違う国、日本に行こう。日本人として生きていけば、きっと奴らには見つからない。わたしは自由に生きていけるはずだ。逃げも隠れもしなくていい生活ができるはずだ。

そうやって、ゆっくりと知識を得て、力を蓄えて行こう。失った大切なものを取り戻すために。今はもうそれだけがわたしの望みなのだから。

奴らに見つからなければ、魂も魄もわたし自身のものだ。わたしはきっと自由になれる」

徐登《シュー・ドン》は走り出した。

この国を離れるのだ。逃げ帰る人々の群れに紛れ込み、海を越えて違う世界へ行く。

そうすれば、逃げ切れるかもしれない。

長い、長い、呪縛を断ち切れるかもしれない。

数カ月後、徐登《シュー・ドン》の姿は日本にあった。

〝男装を解いた〟徐登《シュー・ドン》は、美しい乙女の姿で、北海道に渡った。青い眸をした娘は、そこでアイヌの男と出会い、結ばれた。

アイヌの男はシャーマンで、代々伝わる儀式を執り行っていたが、本州から押し寄せる移民に土地を取り上げられ、家を失い、一族を殺されていた。

ふたりは札幌に移り、ひっそりと暮らした。

夫は徐登《シュー・ドン》を抱き寄せ、「どのような輩が来ても、俺が守ってやる」と約束した。


一年後、赤ん坊も生まれ、ふたりは平凡ながらも穏やかに暮らしていた。しかしある冬の日、突然住んでいたアパートが猛火に襲われた。赤ん坊は通りかかった人に助けられた。炎に包まれながら、三階の窓から父親が赤子を抱いて飛び降りたのである。赤ん坊は奇跡的に無傷であったが、父親は絶命していた。

母親である徐登《シュー・ドン》の遺体は発見されなかったが、ほかの住人も多数焼け死んでおり、実のところ誰が誰だか判別がつかなかった。

生き延びた赤ん坊は貧しい近所の夫婦に引き取られて成長した。結婚して女の子を生んだが、数カ月して彼女も夫とともに事故死してしまった。


一人残された女の子は、母親を育てた夫婦のところに預けられた。途方に暮れたように、夫婦は顔を見合わせ、ため息をついて赤ん坊を抱き寄せた。

「せめて、この子だけは、幸せになって欲しいものだ」

無邪気に笑う赤ん坊は、無口でおとなしい娘へと育っていった。

## 1　小樽での再会

坂道の多い小さな港町には煉瓦造りの倉庫が立ち並んでいる。細い運河の周辺には観光客が楽しげな表情で記念写真を撮り、「乗りませんか」と人力車の若者が客引きをしている。

海からの湿った、少し塩辛い匂いを感じながら、わたしはゆっくりと歩いていた。

それまで重く感じられなかったお気に入りの革鞄がいつもより重く感じられた。じっとりした潮風がまとわりつき、水分を含んだかのようだ。一歩一歩、引きずるようにして歩く。

ふと、もしかしたら違う未来ではわたしは売れっ子の肖像画家になっていたのではないか、という気持ちがわき起こった。

それからすぐに、わたしは首を横に振り、苦い笑みをこぼした。

ありえない。そんな可能性なんて。

だいいち、絵の道を志したのは二十年も前のことだ。あの頃は自分の可能性を信じていた。内気で人付き合いの下手な大学生。幼い頃に実の両親が亡くなり、貧しい養父母に育てられた私は、美大に進みたいとは言えなかった。四年制の大学、文学部に在籍し、そのままだったら卒業して就職し……いつかは結婚していたのかもしれない。

けれども、わたしは絵を諦めることができなかった。地下通路の一角に小さなベンチを置いて座り、道行く人に一枚百円で似顔絵を描き続けた。

似顔絵を描くのは楽しかった。その人の生きてきたこと、そしてこれから。すべてが顔に表れているように思えた。事実、わたしの似顔絵は好評で、やがて小さな地域雑誌の特集の一角に掲載された。

運命が変わった。貧しく地味で話下手の女子大生に、願ってもない話が舞い込んだ。

匿名希望の資金援助だった。

わたしは有頂天になった。けれどもその額では美大に通うのは不可能だった。

物価の安い中国への留学を決めた。そこで伝統的な中国画を学ぶことにしたのだ。

結局は一年足らずで、日本に逃げ帰ってしまったのだけれども。

「ぶつかんなよっ」

ぼんやりしていて、鞄を通行人にぶつけてしまったらしい。罵りと共に「くそばばあ」という言葉が投げつけられた。

あんただって、そのうちくそじじいになるのよ、とわたしは心の中で呟いた。

歩くのに疲れて、観光客用の道ばたのベンチに腰かける。

風が冷たい。鞄が重い。何が入っていたのだろうか。ジッパーを引くと、筆箱、本、ノート、折りたたみ傘、水筒、空の弁当箱などが無造作に詰め込まれているのが見えた。一度開けてしまうと、隙間から飛び出してくるので、また押し込まねばならない。面倒くさくなって、わたしはため息をついた。

四十歳を過ぎた。

世間ではアラフォーだのなんだの、大人女子だのなんだの、元気な年代らしい。四十代女性向けの雑誌は華やかで、高価な衣服の特集が組まれ、ほっそりしたスタイル抜群のモデルがにっこり笑っている。けれども同じ紙面には、ぺたんこ髪をふっくらさせる方法とか、若く見える化粧方法、肩こり対策や腰痛体操なども載っていて、なんだかおかしいような悲しいような、複雑な気分にさせられる。

もちろん、そんな雑誌を購読するような余裕はない。図書館の閲覧コーナーでたまに眺める程度だ。

どこで間違ったのかは分からないが、わたしは今、専門学校と大学の教師をしている。専任ではない。一時間いくら、一年ごとの契約。いつクビになるか分からない。だから体調が悪くても休むことさえできない。札幌で教える曜日もあれば小樽の曜日もある。函館に飛ぶことだってある。

そうやってかけずり回っても、家は賃貸のワンルーム。育ててくれた養父母は亡くなって久しい。

疲れたなあ、と小さく呟いて、わたしは観光客をぼんやりと眺めた。

オルゴールを抱えている子供、ガラス細工のアクセサリーを身に帯びている女性、地ビールを手にする若者。みんなみんな楽しそうだ。

わたしの居場所はどこにあるのだろう。ここではない。養父母と暮らした札幌でも、家賃が安いからと一人暮らしをしている小樽でもない。

これからバスに揺られて、くねくねした細い坂道をのぼりつづけ、ぽつんとしたアパートの一室に帰らねばならないけれど。そこはきっとわたしの本当の居場所ではない。

現実のこの世界自体がわたしの本来のいるべき場所ではないのかもしれなかった。

というのも、わたしは幼い時から繰り返し、同じような夢を見ていたからだ。

日本ではないどこか。衣装や風景は異なってはいたが、わたしは変わらずわたしであった。

わたしはいつも必死で逃げようとしていた。何度も何度も。その度に連れ戻された。二人の男がいたが、顔はいつも闇に包まれていて、分からなかった。声の様子から、一人は老人で、一人は若者なのだろう、と感じてはいたが、どちらもとてつもない歳月を感じさせる声音をしていた。

「子孫が必要なのだよ」

わたしは捉えられ、若い男に押さえつけられる。

いや、産みたくない。

「血が薄まってしまった。おまえの血と肉が必要なのだ」

いや、わたしは産みたくはない。子供なんていらない。子孫なんて残したくない。

だって不幸になるだけだって分かっているから。

逃げるのに成功して、山奥で修行したこともある。ささやかな術を用いることができ、戦乱を生き延びた。

愛するひとができても、わたしは彼とは友としてつきあうことしかできなかった。

女であることを諦め、わたしは男として生き、さまよった。

子孫を見守るうちに、自らの老いに気がついた。たとえ呼吸法を学ぼうと、仙術を習得しようとも、肉体はゆるやかに老い、朽ちていく。

そのとき初めて、わたしは感じたことのない、新しい恐怖を覚えた。わたしは死ぬのだ。

老いて、肉体を失う。魂はどこにいくのだろう。奴らに捕われて使役されてしまうのだろうか。

夢の中のわたしは、そこで終わっている。

目覚めるとわたしは北海道に住んでいて、ちょっと日本人離れした顔が鏡に映っている。アイヌの血なのだろうか。高い鼻筋、くぼんだ眼窩。北海道では特に珍しい顔ではないけれど、本州から来た人たちには親か祖父母が欧米人なのかと尋ねられたことも少なくない。

疲れた。

こめかみを揉んでいたら、気配がした。目の前に誰かが立っている。ぼろぼろになった運動靴。黒いジーンズ。引き締まったウエスト。黒いタートルネック。

「やっと見つけた」

片手にもった小さな瓶をくるくる回しながら、青年が口元を歪めた。

「返してもらおう」

口元を押さえても、わたしの喉からは悲鳴が漏れた。

「どうして?! ドウシテ?!」

二十年前恋い焦がれ、実らなかったわたしの初恋。中国から逃げ帰る原因になったひと。

青年はその時の姿のまま、その時の服装のままで立っていた。

「おまえがこの姿のまま留めたのではないか」

瓶の中で、老いた男の声がした。嘲笑っていた。

「忘れたのか、自分のしたことを」

忘れた? 何を?

わたしの記憶は二十年前へ飛んだ。

## 2　天津の『鬼趣図《きしゅず》』

髪を短く切り、リュックサックとボストンバッグ一つで、わたしは異国の地に降り立った。大学卒業後、すぐに留学を決めた。美大に通うほどの資金援助はなかったけれど、物価の安い海外になら一、二年は留学することができそうだったからだ。

地下道に座って似顔絵を描きつづけた結果、匿名の資金援助が舞い込んだ。有効に活用するにはどうしたらいいのか。留学は、わたしの経歴にプラスになるように思えた。

選んだのは中国、天津。古くから楊柳青《ヤンリュウチン》の年画が有名な土地で、今でも工房が残っている。そこで絵を学ぶこともできたし、大学の私費コースで中国画を学ぶこともできた。

中国語は留学を決めてから独学した。ラジオ講座を聞いたり、図書館でCDつきの参考書や会話集を借りたりした。とはいえ、英語ですらまともに習得できなかったわたしが、ほかの言語を身につけることなどできるはずもない。もちろん、中国に来た時には一言も話せず、聞き取ることもできなかった。

それでも、わたしの心は希望に満ちていた。

札幌にどこか似ていると感じたのは、天津が海辺の町だったからかもしれない。実際には、札幌よりもずっと遅れた、驚くほどの田舎町ではあったのだけれど。

留学先は名門の南開大学にした。かつて周恩来が卒業した大学で、史学科などが有名だと聞いた。わたしにはよくは分からなかったが、東方芸術学部というものがあり、そこで絵画、特に中国画を基礎から学べると知って、この大学を選んだのだった。

天津という町は不思議な場所であった。一九九〇年代だというのに北京からバスで三時間ほどかかり、そのバスでさえよく故障した。経済発展著しい北京のような大都市が近くにあるせいか、天津は却ってあまり発達していなかった。朝起きるのも遅ければ、店が閉まるのも早い。後に知り合った北京の人によれば、天津人は怠け者なのだそうだ。

ほどよく田舎でほどよく都会。不便ではあるが、かといって耐えられないほどではない。それこそ農村部に比べたら、格段に便利だ。なのに物価は安い。週末になると、北京から大量の人が買い出しにやってくる。質もそれほど良くないし、種類も多くはない。でも買い物に困るというほどではない。住むには悪くない。

問題は空気と水が悪いということだ。青い空はとんと見ないし、いつも灰色でくもっている。白い衣服はすすけて灰色に染まる。喘息発作が出る。蛇口をひねると、赤茶色の水がほとばしり、なんとも生臭くてさびた臭いがした。道ばたのいたるところにゴミがうずたかく放置されており、生ゴミの腐る饐《す》えた臭気が通りに充満している。

最初の数週間が過ぎて、わたしは環境の違いに適応できず体を壊した。これが大国なのかと我が目を疑った。

言葉も通じず、怖くて留学生食堂にもなかなか行けず、もちろん買い物にもろくに行けなかった。わたしが泊まったのは最も安い留学生楼で、煉瓦造りになっていた二人部屋だったが、同居人は旅行中とかで荷物しかなかった。窓や扉からはすきま風が入り、大量の砂埃で机や床が真っ黄色に染まった。しょっちゅう停電し、断水した。お湯はまともに出ず、水になったり熱湯になったりして、シャワーの度に火傷をしたり風邪をひいたり、時には水が出なくなって泡だらけのままうろうろしたこともあった。

寝込んでいるうちに授業が始まってしまい、このままでは留学した意味がないとわたしは弱った気持ちと体を引きずるようにして、中古自転車で五分の場所にある建物に向かった。午前中は対外中国語センターで、外国人対象の中国語クラスで学ぶ。午後からは中国画や書道を学び、夜には学生に開放された教室で絵の練習をする予定になっていた。

午前中は入門クラスで、発音の最初から学ぶことになった。周囲は二十歳前後の欧米人ばかりで、日本人や韓国人はもう少し上のクラスに振り分けられていた。欧米人たちは積極的に挙手して発言する。わたしはますます萎縮して、だんだん声が出にくくなってしまった。そのうち当てられても、ほとんど喋ることができない、口をぱくぱくさせるだけ、やがてはうつむいてしまうという、どうにも情けない状態に陥ってしまった。

これでは駄目だと思いながらも、午前中の中国語クラスは地獄で、次第に足が遠のくようになった。中国語ができなくても、なんとか生活はできるのだと知ってしまったからだ。

午後のクラスは楽しかった。言葉ができなくても、絵がある。筆の持ち方一つにしても、日本とは異なっていた。力の入れ方、水の足し方、紙の選び方。実技を伴っているからか、不思議になんとなく内容が理解できるような気がした。

わたしは絵画の世界にのめりこんだ。中国画のなかでも、最初は精密な描き方をする工筆画に魅せられたが、しだいに興味は人間を描く技法へと移っていった。

そうだ、わたしは人を描きたかったのだ。人相画を描きたかった。油絵でもなく日本画でもなく。中国で描かれる人物画は、どこか独特な感じがした。

「楊柳青《ヤンリュウチン》の工房に行かない？」

ある時、中国人のクラスメートに誘われた。もちろん筆談である。漢字で固有名詞だと、なんとか分かる。「好《いいわよ》」と片言の中国語で答えて、わたしはクラスメートたちの後ろにつづいた。

楊柳青《ヤンリュウチン》とは中国の伝統的な年画の一種で、天津だけでなく中国全土でも有名なブランドだ。年画とは春節つまり旧正月に各家庭に飾られる絵のことで、おめでたいモチーフが用いられる、伝統的なものである。

幼子のイラストが多いのは、子孫繁栄を望み、生まれた子供が無事に成長することを祈願しているからだ。どの子も太りすぎというくらいにまるまると肥えている。日本のアニメが好きだというクラスメートの丁亜金《ディン・ヤージン》が、流ちょうな日本語で話しかけてきた。

「太っているっていうのはネ、昔の中国は貧しかったから太っていることは富の象徴でもあったンだよ。だから子供が太っているのは栄養状態がよくて健康、いいこと。大人が太っているのも、ご飯をたくさん食べられていいこと、ネ」

そういえば聞いたことがある。唐代の傾国の美女であった楊貴妃。彼女は世界三大美女としても有名だが、実際には相当に太っていて、自分ではまともに歩くこともできなかったのだとか。それが次第に文学や言い伝えで変化していき、ほっそりした美女像ができあがったらしい。

何かのエッセイでは、元《げん》の時代に残された戯曲による楊貴妃の表現が描かれていた。クリーム、バター、油脂。白くてねっとりして、触れるとじっとりした……そんなイメージ。

ほかにも桃、仙人、竜、鳳凰、蝙蝠……と吉祥模様が次々と目の前に展開された。丁《ディン》がわたしに親切に説明を続けてくれる。彼女の日本語は高校時代に専攻しただけで、あとはすべて独学、海賊版の日本アニメで勉強したのだそうだ。

わたしは楊柳青《ヤンリュウチン》の年画の素朴さ、伝統の中に見いだせる近代性など、さまざまな要素に感嘆したが、もっと質朴な、農民画のようなものを期待していた分、いささかの失望はいなめなかった。

「ここの工房で週に一回、年画の描き方を勉強できるヨ」

といわれた時にも、あまり心動かず、あいまいに頷きながら「でもわたしは中国語ができないから」などとお茶を濁した。

楊柳青《ヤンリュウチン》の工房を出て、わたしは画材道具を買いに近くの商店街へ向かった。ここは土産ものが多く、観光客向けの通りで、古文化街と呼ばれる一帯だ。古い時代を模した建物が並び、狭い通りの両端にびっしりと土産ものの屋台が並んでいる。北京に行った時、まったく同じ商品が三倍以上の値段で売られていて驚いたが、なるほど天津は物価が安い。

うっかり見過ごしてしまいそうだが、この観光客向けの通りに数軒の本屋と画材店がある。楊柳青《ヤンリュウチン》で有名なだけあって、画材も豊富、割安で質も悪くない。最初は先生に連れられて、その次はクラスメートと来たが、今回は初めて自分一人でやってきたのである。

中国画専用の用紙と墨を買い、少しおしゃべりに挑戦して、すぐに断念したわたしは、そのままふらふらと歩いた。

通じない言葉、慣れない習慣、水も食事も空気も合わない。

中国に来たかったわけではない。絵の勉強をしたかった。日本ではお金が足りなくて、安い場所を探したら、ここにたどり着いただけだ。かなりまいっていた。

ふと空を見上げる。厚い灰色の雲ごしに、うっすらと光が差している。弱々しいオレンジの光。そうか、夕刻なのか。このままうっと暗くなり、真っ暗になる。街灯は少なく、闇は驚くほどに深い。

ぼんやり歩いているうちに、見慣れぬ小さな通りに出ていた。どう歩いたのか覚えていない。どちらが大通りかもわからない。内心焦って、わたしは深呼吸を繰り返した。

真っ暗になったら、それこそ右も左もわからないだろう。バス停はどっちなのか、そもそもどう歩いたらいいのか、危険はないのか。外国人と分かればひどいめにあうかもしれない。

両方の手のひらにじっとりと冷や汗をかきながら、それでも画材を湿らせないように注意しつつ、わたしは小道に沿った建物を観察した。

民家ばかりだ。


どうしよう。これでは道も尋ねられない。「Nankaidaxue《南開大学》」だけはいえるようになっていたから、それを繰り返せばたいていは帰り方を教えてもらえた。天津の人はだいたいにおいて親切だ。道を聞けば教えてくれるし、こちらが聞き取れないと分かると、わざわざ送ってくれたりもする。おかげでわたしの不安や孤独はかなり軽減されたように思う。

でもさすがに民家を突然ノックして道を尋ねるだけの勇気はない。

あ、とわたしは呟いた。一軒、どう見ても書店か画材店としか見えない建物があったのだ。呼吸を整えて、わたしは足を速めた。急がないと閉店になってしまうかもしれない。

そっと扉を押し開ける。

中には数枚の絵が飾られており、本棚には書物、それもおそらく古書が並んでいた。

「欢迎光临」

ほっそりした身体の、背の高い男性が微笑んだ。

黒いタートルネック、黒いジーンズ、ぼろぼろのスニーカー。肩まで伸ばした髪は首元で一つに束ねられている。ちょっと猫背気味で、白いほっそりした指が印象的だった。

「いらしゃいませ」

わたしが答えないので日本人だと思ったのか、たどたどしい日本語で同じ言葉を繰り返す。切れ長の目が涼やかで、俗に言う美青年だ。

けれども、どこか茫洋としている。掴み所のない表情。つるりとして皺一つない、すっきりした卵形の面立ちにもかかわらず、妙に老成して見えた。

「すみません」と日本語で言ってから、わたしは急いでへたくそな中国語で、迷ったときに使う決まり文句を付け足した。

「我要去南开大学」

ああ、という顔をして青年がにっこりと笑った。青ざめた唇ではあったが、魅力的というには十分すぎた。

「您画画儿吗？　先看看这些画吧，然后我带您去南大，好不好？」

ゆっくりと身振り手振りつきで言ってくれたおかげでなんとなく理解できた。

わたしの手にある画材を見て、絵を描くのか、だったらうちの絵も見ていけ、あとで大学に送ってやる、そんなことを言ったのだろう。

どうしようと思ったが、逡巡はわずかだった。飾られている不思議な絵に興味があったし、目の前の「理解できない」容貌をした青年にも興味があったからだ。

日本にいた時から、わたしは似顔絵を描くのが得意だった。じっと相手の顔を見ると、不思議とその過去や生き方が見えるような気がした。相手がどういう人物か、どういう考えか。時にどういう罪をおかしてきたかも。それを似顔絵に描きとる。醜悪になるときもあれば神々しくなるときもあった。それはわたしの意思ではなく、ただ単純に対象の過去によるものだった。

けれども、この青年には何も見えなかった。

こんな人物は初めてだった。

まるで見えない、まるで読めない。

闇のような、ぽっかりした空洞、虚無が広がっている。

美しい顔とは別に、その内面の空虚さ、どこまでもつづく深みに、わたしは魅せられていた。

「この絵はどうですか」

なぜか日本語のようにするりと言葉が伝わってきた。直接、心か脳に語りかけているかのようだった。

「これは」

勧められた絵を前に、わたしは言葉を探した。どう表現してよいのか分からなかった。

水墨画と呼んでよいのかも分からない。墨で描かれた白黒の絵。用紙一面には異形の存在がところ狭しと描かれていた。

「鬼《グイ》ですよ」

「鬼《グイ》？」

角もない。牙もない。わたしの知っている日本の鬼とは異なっている。

「中国の鬼《グイ》とは、幽霊であったり妖怪であったり。人ではないものをそう呼ぶのです」

彼は中国語で語っているのか、日本語で語っているのか。

そんなことが気にならないほどに、わたしは奇怪な絵から目が離せなくなっていた。

「この絵は清代の著名な画家が実際に見て、描いたものだと伝えられています」

実際に？　巨大な頭をしたもの、いびつな形をしたもの、魚のようなもの、うねる触手をもつもの、腐りかけたもの……。

これらを実際に見た？

日本にも百鬼夜行の図はあるけれど。あれらはどこかしらユーモアがあり、怖いとは感じなかった。

いまわたしの目の前に広がる絵も、怖いわけではない。しかしなぜかしらわたしの心をざわつかせた。

「ほら、ここに小さな女の子がいるでしょう？」

気づかなかった。画面の片隅、歪んだ肉体を持つものたちの陰に隠れるようにして、ひっそりと少女がたたずんでいた。

その黒々として澄んだ眼差しはまるで生きているかのようで。何かを訴えているかのようで。

わたしを凝《じ》っと見つめていた。

## 3　揚州の浄眼〜青い眸の子

清王朝の時代、中華文明の中心地は中原《ちゅうごく》地方で、その南方に揚州という土地があった。

そこに、彼は生まれた。

彼には二歳年上の姉がいたが、夭折していた。

いや、夭折したことになっていた。実際には神隠しにあい、そのまま行方知れずになってしまったのである。

その姉の存在も名前も族譜には残されていない。未婚で行方知れずになった姉は祖先の墓にも葬られず、ましてや不吉とさえ言われて存在そのものが抹消されてしまったのだ。

今でも彼は姉のことをよく覚えている。

姉と彼は不思議な眼をして生まれた。二人とも青い眸をしていたのである。祖父が、先祖に遠い異国の血が混じっていて、中原《ちゅうごく》の人間にはない眼と髪の色をしていたと語ってくれたから、あるいは何代かを経て突然、その血が濃く出たのかもしれない。

姉の眸は青くて四角かった。彼の眸は普通の形をしていて大きかったが、よく見ると単に大きいのではなくて、かすかに眸の上にもう一つの瞳が重なっていた。

中原《ちゅうごく》では青い眸も、四角い眸も、二重の眸もすべて同じ能力を持つとされた。

見鬼。

人ならざるものを見る目。この世のものではない、人間とは異なる存在を見破る目。

事実、姉も彼も物心ついた時にはすでに異界を眺めていた。

当たり前のように、それらは人間と生活を共にしていた。

「姐姐，它们是什么?」

彼が尋ねると、姉は怖い顔をして嘘《シッ》！　と口元を押さえ、やけに大人びた顔つきで重々しくささやいた。

「汝、之を語ること勿れ」と。

文人の父親が好んで使うような言い回しに、幼かった彼は恐怖にも似た何かを感じた。あれは彼の恐怖だったのか、姉の恐怖だったのか。

召使たちが坊ちゃん、嬢ちゃんと可愛がってくれていたのは表面上だけで、実際には気味の悪い姉弟を嫌悪しているのだと気づくのに時間はかからなかった。

彼はいつも姉と一緒にいた。

人ならざるものたちは、普通に町中や家の中にいて、当たり前のように存在し、蠢《うごめ》いていた。彼にとってはそれが本当の人間なのか、そうでないのか、見極めることすら難しいほどで、いつも姉の袖をちょっ、と引っ張って見上げ、その視線で判断するのだった。

磯の香りが強くなったら、異様に膨らんだやわやわした肉体のものが歩いている。姉はそれを水鬼《できしゅうれい》と呼んでいた。海や川など、水関係で亡くなって、きちんと家族や子孫に弔ってもらえなかったものなのだという。口からはぞろりぞろりと虫が這い出ているし、時には身体の内側から虫がぞろぞろと這い出してくることもあった。

「あれは怖くないのよ。水辺に近づかなければ」

と姉は説明してくれた。幼い彼女がどうしてあれだけのことを知っていたのか、その知識の源がどこにあったのか、当時の少年にはもちろん分からなかったし、そもそも姉は何でも知っているのだと思い込んでいた。

「うん」

頷いて少年は年寄りたちの語る水《でき》鬼《しゅうれい》の言い伝えを思い出していた。

自分が死んだその場所で、さらなる犠牲者を求めるものども。時にそれらは七人を殺せば、代わりに死んだ場所から離れられるとも言われていた。

時折、なぜこんなところで、というような浅い場所でおぼれ死ぬものがいたが、あれなどは水鬼の仕業なのだろう。

目の前をゆうらりとよぎるものには三つの種類があった。

水《でき》鬼《しゅうれい》や吊《くびつり》鬼《ゆうれい》のように元々は人間だったもの。

吊《くびつり》鬼《ゆうれい》は舌をべろりと長く伸ばし、目を見開いている。首は異様に伸びていて、首をつって自殺した人がなるものだ。これも仲間を求めて、生きている人間に首つりを勧める。

もう一つは、人間とは異なるけれど昔からこの世界にいたものども。出自も力も各々異なってはいるが、おおむね人間と共存している。もちろん悪さをするものも、人間を食うものも、人間をさらって子供を産ませるものもいる。それでも、姉に言わせれば「かわいらしい」ものなのだそうだ。

三つ目。

それが彼にとっても姉にとっても恐ろしく、苦手で、見たくもないものどもだった。

姉はそれを「異境の神」と呼んでいた。中原《ちゅうごく》には本来存在せず、周辺の異民族たちさえも畏れ敬うもの。

もっと遠くから、遙か遠く、海や砂漠を越えてたどりついたものども。

それは書物や絵画や美術品、衣類や人に憑いてひっそりと静かに侵出してきた。じわじわと。

はっきりと姿を目にすることはなかったが、その存在を感じると総毛立ち、叫びたくなる。気がおかしくなりそうになる。

そんな時姉はいつも「両目を閉じなさい」と弟の目を押さえた。この不思議な目が、先祖からの眸が、あれらを感知させているから、と。

　少年が四歳の時、姉に連れられてひと月に一度の大きな市場を見に行った。良家の子女がお供も連れずにふらふら歩き回ることは通常はない。けれどもこの姉弟は羅《ルオ》さん家の浄眼《青い目》と呼ばれて、誰もちょっかいを出さなかったので、気軽に歩き回ることができた。　瓜を売る青年がいた。地面に水を撒くと、たちまち芽が出て、蔓が伸び、あっというまにたわわな瓜がいくつも実った。人々は感嘆して買い求めている。

「あれは幻術というの。人の目をくらませるだけ。瓜は始めから用意している」

　弟に説明する姉の口調はすでに成人した女性そのものである。少年にとって姉は全知全能で、威張り散らしている父親や優しいだけの母親とは比べようもなく偉大だった。世界のすべてだったと言ってもいい。

　竹籠を売っている老人が、道ばたから見上げて姉に向かって汚い黄ばんだ歯を見せた。

「又来了《来たね》」

「李叔叔《リーおじさん》」

　姉が呼び、弟の手を引っ張った。

　あとで知ったのだが、この老人は李八百《リー・パーパイ》と呼ばれ、数百年も生きていると噂される謎めいた人物だった。

　親も祖父も曾祖父の世代も、みんな彼を見知っていた。生きたまま仙人になったのだろうとまことしやかに囁かれ、誰も彼に手出しをせず、むしろ彼の売る竹籠をありがたがっていたほどである。

　姉は弟を老人に紹介し、「あたしが知っていることはみんなこの叔叔《おじさん》に教わったのよ」と告げた。老人をよく観察しようと、少年が重なった青い眸を

狭める、と、不意に視界がぐらりと揺れて白濁した。

「だめよ、叔叔《おじさん》を視ることはできないわ。あたしもよ。叔叔《おじさん》は人であって人ではないの」

姉がこんな怪しげな老人を信頼しているのが不思議だった。

少年は直感的に、この男は変だ、と察していた。

何が変なのかは分からない。

けれど、どうしてだろう。作り物めいた、まるで藁か泥で作られた人形のような感じがする。

横で瓜売りの青年がにっこりと笑いかけてきた。

「喉が渇いたんじゃないか。瓜を一切れあげよう」

青年は驚くほど整った顔をしていた。切れ長の澄んだ目は吸い込まれそうなほどに黒く……いや、深い青だ。

唇だけが笑っていた。その眸の奥底に何が映っているのか、幼い少年には分からなかった。

それから二年足らずして、姉がいなくなった。少年の目の前で。

庭にしつらえられた鞦韆《ぶらんこ》で遊んでいた時のことである。黄昏時で、辺りにはひたひたと闇が忍び寄ってきていた。二人で並んで座り、大地を蹴って大きく揺する。笑い声をたてていたら、不意に姉が鋭く叫んだ。

「お逃げ」

鞦韆《ぶらんこ》から突き落とされた彼の目の前で、姉の姿がすうっと夕闇に消えていった。

「姐姐《おねえちゃん》！　姐姐」

泣き叫ぶ彼の声に召使たちが集まってきたが、その時には姉はふっつりと消え失せていた。

爾来、彼は二度と鞦韆《ぶらんこ》には乗っていない。

いつのまにか少年は成長し、詩人としても画家としても有名になっていた。

姉を捜しだすことだけが彼の生きがいになっていた。

彼は好んで鬼の絵を描いた。誰にはばかることなく、自分は鬼を視る、それはどういう形をしていて、どういう性質をしていると公言した。

友人知人が面白がって彼の元を訪れ、ではどのようなのだと尋ねるたびに、彼は自分の視る異形のものを、三種類のうちの二つを語ってみせた。人であったもの、古来この国にいたものだけを。

曰く、人のいるところには鬼がいる、そう、いたるところにだよ。近づいたら害をなすものもいるし、人にぶつかると散じてしまう陰の気の弱いものもいる。人は陽の気が強いから、害をなすほどのものでなければ、簡単に形が崩れてしまう。そのあとでまたやわやわと集まり、鬼の形をとるんだと。

彼が語ることをある者は信じ、ある者は嘲笑した。日記などに書き留めるものもいた。『鬼趣図《きしゅず》』と名付けた一連の彼の絵は、彼が視た鬼の、害のないものばかりを描いた連作だった。

存外怖くないね、と親友に言われて、彼……羅両峰《ルオ・リャンフォン》は唇の片端をちょっ、と吊り上げた。そういうものだよ、伝えてよいものなど、と。

羅《ルオ》は生涯をかけて姉を捜しつづけた。

鬼について語ったのも、絵を描いたのも、すべては姉を捜すためであった。誰かが彼のことを聞きつけて、もしくは何者かが知って、彼のところを訪れるだろう。その時にこそ姉のことが分かるのではないか。

姉を捜していると知らせるために、鬼どもの絵の隅には、分かる人にだけ分かるように必ず小さな姉を描き足した。

姉を描くたびに、彼の心中では姉の存在が近づくような気がしていた。

還暦間近になった時のことである。

羅《ルオ》はいつものように視えるものの一部を描いたり、過去の有名な詩に絵をつけたりして過ごしていた。

その日は孫に請われて、ひと月に一度の大きな市に出かけることにした。

季節は秋。

人が集まる四つ辻では処刑が行われているだろう。孫にはさすがにまだ早い。処刑が庶民にとって娯楽の一つであるのは間違いないが、だからといって、幼い心に残したい光景というわけではない。

無難な場所に連れて行こう、そう思いながら、下男を連れて羅《ルオ》はゆっくりと歩いた。

孫の手に引かれていると、かつて同じように姉とこの道を行き来した自分を思い出す。


そうだ、あの頃も両脇に屋台が並び、大道芸が繰り広げられ、李八百《リー・パーパイ》が竹籠を売り、隣には美麗な瓜売りがいた。ちょうど、あの位置だ。

羅《ルオ》は音をたてて、息を吸い込んだ。老人がいる。若者がいる。

年老いたのは羅だけのように。

あの頃と同じ、李八百《リー・パーパイ》も瓜売りも平然と道ばたに座り、それぞれの商品を扱っている。

馬鹿な。

黄色い歯をにっ、と剥き出しにして老人が手招きした。

「おまえはあちらで大道芸を見ておいで」

孫の柔らかい手を下男に託し、ふらふらと羅は歩み寄った。

「捜した。何度も。だが、あんたたちは旅に出たとも死んだとも聞いた」

姉が行方知れずになってからどれほど捜した

か。

姉と親しくしていた老人ならば、何か知っているのではないかと思った。けれども、時を同じくして李八百《リー・パーパイ》も隣の若者もすっぱりと消え失せてしまっていた。

「おう、年老いたのう、坊や」

同一人物だと否定することなく、李八百《リー・パーパイ》が呵々《かか》と笑った。乾いた笑いにもかかわらず、喉の奥がねっとりした粘膜をひいているかのような、どこか厭な音がした。

「おまえの姉は元気じゃわい」

尋ねるより先に、李八百《リー・パーパイ》が告げた。

「よい赤児を産んだ。そなたとあの娘は血を伝えるために生まれた。いや、生み出されたのだよ。憶えてはおらぬのか？」

何を言っているのか、羅《ルオ》には理解出来なかった。

「おう、やはりそなたのほうが人に近い。だからこちらに残した。こちらで人の血の中に我らの血を残していくがよい。そなたの姉は聡明だった。我らに近かった。何も言わずとも、我らを見いだし、眷族として呼びかけてきた。よい子を産んだ。二人も。一人はこの中原《ちゅうごく》では生きることのできぬ容貌ゆえ、遠き地に送った。青い眸、黄色い髪。一人はこの地に残した。山奥で暮らしておるが、時折寂しくなるのか、かような人里に降りたがる。一人では何をするかわからぬのでな、わしがお目付役でやってくる」

ゆっくりと羅《ルオ》は、李八百《リー・パーパイ》の言葉を頭の中で咀嚼《そしゃく》した。

姉は……この男にさらわれた。意に染まぬ婚姻で子供を二人産み、一人は祖先の血を色濃く残したために、祖先の国へ送られた。そしてもう一人は。

ここに、いる。

はっ、として顔を上げた。

幼い頃の記憶とまったく同じ容貌で、瓜売りの青年が立っている。まったく同じだ。

だが、何かが、どこかが異なっている。

二重になっている青い瞳を細くした。

瓜売りが幾重にもだぶり、何十人もの男の姿になった。そのどれもが同じ顔をしていた。

「そうか。おまえが姉上の息子か」

羅《ルオ》は瓜売りを凝視し、嘆息した。

「おまえの本質は一つしかない。おまえは転々と四海《せかい》を旅しながら、居場所を探しているのか？　それとも、なにか別のものを求めているのか？　おまえたちは仙人でもなければ神でもない。おまえたちは異形だ。人であったもの、人でなくなったもの、そしてそれらをすべて越えたところにいるものだ。三つ目の存在に近く、それでいて私の知る三つのものとは異なり、もっと邪悪な、意図的に存在する邪悪なものどもだ」

無言で聞いていた瓜売りの白く整った顔が瞬時、崩れた。内部の、穢れた魂魄《こんぱく》が蠢いていた。

それは闇よりもなお深く、暗い、それでいてひとの心をざわつかせるものだった。

「姉上は利用されたのだな」

「おまえもだ、ばかめ」

李八百《リー・パーパイ》の声がした。

下男の叫び声が聞こえた。

振り向くと、孫の姿が消え失せようとしているところだった。

「爺爺《おじいちゃん》！」

なぜ気づかなかったのか。確かに孫は青い眸をしていなかった。

だが、目の前のひからびた老人にそっくりな面立ちをしているではないか。

「返してくれ！」

ふっ、と消え失せる孫。

周囲が騒然となった。誰かが大道芸人の仕業だと誤解し、一座に飛びかかった。瞬く間に怒号が起こり、袋だたきされる芸人たち。

「新しい肉体はもらった。白紙のほうがよい。時はかかるが、我らの知識を教え込み、それからゆるゆると……なあ」

嘲笑う老人の声が間遠になり、不意になくなった。

羅《ルオ》は呆然とその場に立ち尽くしていた。

取り戻せない。姉も、孫も。

もう李八百《リー・パーパイ》も瓜売りもいない。

自分は奴らのために血を伝え、器を残した。

相応《ふさわ》しい器が誕生すると、奴らがそれを収穫していくのだ。

膝をついて、羅《ルオ》は天を仰いだ。

「なにが浄眼だ、何が見鬼だ……」

それ以降、羅《ルオ》はぷっつりと鬼について語らなくなった。

六十六歳で羅はこの世を去った。遺言は簡素なものであった。

「墓はいらぬ。骨を野に撒くがよい」

## 4　Dの肖像～英米奇譚

英国の首都、倫敦《ロンドン》。

一八××年、九月九日。

三十八歳の誕生日を迎えたDは、十八年前とまったく変わらぬ美貌を誇っていた。

世の中のあらゆる罪悪とは無縁な、無垢で純粋な美。染み一つない穢れなき外見は、彼の醜悪で残酷な人生とは正反対であった。

Dを描いた画家は失踪していた。

肖像画の名手として人気のあった画家だったが、次第に人ではないものを描くようになり、やがてあまりに気味悪い内容ゆえに人々から忘れられていき、やがてふっつりと消息を絶ったのである。

Dは十八年前に、この画家に肖像画を描いてもらった。

それまでは、描かれた通りの悪徳知らずで、己の美しさすら自覚していなかった。しかし、悪徳を好むとある紳士に世の中の素晴らしさを説かれ、また己の美しさを、儚さを教えられて、彼は目覚めたのであった。

それ以来、青春を、人生を謳歌するようになり、それは刺激を求める行為へ、他人への残酷な言動へと移行していった。

阿片《アヘン》もたしなんだし、怪しい酒も飲んだ。数限りない女や男と関係をもったし、時には殺人にも関与した。

Dの心が麻痺し、何も感じなくなっても、その外見はなんら変わらず、天使のようだと評される姿でありつづけた。

「君は何を望むのかね」

とある別荘の地下で、Dは目の前で揺らめいている灰色の煙に話しかけていた。

「知識だ」

灰色の煙は人間のような形になったかと思うと、すぐに崩れて四つ足の獣になり、またすぐにどろりとした液状の形態をとった。目まぐるしく変貌するそれには目も向けず、Dは棚にずらりと並べられている書物や壺を指で弾いた。

「知識ならもうとうに貯えているではないか」

「愚かな。足りぬ。大海の一滴にも値せぬ。まだまだ何も学んでいないに等しい」

灰色の気体から漏れくる音は、陰鬱で低く、嗄《しわが》れていた。

「だが、永遠の生命を得れば問題はなかろう」

物憂げに応じて、Dは地下室の床板をつま先で軽く蹴った。

おおおおおおおおおんんんんんんんん、
床全体を震わすような合唱にも似た複数の雄叫びが響き渡った。

「あいつらはどうする？　そろそろこの場所も疑われている」

「おまえ自身もとうに疑われているぞ、D」

「いざとなれば倫敦《ロンドン》を去ればいいだけだ。田舎に行けば私のことなど誰も知らぬ」

「プリンス・チャーミングなどと女たちに呼ばれおって。本名を明かさぬのはともかく、おまえにそのような呼び名など。ふふ、おまえほど似つかわしくない者はおらぬよ」

「黙るがいい。君は絵筆を握っていればいい。失敬。もう絵筆を握ることは出来ないのか。奴らと同じ、人でなしになってしまったのだからな」

「Dよ、そなたもとうに人でなしだ」

「確かに人でなしだとも。良心とやらを持ち合わせていないのだからね」

高らかに笑って、Dは壺を軽く叩いた。

「しかし飽きた。君が描いた世界とやらを覗いてみたいものだ。倫敦《ロンドン》の地下に巣くう屍体喰らいどもを」

「田舎ではなく、別の国に行こうとは思わぬか？この地の知識にはかぎりがある。俺を連れて新しい土地、新しい国に行こうではないか」

「ほう。それはいい。ではこの地下、奥底に飼っている奴らはどうする？」

「捨て置け。飢えても死ぬことはないわ」

しばしの会話を経て、Dは灰色の煙に向かって何かを唱えた。煙は瞬く間に失せ、床の皿の上には緑色の灰が堆《うずたか》く残っているだけである。

用心深く皿の中身を壺に移し替えると、Dはその壺を小脇に抱えた。

「本もほかの壺もすべてこのままにしておこう。いつかまた戻ってくる時のために」

倫敦《ロンドン》の邸宅に戻り、Dは己の肖像画、既に本来描かれた美貌も人間らしさも失ったその絵を、トランクに入れた。

この肖像画がDの運命を変えた。いかなる魔術によってか、Dの罪、悪、老い、すべての不の要素をひきうけてくれたのだ。おかげでDは描かれた当時のままの若さと無垢な美しさを保ち続けていた。

何一つ後悔はしていない。魂を悪魔に売ったのだとしても。否、もしかしたら悪魔よりもたちの悪いものを相手にしたのかもしれない。

Dと肖像画と壺、それらが向かったのは新大陸と呼ばれ、一攫千金を目指す者たちが群がる海の向こう、遠い国だった。

新大陸でDは子だくさんの家庭の息子の一人に紛れ込むことに成功した。大金を積めば簡単に息子として認知された。そこの家庭の方針として名前をAからはじまるもの、アンブローズに改めた。

のちに有名な文筆家となったアンブローズは、倫敦《ロンドン》で初めての著作を出版する際には、筆名をDではじまるもの、ドッドにした。

Dことアンブローズは南北戦争で北軍の兵士として従軍し、詳細な記事を発表した。

血なまぐさい現実の死に毎日触れていたためか、彼の記す短編小説は生と死に彩られ、皮肉な視線に満ちていた。

従軍していた時も、アンブローズは必ず小さな瓶を携帯していた。誰かに尋ねられると、これは先祖代々伝わる御守りのようなものだと答えた。

彼が兵士を志願したのには理由があった。

愛国心からでもなく、義憤からでもなく、義務感からでもなく、アンブローズは小瓶の中の灰と共に、原住民たちに伝わる秘密の地、儀式、懼《おそ》れと共に囁かれる存在を探し求めていたのだ。発掘し、時に買い取り、時に盗み。そうやってアンブローズは必要な知識を得ていった。

アンブローズは二十九歳で結婚した。美しく、金持ちの娘である妻は、皮肉屋でどこか陰のある彼に夢中になり、熱烈な想いを寄せ、結婚にこぎつけた。

結婚式の当日、アンブローズは新居の一室に鍵を二つつけた。

中に、厚い布で覆った絵を一枚、それに小さな瓶を一つ納め、そのほかにも各地で収集した奇怪な文物や書物を整然と並べた。

この部屋には妻も娘も生涯入ることが許されず、ただ長男だけが跡継ぎとして、幼い頃より父親と二人きりでこもった。

長男の名はデイ。Dから始まる名前で、アンブローズに似て寡黙で頑固なところがあった。

新婚旅行は英国で、その後も口実をつくっては度々、アンブローズは倫敦《ロンドン》に赴いた。ほとんどが単身で、後に長男を連れて行くこともあった。妻や娘、次男のリーはいつも家で父親を待ち続けた。

十六歳で亡くなったデイの手記が届けられた時、慟哭《どうこく》したアンブローズは秘密の小部屋にあった品々の大部分をどこかに運び出してしまった。

アンブローズの妻モリーは、こっそりと息子の遺書となった手記を盗み読みした。新聞記者になりたいと家を飛び出したのが十五歳。恋敵と決闘して、拳銃で撃たれて死んだのが十六歳。あまりにも生き急いだ息子の人生であった。

珍しく、アンブローズは鍵のかかった部屋ではなく、デイの手記を自分の鞄の中に入れていた。

震える字で、それは書かれていた。

美しい東洋娘に出会った。

青い眸をしていて、黒い髪をしている。取材をつづけているうちに出会ったが、美しく神秘的な娘だ。誰も知らないような伝説や物語をたくさん知っている。

彼女は何かに怯えていたが、同時に強い決意を抱いているようだ。彼女の手助けをしたい。僕は彼女を愛してしまったのだ。

だが呪わしい血。この肉体に流れる血。

愛しているとは言えない。僕は自分で終わりにしたい。この血を残そうとは思わない。

可哀想だが、妹や弟たちも……いつかは、僕が手を下さなければならないのかもしれない。父から教わったことはあまりにも恐ろしい。

初めは魅せられたが、今はもう嫌悪しかない。

何も知らない母が可哀想だ。

父から手紙が来た。倫敦《ロンドン》に行き、父の遺産を手にしろと。あの地下室のものどもを養えと。耐えられない。あんなところには二度と行きたくない。

窓の向こうからノックがする。馬鹿な、ここは四階だ。外からノックできるはずがない。風だ。ここは夜になると風が強くなる。

朝目覚めて最初に窓を開けて覗いた。一本の柳の大木が、枝を伸ばしていた。これが揺れて窓にあたったに違いない。人騒がせな。僕は怯えすぎているのだろうか。

枝を切った。これでもう夜中のノックはないはずだ。

馬鹿な、今夜もまた窓が、外からノックされている。

枝は切り落としたはずだ。酒を飲もう。飲んで寝てしまおう。

彼女に相談した。彼女は眉をひそめて、僕に逃げろと言った。

だがどこに？　父の力は強い。僕は父に完全に支配されている。

新聞社が僕に出張を命じた。メキシコだ。倫敦《ロンドン》でなければいい。このカリフォルニアから離れられるのならどこでもいい。

原住民が僕を見て呪《まじな》いをし、逃げ出した。あれは魔除けだ。僕に対して魔除けの呪いをした。父と見間違えられたのだろうか。鏡に映る僕の顔は次第に変わってきている。父に似ていた顔が、だんだんと全く別の顔に。母に似てきたとも言えるかもしれないが。黒い頭髪は金色がかってきた。僕の顔は誰の顔になるのだろう。朝、起きるのが怖い。見知らぬ顔が待っているような気がする。

アメリカに戻って来た。父は何度もメキシコに行っていたらしい。僕の取材は政治的なものだったが、父の取材は何だったのだろう。しきりに現地の儀式にこだわっていたと、人づてに聞いた。

僕は父が恐ろしい。

久しぶりに彼女に会った。彼女は僕に逃げろと、また言った。どこに逃げる？

彼女と一緒ならどこにでも行くと告げると、彼女は首を横に振った。僕のことは同情しているが、愛してはいないと。神よ。絶望だけが僕をさいなむ。

アパートの前では柳が揺れている。

僕の窓は今宵もノックされる。

白い大きな顔。

のっぺりした顔、窩った目が僕を見ていた。

ノックしていたのは奴らなのか？

地下室から逃げ出したのだろうか。倫敦から追いかけてきたのだろうか。

もしかしたら。アメリカの地下にも飼われているのかもしれない。

今夜も顔が見えた。

鏡に映る姿はもはや僕ではない。金色の髪、青い眸、美しくなる容貌。これは誰だ？

僕は母から産まれたのだろうか。それとも倫敦《ロンドン》の地下で、あの部屋で生み出されたのだろうか。

父から手紙が来る。僕が二十歳になったらすべての財産を譲るつもりだと。

すべての財産。

おぞましい財産。

彼女に相談した。彼女は僕の手を握って逃げるほかないと、忠告してくれた。

白い顔は増えていく。今や夜の窓一面に顔が張りついている。どれだけ酒を飲んでも、この幻影は消えない。奴らは待っている。僕が真の主人になることを。僕が僕でなくなる時を。

神よ。僕を母を妹を弟を救いたまえ。呪われた血を断ちたまえ。

僕は僕でなくなる。毎夜、いろいろな夢を見る。倫敦、見知らぬ東洋の町。

彼女が僕を永遠に逃がしてくれる。僕の魂を救ってくれる。ルオ、彼女の名前。どこか懐かしい響き。ルオ。Luo。

ルオに頼まれて、一度だけ倫敦《ロンドン》の地下室で小さな壷を持ち出した。父が知って激怒したが、僕は適当に言い逃れした。東洋の古い陶器に見えたから、金に困って売ったのだと言ったら、父は二度とするなと僕を殴った。

それからだろうか。窓の外からノックされるようになったのは。やつらは僕を見張っているにちがいない。

ルオに壷を渡した。彼女は涙を流して抱きしめていた。それだけで充分だ。彼女は壷には、おじさんの魂が入っているのだと言った。壷から出して、新しい肉体を授けて、再びこの世に生きてほしいとも言っていた。僕には理解できない。東洋の神秘。

しばらくして、彼女は背の高い痩せた男を連れてきた。リーおじさんよ、あなたにお礼が言いたいの。涼やかに笑った彼女の顔が忘れられない。

灰色の目をした男は僕の手を握って、「なんとか君を助けられるように努力するが、まだこの世に出て来たばかりだ。知識を貯えねば戦えない。なんとしてでも生き延びてくれ」と言った。

なんという名前だったか。

そう、確かマイケルだ。マイケル・リー。

窓の外の白い顔、顔、顔。

僕は拳銃を手にする。自分を撃つのは怖い。でも生きて二十歳を迎えるのはもっと怖い。僕は解放されるのを望むだけだ。

鏡に違う自分が映っている。にやにやして僕が魂を手放すのを待っている。奴の思い通りになんかさせない。

父が恐ろしい。そして父の側にいつもいる、あの画家だったというモノも。

鏡を撃つ。あいつを殺す。僕ではない僕、鏡の中のあいつを。

手記はそこで終わっていた。

モリーは無言で手記を夫の鞄の中に戻した。息子は、デイは正気を手放していたのだろうか。恋敵と決闘し、負けて死んだと聞かされていた。

けれど、後でデイの同僚から聞かされた。デイは室内で、倒れていた。眉間を打ち抜かれていたのだと。そして、なぜか鏡が割れていて、拳銃で撃った痕跡があったにも拘わらず、銃弾は発見されなかった、と。

分からないことばかりだった。

デイは難産で、モリーは意識を失ったまま出産した。三日後に意識を取り戻したら、デイが誕生していた。産んだ記憶は、実はモリーにはない。

次男のリーも二十七歳で死んだ。唯一生き残った娘のヘレンは、母に離婚しろと迫った。不幸なのは、すべて父親のせいだからと。

離婚することなく、モリーも老いて心臓発作で亡くなった。

彼女は何かを目撃し、恐怖のあまり発作を起こしたのだとも言われている。

やがて七十一歳になったアンブローズはぼろぼろになったカンバスだけを抱えて、洞窟の奥に消えた。その肖像画を彼は生涯、誰にも見せなかった。

あとに小瓶だけが残された。

小瓶には彼による手記と灰が一握り、入っていた。

アンブローズより遅れること約五十年、亜米利加のロードアイランド州、プロヴィデンスの町に一人の内気な、ハワードという青年が誕生し、視てはならぬものを視、それを文字に記すことに人生を費やしていた。

ハワードは偶然にも友人経由で奇妙な小瓶を入手した。中には緑がかった灰が入っているだけである。だがそれを枕元に置いて眠ると、悪夢を見ることが出来た。その悪夢は青年にインスピレーションを与え、創作の糧となった。

夢の片隅には、いつも布を被せられた絵が立てかけられている。どんなに近づいても、手を伸ばしても、覆いを取り除くことは出来ない。絵の正体は依然として謎のまま、夢は古の恐怖や宇宙的な神秘を青年に教えつづけた。

自らの家系図を調べだした青年は、自身が英国からやってきた移民の血筋であること、先祖の中に画家がいたことを知った。

画家は肖像画を得意とし、謎の失踪を遂げていた。

絵。画家。夢の中の絵。覆い。

小瓶の中の灰が、夢の中で青年に伝える。自らが視たもの、地下に蠢くものども。それらを描いた絵はほとんどが焼却されてしまったこと。残っているのは一枚の肖像画だけだと。

青年は夢を元に画家の物語を記した。友人たちに夢の話をし、肖像画を探してもらうことにした。十歳以上年下で青年を慕ってくれた、ヘンリーという巨漢の好青年が手を挙げてくれ、彼は八方をつくして肖像画を探してくれた。やがて電報が届いた。

「あれは見てはならない。人ならざる技術で描かれ、人が見てはならぬものだ。知ってはならぬものだ」

翌日、友人は拳銃で自殺した。

内気な夢見がちの青年が亡くなる一年前のこと

であった。

小瓶の中の灰はいずこともなく消え失せた。青年を慕う愛好家によって盗まれたのだとも、ミスカトニック図書館の警戒厳重な希少本書庫に、稀書と一緒に収められているとも伝えられている。

だが真実は誰も知らない。

## 5　走無常《そうむじょう》

かつて、人について語る、人を評価するという現象が流行したことがあった。

当時の人々はいかにして人物を評価するか、その基準作りに躍起となり、またさまざまな人物を批評しては書き記した。

今でもそれらは志人小説というジャンルの一つとして呼ばれ、『世説新語』という書物や、筆記、史書などに残されている。

人物評価は、だいたいは言葉や立ち居振る舞い、習慣、ちょっとした逸話などを元にしたものがほとんどだが、時には外見について述べられてそれで判断しているものさえある。時代によっては美こそがすべての基準で、運悪く見目よくない顔かたちに生まれれば、それだけで一生不遇であることも少なくなかった。

そういう中、ひとつの技術として人相見が発達したのも当然の流れであろう。人相見にはいろいろな呼び名があったが、そのうちのひとつが相術というものであった。

手相を見るように、中国の人々は人相を見て、それによって未来を占った。

王者の相、人徳者の相、大成する相、夭折する相。

有名な逸話に、通りがかった人間が「む、そなたの寿命はあとわずかですぞ」と告げるというものがある。慌てて寿命を延ばす方法を教えてもらったり、あるいはあの世の官吏に賄賂を送って同姓同名の別人を身代わりにしたり、と話は事欠かない。

人相見は占いだが、そのうちに明代、清代にいたって、これが肖像画の技術に応用されるようになった。

肖像画を描く時に、相手の人相を見る。それによって相手の過去も未来も読み取り、一枚の絵に凝縮するようになったのだ。

達人の場合は、依頼者の望むように肖像画に描きかえ、未来を華々しくしたり、悪運を転じてみせたりする者もいたと、まことしやかに言い伝えられている。

さて、明代のことである。

利《リー》なにがしという地方の下っ端官僚が、新しい任地に赴いた。

場所は都から遠く離れた山間の貧しい地域。彼が任地に到着するなり、その地の代表だという老人が挨拶に訪れた。普通は彼のような下っ端は相手にしない。もっと権力のある地位の人間に賄賂をおくり、親しくなろうとするのが常である。

どういうことか、といぶかしく思っていると、老人はゆっくりと口を開いた。

「あなたさまを走無常だとお見受けした」

ぎょっとして利《リー》は口元を強く引き結んだ。

実は、彼は生まれたときからすでに見鬼としての能力を発揮し、この世のものとあの世のものを両方、見てきていた。亡き母は死者と生者が混じるという鬼市にふらりと現れた記憶を失った女で、一目惚れした父が連れ帰って世話をし、やがて女は利《リー》を生んだ。正妻に子供がいなかった家では、利《リー》が唯一の男の子で、自然と跡継ぎになった。

母の血なのだろう、と利《リー》は思う。けれどもそれをひた隠しにしてきた。亡くなる前に母に他言を戒められたからである。

母の眸は青かった。利《リー》は父親に似て、黒い眸をしていた。だが、視えるものが父親とは異なっていた。

官吏任用試験である科挙の地方入試に合格したのが、十八歳。

やれ神童よ、一族の誉れよと期待を一身に担ったが、そのまま上には合格せず、今にいたる。四十歳を過ぎ、正妻が一人、妾が一人。子供はいない。

一族が大枚をはたいて賄賂を送ってくれたのと、利《リー》自身がちょっとした伝手《つて》を頼ったおかげで、いまの地方官吏の役職を得た。

この伝手というのが、実は人間ではない。

陽間の存在である生者の世界、死者の世界である陰間。

利《リー》は十八歳で合格した際に、同時にあの世から訪れた母に、役目を仰せつかった。

死者と生者の間に立つ者。生きていながら、夜はあの世にいく。あの世とこの世を往復しながら、死すべき者を連れていき、間違って死んだ者を連れ帰る。

この役職を走無常という。

走無常には身分差がない。農民もいれば大臣もいる。顔なじみになった走無常に、高い身分の女がいた。夫が高位高官だという。

彼女に頼んで、疑念を抱かれない程度の、この世の役職を回してもらった。

だが、同じ走無常しか利《リー》の能力を知る者はいないはずであった。ましてや見破られたことなど一度としてない。

しかし、眼前に立つ老人は白いあごひげをしごきながらも、ずばりと利《リー》の正体を看過していた。

「なんのことか……」

とぼけようとした利《リー》に、老人……長老だという……は片手を前に突き出し、言葉を遮った。

「とぼけなさらなくてもよい。わしはこの土地で代々走無常をしております」

ほっとした。同業者なら他言の心配はないだろう。悪い仕事ではないが、人々に特別視されるのは好まない。いらぬ注目を集めるのもまずい。

「お願いがあってまいった」

と老人は、利《リー》の内心の葛藤など無視して話をどんどん続けた。

「王万里《ワン・ワンリー》という五十一歳になる占い師がおります。この男は半年に一度、童男童女を誘拐し、魂だけを奪って惨殺しているのです。この世では証拠を集めることができませぬ。だが、あの世の者なら、双《ふた》つの世界を視ることのできるわしならば分かるのです。だがどうしようもない。手出しできぬ。王《ワン》の力は強くなる一方で」

走無常には生きている者と死んでいる者、それに人間以外の存在も視ることができる。老人の言によると、走無常の特殊な目で見れば、王万里《ワン・ワンリー》はもはやひとの形をしていないのだという。原形をとどめないぶよぶよした別の生き物になっている。けれども、普通の人間にはそれが分からない。分からないとはいえ、不気味な存在であることは伝わる。

「村人たちも王《ワン》を疑っております。が、同時に怯えてもいるのです。というのも、王万里《ワン・ワンリー》はこの村にやってきた二十年前から少しも変わっていない。年老いることがない。そればかりか、若い娘だけでなく男までもが、ふらふらするような美しい顔をしておる。青みがかった黒い目、とても悪人には見えぬ。それで子供がだまされる」

「占い師と言ったが」

利《リー》の質問の意図を察して、老人がすぐに答えた。

「写像」

顔を描く画家。これは相術をも意味し、相手の過去を視、未来を占う。俗に写像秘訣、と呼ばれる人相見と肖像画技術によって伝えられる。

「腕はいいのか」

最初は物珍しさから、小銭や農作物を渡して自分や親の顔を描いてもらっていたが、次第に村人たちは頼むのをやめるようになったのだという。

確かに特徴を捉えてそっくりに描いてくれた。だが、描かれた人物はその後に次々と離魂病《りこんびょう》にかかって寝込み、ぼんやりしたまま亡くなってしまったのだという。

その代わりに、と老人は身を震わせた。

「王《ワン》の描いた絵はつやつやとして健康的、まるで生きているかのような様子になったのです。それどころか、わしの目には、絵に魂がこもり、本物の人には器である肉体、魄しか残っていないのが分かりました。まさに絵によって、魂を吸い取られたのです」

奇怪な現象がつづき、村人たちは死者の形見として残していた絵を捨て始めた。

焼くと絵の中の人物が絶叫した。

川や池に捨てると、ごぼごぼと泡が出て苦しそうにもがく音が聞こえた。

思いあまって墓に一緒に埋めた者もいたが、そうなると夜な夜な、墓場に故人が立っては、通りかかる人を棺桶の中に引きずり込んだ。

結局、どうにもならず、人々は絵を深い谷底に捨て始めた。

やがて、みなが同じ場所に捨てるようになった。そこからは今でも、風が吹くと村へ叫び声や鳴き声を運んでくるのだという。

「では、もう顔を描かれないのなら心配はなかろう」

「いえ」

肖像画を頼まれなくなった王《ワン》は、こっそりと気に入った子供や若者の顔を盗み描きするようになったのだ。

その結果、若くて美しい若者が男も女もばたばたと倒れた。かろうじて意識を取り戻して生き返った者の言葉によると、自分は王万里《ワン・ワンリー》のもとで性的な奴隷になっていた、もてあそばれていたと。

夢ではない証拠に、異性を知らぬ娘が妊娠し、そのまま亡くなることもあった。亡くなる前にうわごとで「穢れたからには王万里《ワン・ワンリー》のもとに嫁ぐしかない」と呟いた娘もいた。

「かような妖術使いならば、なぜこれまでの官吏がとらえなかったのだ？　罰しなかったのだ？」

利《リー》の問いに、老人はうなだれた。

「何人もの方が、左道よ邪教よと取り締まろうとなさいましたが、そのたびにご家族やご本人が病に伏し、意識を取り戻さぬまま亡くなられてしまったのです。数年前からはもう誰も何も言いませぬ、手出ししませぬ。ただ王万里《ワン・ワンリー》に魅入られぬことだけを祈って、日々をびくびくと過ごしておるのです」

「そうか」

任せろ、と安請け合いすることはできなかったが、利《リー》は短く頷いた。

調べてみよう、と思った。

幸い、妻も妾も都の実家で彼の帰りを待っている。彼の不在中に間男でも引き入れて男児でも生んでくれればいいのに、とさえ思う。老いた親の男児を望む思いはあまりにも強く、利《リー》にとってはただただ負担でしかなかった。

老人を帰して、利《リー》は役所の奥の書庫に向かった。

刑部の資料を手に取る。人を殺し魂を奪い使役せしむる罪状は、採生《さいせい》とも採生折割《さいせいせっかつ》とも名付けられていた。犯人は捕まえて凌遅《りょうち》、つまり全身の肉を決められた回数分少しずつ刀で削ぎ取り、ゆっくりと死に至らせよ、という判例が残されている。

魂を奪う妖術は珍しいことではない。特に子供の魂が好まれ、術師たちはその生命を己の欲のために奪い取った。使役することもあれば、神秘的な能力を増すのに使うこともあった。言うのもおぞましい存在に捧げることもあった。

「ふむ」

王万里《ワン・ワンリー》の住処を聞いてはいたが、やはりすぐに行動に移すのは危険といえた。

利《リー》は沐浴潔斎《もくよくけっさい》して、夜を待った。

日が暮れた。

利《リー》のもう一つの顔の出番である。目をそっと細めると、日中は視ないようにしていた異形のものどもがうごめき始める。まず、この地を治める土地神である城隍神《じょうこうしん》の元を訪れた。城隍廟《じょうこうびょう》は夕刻に一度訪れていた。迷うことはない。

「お待ちしておりました。が、城隍神《じょうこうしん》はおりませぬ」

と一人の少女が頭を垂れた。まだ幼い。七つか、八つか。十歳には満たないだろう。

「どういうことか」

「描かれてしまいましたゆえ。王万里《ワン・ワンリー》にその姿を視られ、描かれました。今は王万里の手元の絵姿の中に捕らわれております」

「さほどの力を持つのか」

感嘆する利《リー》に、少女は静かに頷いた。

「そなたは魂魄《こんぱく》そろっておる。死者ではないな。しかし、生きている人間にしてはどこか異なる気配がする」

「あい。あたしも拐《かどわか》かされました。もう自分の家には戻れないでしょう。あたしは奴らに連れられて、終わりが来るまで永遠にさまよう天命なのでございましょう」

「哀れな。名は?」

「羅《ルオ》。羅の女《むすめ》でございます」

年端もいかぬ幼子にしては、言葉遣いも立ち居振る舞いも大人の如きである。利《リー》は、はたと膝を打った。

「そなたは長い時間を生きておるのだな。神仙や鬼どものように。時を超えておるのか」

「あい。自分ではもう何年生きているのか、いくつになったのかさえ分かりませぬ」

「哀れな」

少女の頭をそっと撫でると、利《リー》の心に波風がたった。

なんとしてでもこの少女を救わねばならない。多くの人々がこれ以上、王万里《ワン・ワンリー》の犠牲にならぬためにも。

「どうすればよいか知っておるか」

「谷に」

少女の声がふっ、と遠くなった。

「わたしはもう別の時に行かねばなりませぬ。利《リー》の旦那様、谷にお行きなさい。それから小さな壺を」

最後まで少女は語ることができなかった。利《リー》の目の前で少女は小さな旋風《つむじかぜ》となり、廟の中へ吸い込まれていったのである。

「旋風は鬼の出没を告げるが。哀れな。彼の少女は鬼ではない」

ただ、一つ、印象的なのは、青い、青い眸。四角いけれど、とても悲しそうな光をたたえた、双眸。

利《リー》は走無常として、この地のあの世である陰間に行こうとしたが、通常は何気なく見つかる出入り口が分からなくなっていた。王万里《ワン・ワンリー》の力とはこれほどまでに強いのか。

愕然としながらも、利《リー》の足は無意識に幽谷へと向かっていた。羅《ルオ》という少女が告げたからというのもあったし、昼間に老人から聞かされたというのもあった。だが一番の理由は、その谷から吹き付けてくる陰の風、瘴気があまりにも強いことであった。

たとえるなら、あの世の入り口がぽっかりとあいたままになっている、そんな感じだ。

途中までは馬で行った。だがある場所からは馬がどうしても前に進まなくなったため、徒歩にした。漆黒の闇でも、走無常としてならば恐れることはなかった。軽やかな足取りで、常人にはありえぬ速度で、利《リー》は山を駆け抜け、谷を目指した。

をををををををををんんんんんんんんん、
それは泣き声なのか、鳴き声なのか。

ひぃぃぃぃぃぃぃぃぃぃぃぃぃ、
叫び声なのか、それとも啜り泣く声なのか。

すべてが渾然《こんぜん》一体となって、断崖絶壁の向こう、深い深い谷からあふれ出してくる。

「さて、どうすべきか」

谷の入り口までやってきて、利《リー》は足を止めた。いくらなんでも徒手空拳《としゅくうけん》で谷に飛び込むほど愚かではないが、かといってここから覗いていても何も情報を得ることはできなかろう。

「誰かおらぬか」

周囲の闇に向けて問いかけること数瞬。すぐに返事が戻ってきた。

「新しい走無常さまか」

「そうだ」

「谷は危険だ」

「山魅《ようかい》か」

「そうだ」

山に巣くう生き物で、人語を解する。人とは異なった存在で、山の気がこもって生まれると言われていた。走無常と同じく、生者と死者の狭間に漂っている。

「だが民が困っておる」

「おまえの身分は高くない。生命を賭けることはない。知らぬ振りをして、任期をまっとうすればいい」

甲高い、きいきいした声に、利《リー》は苦笑した。

「確かに言うとおりだ。しかしこれも性分なのだ。手伝ってはくれぬか」

「恐ろしいよ。王万里《ワン・ワンリー》は人であって人ではない。奴には仲間がいる。いつも二人で彷徨っている。ここに来て二十年になるが、どいつも奴らには逆らえない。あんた、負けるよ？　それでも行くのかい？」

「負けるのなら負ける。死ぬのは怖くない」

「死よりも辛いことだってあるよ、あの羅《ルオ》って娘みたいに」

「まさにその、羅《ルオ》という娘を救いたいのだ」

きいきい、と山魅《ようかい》が鳴いた。

明け方まであと数刻。時間が足りない。また明日、という気分にはなれなかった。いつもなら慎重にする下調べも根回しも、今の利《リー》にはできそうになかった。

ただ、焦る心持ちが彼を駆り立てている。

「だめだね、おまえの目は誰の言うことも聞かない目だ。青く光ってるよ、気をつけるんだね。人には知られていないこの抜け穴を通れば、谷底に行ける。だけど、谷底のさらに下は深くて長い。遠い遠い場所に全部つながっている。山も川も海も全部越えて、つながっている。奴らはそこからやってくる。遠い遠い旅をして」

山魅《ようかい》の気配が動いた。

利《リー》の目の前には、小さな洞窟の入り口が姿を現していた。黒々として、奥からは気分が悪くなるほどの瘴気が吹き付けてきていた。

「おまえが帰ってこなかったらどうする？」

利《リー》の背中に山魅《ようかい》が問いかけた。

利《リー》が口元に笑みを浮かべた。

「その時は私の振りをして、友に伝えてくれ。妻や妾、親たちに私をあきらめろと」

「ふうん。わかった」

振り返ると、目の端にちらりと山魅《ようかい》の尾が見えた。黄色に黒の模様。四本足に尖った爪。各地で山魅《ようかい》の姿は異なる。ここの山魅《ようかい》は虎の姿に似ているようだ。

「無駄だけどもう一度言うよ。おまえは勝てない。いいのかい?」

「やってみなくては分からぬ。祈ってくれ」

「おかしな人間だな、山魅《ようかい》に祈れとは。俺はおまえが嫌いではない。おまえに頼まれたことは必ず成し遂げてやるよ」

「もし私が無事に戻ってきたのなら、おまえとは酒を酌み交わしたいものだ」

残念だ残念だ、と甲高い声で山魅《ようかい》が叫んだ。

「俺もおまえとなら酒を飲みたかった。俺の作る詩を聞いて評してもらいたかった。残念だ残念だ」

残念だ、残念だ、と鸚鵡《おうむ》のように繰り返す山魅《ようかい》の声を背に受けて、利《リー》は洞窟に入った。

周囲は完全な闇だが、走無常として生と死を橋渡しする役目を司る彼には恐れるものではなかった。

闇には強い。心も、目も。

ゆっくりと道は下に向かっていた。穴は狭く、両手を広げるとそれだけでいっぱいになった。高さは利《リー》より頭一つ分低く、腰を曲げるようにして進むしかなかった。

途中、どこかから風が吹き込んできた。ほっとする外の空気ではなく、ぞっとするほど生臭い、腐り果てた肉汁のような、無意識に嘔吐《えず》くような臭いがした。

足下に気をつけながら、利《リー》は走るように飛ぶように先を急いだ。

明朝、仕事に戻らなければならない。自分がどうにかなるとか、自分の身に何か起こるとかは、全く考えてもいなかった。

おおおおおおおおおんんんんんんんん、

ひいいいいいいいいいい、

あああああああああああああああああああああ、

声が大きくなる。

息を止め、決まった数だけ歯を打ち鳴らし、息を吐き出す。習得した術で、体内の気を巡らせ、外部からの衝撃に備える。

出た！

不意にぽんっ、と利《リー》の身体が宙に浮いた。

足下の地面がなくなり、圧迫感が消えていた。利《リー》は洞窟を走り抜け、谷底に飛び込んでいた。

一瞬、意識が遠くなり、ついで利《リー》は目を細めた。

谷底には無数の顔……顔を描かれた絵が積み重なり、涙を流し、叫んでいた。

どれもが醜く、けだものめいていて、もはや人間であったとは思えぬ形相をなしている。

無造作に積み重なった絵の向こう、さらに奥には一本の黒々とした川が流れている。周囲にはぼうっと光を放つ岩が転がっており、闇に慣れた目にはむしろ痛いほどだ。

川の中からは無数の手が伸び、ゆらゆらと揺れていた。

飢えた怒りの歯ぎしりと叫びが届いた。首を伸ばすと、川の中央に小さな浮き島がある。浮き島には祠のような古びた小さなお堂がぽつんと建てられている。声はその内側から届いていた。

意を決して利《リー》は絵を踏みつけ助走し、川の上を飛んで浮き島に飛び移った。

祠の扉に手をかける。

押してもいないのに、ぎいっ、と扉が内向きに開いた。

と、利《リー》はその中に吸い込まれてしまった。


足が痛い。

最初に思ったのはそれだった。

続いて腕も痛いのだ、と気がついた。

目を開けると周囲には人ならざる姿をした、腐り果てたものどもが蠢いて、利《リー》の足を腕を嚙《かじ》っていた。もうすでに右腕は肘から先が食われてしまっている。骨すらもしゃぶり、かみ砕いているらしい。

まだ意識が残り、肉体があるだけ上出来といえるのかもしれない。あるいは意識を取り戻さずに食われてしまったほうがよかったのか。

「こやつらはかつて人であった」

遙か上方、四角い光が見えた。入り口なのだろうか。しかし果てしなく遠い。


「私は研究を重ね、死者を呼び出すことに成功したが、失敗も多かった。ここにうち捨てるしかなかった。こいつらは肉体だけを食らう。魂は私がもらって使役させてもらう。役に立つものだけだが」

「子供たちや若者たちの魂を奪ったのはなぜだ」

痛みでぼおっとしながらも、利《リー》は気力を振り絞った。

「魂はいろいろと役に立つことがある。特に汚れを知らない魂は、力を与える。未来を占うことも、過去を覗くことも」

「返せ」

「無理だ。肉体がない。おまえの国でいう、魂魄《こんぱく》が揃っていない。肉体である魄がなくなれば、どのみち人は死ぬ。もしくは異形のものになる。救うことはできない」

おのれ……。

このまま生きながら食われて死んでいくのか、

と利《リー》は奥歯を食いしばった。

残っていたもう一本の腕も、そして腹も齧《かじ》られはじめていた。

どうすべきなのか。

痛みのあまり痛みが麻痺していた。

こりこりと耳たぶを齧《かじ》られている音が聞こえ、ぼりぼりと指の骨を噛み砕かれる音がした。筋をしゃぶるずるずるという音、血を吸い尽くされそうな感覚がした。

ぞろりと肌を舐めまわす感覚、肉が一口一口食いちぎられていく。はらわたが湯気をたてているのが分かった。さぞかし美味いだろう。

刀で幾百にも肉をそぎ取られゆるゆると生きながら殺されるのは、王万里《ワン・ワンリー》のはずだった。

だが、実際はどうだ？　利《リー》自身ではないか。山魅《ようかい》の言うとおりだった。何も出来なかった。何一つ。

利《リー》は首を動かした。目玉が一つなくなっていた。真横で大切そうにしゃぶっているのが分かった。子供にとっての飴玉のようなものだろうか。

一つだけの目の傍に、なぜか、小さな瓶が転がっていた。

顔を近づけた。

利《リー》の息が瓶に吹き込まれる。

そして、利《リー》の心は完全に消え失せた。

寄越せ、という命令に従い、利《リー》の肉体を貪っていた屍鬼たちが、小瓶を投げ上げた。きらきらと光りながら、それは上で待つ男の手に収まった。

「さて、どうするよ」

「もう顔は描いた。この絵にこの魂を入れる」

「それで？」

「この絵と羅《ルオ》の小娘を利《リー》の家に送る。ほどなくして小娘は双子を孕むであろう。時満ちて一人はわしらが引き取る。もう一人はわしらの血を受け継がせる。子々孫々に。この国に生きていくことができるように」

「倫敦《ロンドン》、亜米利加、そして中原《ちゅうごく》。思えば多くばらまいたな」

「そなたもわしもこれで安泰だ」

「羅《ルオ》の小娘は己の祖となるわけか。いやおもしろい、まったくもっておもしろい」

澄んだ眸をした青年が笑い、隣の老人が黄色い歯をむき出した。

「この国では李八百《リー・パーパイ》という名だったかな」

青年、王万里《ワン・ワンリー》の言葉に、昼間に長老として陳情にやってきた老人、李八百《リー・パーパイ》は肩を揺すった。

「名前なぞただの記号にすぎぬわ」


後に、行方不明になった利《リー》こと利微《りちょう》を探して、親友が山を訪れた。約束したとおり、山魅《ようかい》は姿を現し、人間の言葉で利《リー》の遺言を伝えた。妻たちを頼む、と。その折に山魅《ようかい》が自作の詩を朗々と詠じ、人の世の判断を求め、その物語は広く人口に膾炙《かいしゃ》した。

都では利《リー》の姿絵を抱いた少女が家の前に立ち、やがて時満ちて子供を二人産んだ。一人は利《リー》の家を継ぎ、子孫を残していった。もう一人は死産した。その遺体はなぜか人目に触れさせず、野にうち捨てられたという。

# 6　香巴拉《シャンバラ》の娘

はるか古のことである。

西蔵《チベット》の険しい峰々の山肌にはまだ雪が残っていた。下界からは隔絶している、人里遠く離れたその地には、青々とした草原が広がっている。中心には澄み渡った湖があった。

香巴拉《シャンバラ》と呼ばれる村である。

この村では、小麦色の肌をした人々が穏やかに暮らしている。外に出て行く者もいなければ、外から訪れる者もほとんどいない。彼らは祖先の言いつけを守り、この地を守りつづけていた。

ところがある時、香巴拉《シャンバラ》に一人の娘がたどり着いた。

不思議な青い、四角い目をした娘は、遠い異国の言葉を話した。

祭祀を司る一族の青年が、彼女の世話を担当した。すぐに、娘は村人と意思の疎通ができるようになった。村人たちが頭の中に直接語りかけてきたからである。

「どうしてこの村に」

青年に尋ねられ、娘は暗い表情で、星の瞬く澄み渡った夜空を見上げた。

「わたしは自分を守る力が、子供たちを助ける力が欲しいの」

「しかし、この村にたどり着くには、防御膜を突破し、吹きすさぶ砂嵐の中を通り抜け、険しい山を上らなければならない。俺たちの存在は知られていないのに、どうして」

「知られているわ。理想郷、伝説の土地、神秘的な地」

「それはこのような不便な場所にありながら、

緑州《オアシス》のように美しい村だから、誤って伝えられただけにすぎない。申し訳ないが、あなたは無駄足だった」

「そうかしら」

娘は自分をルオと名乗った。弱り切った身体を癒しているうちに、ルオは村人たちとの静かで穏やかな生活に慣れていった。


やがてルオは青年と結ばれた。青年は一族となった新妻に、村の秘密を教えた。彼らの祖は遠い星々から来て、この地を終の住処としたこと。村人たちはすべて驚くほどの長寿で、若い姿のまま生活し、年老いると村の中心にある湖の底から地底へ向かい、二度と帰ってこない。村には子供はいない。産まれない。だから時折、外の人間が紛れ込む。彼らとの間にだけ、子孫ができる。そうやって細々と、ほとんど代わり映えのしない人々がひっそりと生活しているのだ、と。

黙って聞いていたルオは、夫に尋ねた。

「それではあなたは老いることなく生き続け、わたしだけが一人この世を去るのですか」

「そんなことはさせない。君も一緒に生きていこう」

「どうやってそのようなことができるのです?」

妻の問いに、夫は口元を引き締めた。

「地の底に行こう。あそこにはすべての始まりがあり、すべての終わりがあると言い伝えられている。あそこにはすべての源があるそうだ。君に俺たちと同じ寿命、若さを与えたい。君を愛しているんだ」

わたしもです、とルオは目を細めた。

「わたしの素性も過去も、あなたは何も尋ねない。今あるわたしだけを見て、愛してくれました。村の人たちもそうやってわたしを受け入れてくれました。ここにいると、これまでにあったことを忘れてしまいそうになります」

忘れるといい、と夫が妻を抱きしめる。

ルオは悲しげに睫毛を震わせた。

「そうできたらどれほど良いでしょうか」

でも少しだけ。少しだけ幸せでいたい、ルオがかすかな声で呟く。

「わたしの人生はこれまで苦しみと悲しみで彩られてきたのだから。一瞬でもいいから、あの空の星のように幸せでいたい。この幸せに身を委ねたい」

夫は何も聞かなかった。妻の魂が安らぐことだけを祈った。

二人の幸せは短かった。

十日後のことである。息子が外からの妻を得たことに安堵した義父が逝くことになり、湖へ潜った。これからは慣例に従い、ルオの夫が祭祀を執り行うことになる。ルオもよそ者としてではなく、村の重要な人物として、生きていくことになったのだ。

新月だった。夫の父親が湖の中へ消えていく。

これで全てが終わり、明朝は日の出と共に再生を祈る儀式をして、新たな一日が始まるはずだった。

だが、ことはそうは運ばなかった。

老人が湖へ消えて数刻、不意に大地が揺れた。

村人たちが初めて嗅ぐ生臭い、饐《す》えたなんとも吐き気を催す一陣の風が吹いて来た。

ルオの表情が険しくなった。

「ここも！　奴らに嗅ぎつけられた！」

「ルオ？」

「戦わなくてはみんな死んでしまいます。肉体を奪われ、魂を心を操られます。あなた、戦いましょう」

妻の必死の訴えにもかかわらず、夫は黙って肩をすくめるだけであった。

「僕たちには戦う方法もなければ、戦うことすら知らない。君がかつて言った通り、この地は理想郷だ。平和で戦いなんて知らない。無理だよ。それに何が来ると？　心の黒いものたちは、祖が作った防御膜を越えることができないようになっている」

「でも、地の底なら？　湖の底にあるという、地の底への道をたどったら？」

「地の底はここよりも、もっと素晴らしい場所だ」

「そうでなかったら？　とうの昔に、別の地の底とつながっていたら？」

そんなのは杞憂だ、と妻を慰めようと夫が身をかがめた瞬間、大地がまた激しく揺れた。

岩が落ちてくる。地が裂けた。

人々が慌てて村の中心に集まって来た。そこには湖が広がっている。

「見て！」

誰かが叫んだ。

湖の水がごぼごぼと音をたてて吸い込まれて行く。同時にさらに強烈な腐敗臭が村一面に満ちあふれた。

「来るわ！」

水がなくなった湖の底には石造りの階段があった。その遥か先から、何かがやってくる。

あまりの臭気に嘔吐する者、逃げ出す者。

村が恐慌状態に陥る。

「理想郷だったのに。ここなら安全だと思ったのに」

ルオが唇を噛み締める。一筋の血が、唇から流れた。

「どういうことだ？」

妻を背後にかばいつつ、夫が叫ぶ。

ごうごうと突風が吹き荒れていた。風は階段から押し寄せてくる。巨大なぞろりとした気配を引き連れて。

「地の底には確かに別の世界があるわ。でもあなたの信じる美しい世界じゃない。そこには見捨てられた、朽ち果てるべきだったものたちが潜んでいる。ほんのわずかなきっかけで奴らは地上に現れ、飢えを満たそうとする」

「俺たちの祖は……」

「わたしの考えが正しければ、奴らの飢えを満たすために、定期的に餌として生け贄になっていたのよ。あなたたちは星から来たのかもしれない。でもこの世界で生きて行くには、そうするしかなかった。太古よりこの世界に存在するものたちと契約し、この村で過ごしていく代わりに」

代わりに。

馬鹿な！　と夫が絶叫した。

「言い伝えとは違う！」

もはや、それらが姿を現すのは時間の問題だった。

逃げ惑う村人たち。しかし、彼らは村の外に出ることはできなかった。

防御膜は外から入ることはできても、内から出ることはできないようになっていたのだ。

「星から来た祖は、地底の理想郷の住民と結ばれた。彼らはこの村で暮らした。死すべき時だけ地底に戻る。元の姿に戻る！　あれは……」

轟！

烈風が夫の、ルオの頬を切り裂いた。

ごふっ、ごぼごぼごぼっ、
沼地に石を投げ入れたような音がして、階段から巨大なそれが上って来た。

ひいいっ！

目にした何人かが昏倒した。

うをををををんんんんん。

「利《リー》のおじさま！」

ルオが悲鳴をあげた。

「なんてこと！　魂魄《こんぱく》ともに奪われてしまったから！　魄だけが残ってあんなことに！」

巨大なぶよぶよした半透明の塊は、桃色の液体を垂れ流しながら、ずるり、ずるりと近づいてくる。そのてっぺんはまるでいまにも天に届きそうだ。

全身に顔がついている。何百、何千もの顔。

髪の色も目の色も肌の色も年齢も性別も異なっている。

どれもが口を開け、目を見開き、泣き叫んでいる。

「くそう！　なんてことだ！　村人たちが、あんな姿に！」

夫が呻いた。見知った顔が目に飛び込んでくる。最も新しいだろう顔は、彼の父親。甲高い声で絶叫しつづけている。

「地底には、あんなやつらがいっぱいいるのか?!」

「あいつだけではないわ。死ぬことを許されないもの、人を食らうもの、無理矢理に目覚めさせられた死者たち、そして……星からやってきたものたちも」

「どうすればいい?!　俺たちはこの村から出られない……！　おまえなら出られる！　ルオ、おまえはよそ者だ。逃げろ」

「いいえ！」

夫を突き飛ばし、ルオが駆け出した。目の前では、そいつが村人たちをゆっくりと吸収している。全身が桃色に染まり、じゅるじゅるした粘液が人々を捉え、溶かしていく。

「ルオ！」

「わたしはここで死ぬわけにはいかない！」

ルオの手が素早く動き、何かの呪文を唱える。

「禁！」

それ、の動きが不意に止まった。泣き叫ぶ幾千もの顔が凍りつく。

「禁術です。生命の痕跡があるものなら、わずかな時間、命令を聞かせることができます。逃げましょう」

「どこへ？」

夫が、そして村人たちが集まってくる。

「村の外に出られないのなら」

ルオの指が、湖の底にある暗い階段を指した。

「地の底に」

馬鹿な、と夫が呟く。しかし地下から来たそれは、もう蠕動《ぜんどう》しはじめている。

「それしか可能性はありません」

ルオの言葉に夫が、生き残った人々を見回す。

誰も頷かない。一人が走り出し、家に向かった。

それを機に、わっと人々はてんでバラバラに逃げ出した。誰一人、湖には向かわない。

「あなた」

「おまえ、ほかの人たちを置いてはいけないよ。俺はここに残る。おまえは地下に行ってもいい、村の外に逃げてもいい。俺としては村の外に出てほしい」

優しく妻を抱き寄せ、額に唇を押し当てる。ルオが啜り泣いた。

「ごめんなさい。わたしの存在がやつらを呼び寄せたのかもしれない」

「俺たちの血は星から来た。君の血は……あの湖の底、地下の国につながっているんだね？」

大地が震えた。

耳をつんざくような何百、何千もの叫び声がはじまった。

ルオの術の効果が切れようとしている。

「行きなさい。そして、自分のなすべきことをするといい」

夫に背中を押され、ルオは息を吸い込んだ。そして脇目も振らずに走り出した。

湖の底にある階段へ。

「わたし、伝えるわ。砂漠のむこう、高い峰々に隠された理想郷のことを。香巴拉《シャンバラ》と呼ばれる村のことを。決して忘れない。争いのない、星から来た、長い命を持つ人々のことを」

わたしは死なない。

責任をとらなければならない。自分の産んだ子、その子が産んだ子……わたしの血。

そして、愛する夫、優しいこの村の人々。

「あなたを、あなたたちを必ず救ってみせるわ。もう逃げない。わたしはどんなことをしてでも力を得てみせる」

ルオの言葉が湖の底に飲み込まれて行く。

「もう逃げない。戦う力が欲しい。どのようなことをしてでも」

小さくなる声。遠くなるルオの気配。

「たとえどのような契約をしても。わたしはあなたを救う。ほかのすべてを失っても。命も魂もいらない。力が欲しい。あなたを救う力。誰にも、何者にも邪魔はさせないわ」

ルオの姿が地底の奥底に消えた頃、村には誰も残ってはいなかった。

ただ大きな何かが、新しく得た幾つもの顔を震わせて、ほかに喰うものがないかと全身を揺すっているだけであった。

## 7 天津〜古文化街の幻影

夢を見ていたのだろうか。

わたしは中国画を学びに天津にやってきて、古文化街へ画材を買いに来た。黄昏時で、道を間違い、小さな店にたどり着いた。

ハンサムな青年に展示してある絵を見せられた。奇怪な異形のものども。鬼趣図《きしゅず》というそれは、日本の鬼ではなく、人外のものを描いていた。鬼の持つ意味が異なるのだと、青年はそう説明してくれた。

中国語がほとんどできないわたしに。

絵を見つめているうちに、わたしは夢を見ていたのかもしれない。

もしかしたら、青年が絵にまつわる故事を物語っていたのかもしれない。

わたしは古の中国にいて、絵にまつわる様々な経験をしていた。時に絵描きとなり、時に生きながら食われ、時に絵画の中に閉じ込められた。

テレビの中でしか知らないイギリスにも行ったし、アメリカの南北戦争にも参加した。ネイティブアメリカンの墓場を荒らすのも目撃したし、倫敦《ロンドン》の地下に蠢くものどもも目の当たりにした。

どれもがリアルで生々しく、触れた感触さえあった。

「わたし……」

戸惑いがちに、日本語で呟いたわたしに、青年が二度三度、瞬きした。

深い黒だと思った眸は、もしかしたら限りなく黒に近い青なのだろうか、とふと感じた。

「すっかり暮れてしまいましたね。あなたには才能がある。絵を描かなくては。それも人の絵を。中国で肖像画を学びなさい。中国には独特の人相術というものがあり、それに随《したが》って肖像画を描くのです。思いどおりに描けるようになれば、あなたはたちまち富貴になることでしょう。依頼が殺到し、生活に困ることはなくなるはずです」

青年はゆっくりと話してくれた。どうして彼の中国語だけがきちんと理解できるのか、わたしには分からなかった。でも、嬉しかった。大学の東洋芸術学部には日本人はわたし一人しかおらず、学生寮に住むほかの若い日本人留学生たちとは親しくなれなかったから。

「また……来てもいいですか?」

「必要とあればいつでも」

青年は口元だけ吊り上げた。笑っているつもりなのだろう。けれど、その目は一欠片《ひとかけら》も笑ってはおらず、むしろ無理矢理に笑みを浮かべただけに、なにかしら人をぞっとさせる、肌を泡立てるようなちぐはぐさがあった。

「分かりました」

青年はわたしを大通りに案内してくれた。黄色い面包車《ミエンパオチャー》、安いタクシーをとめて、大学へと告げて小銭を運転手に握らせる。

「よい夢を」

青年の言葉とは裏腹に、その夜、わたしが見た夢はうす気味の悪いものだった。

広い一室にみっちりと書物と実験道具が詰め込まれ、暖炉の上にはうっそりとした男の肖像画が掲げられている。

若い男が室内を歩き回り、絵画の中の男の目がそれを追い続けている。

白髪の初老の男が必死になって、若者に語り続けているが、若者の耳には何も入っていない。

わたしはこの場所にいたことがある。この光景に居合わせたことがある。

目が覚めると、冷や汗が全身をぐっしょりと湿らせていた。

古文化街であんな絵を見たからだろうか、不思議な幻想を見たからだろうか。それとも、人であって人でないような美貌の青年の、あの底のない眸を見たからだろうか。

それとも。

いや、正直に告白しなければならない。

わたしはもう、彼に恋していたのだ。あの出会いで魂を奪われてしまったのだ。


初めての熱烈な片想いはわたしに向上心を与えた。彼に褒められるため、わたしは熱心に中国画、特に肖像画の技術を磨いた。現代の中国では、肖像画は西洋画の影響をうけたものが多い。けれども、わたしが身につけたい技術はそうではなく、古来より受け継がれている人相見の技術を含んだ独特の、占いにも似た肖像画であった。

そういえば、と筆を握りながらわたしは友人の顔とカンバスを見比べた。

日本にいた時から、無意識にわたしはモデルの顔に何かを見いだしてきた。それは知らぬ間に習得した、あるいは天性のものだったのかもしれない。

「どう？」

クラスメートの丁《ディン》が笑いかけてきた。

「もう少し」

丁《ディン》の額は中央で少し盛り上がり、右目尻が垂れ、左の眉が太い。口元の皺は二十歳にしては深く、まるでこれからの苦労を暗示しているかのようだ。

片目を細くして、彼女を凝《じ》っと見る。

彼女は貧しい家で苦労して大学に進学した。本当は兄がいた。兄の出来が良かったから、彼女は進学を諦めて中学で卒業し、親の畑仕事を手伝うはずだった。

近所に裕福な中年男性がいて、丁《ディン》は身体を差し出すかわりにテレビを見せてもらっていた。日本のアニメ。憧れ、そして人生への諦め。アニメを真似て、地面に絵を描いては、風で消えていく砂絵。

兄の高校進学のために、父親が都会へ出稼ぎに行った。母と二人で老いた祖父母の面倒を見る日々。なぜ兄だけが。兄だけが。男だという理由だけで。

ある冬の日、兄は足を滑らせて凍った階段から落ち、死んだ。

両親が必死にためてきた貯金は、丁《ディン》の進学資金となった。

丁《ディン》の両手には、今も兄の背中の感触が残っている。それが、彼女の顔に表れていた。


そうか、丁《ディン》は苦労したんだ。

わたしには彼女を責めることはできない。実の祖父母も両親も事故で亡くなり、写真一枚残らなかった。貧しい養父母との暮らし。わたしだってあのまま惨めな人生を終えたくはなかった。もし丁《ディン》の立場だったら、やはり兄を排除したかもしれない。

ただ、たまたま、匿名の資金援助を得ることができたから、今、ここにいるだけだ。

「そうね、できたわ。ありがとう」

丁《ディン》の鼻筋を少し、変えた。口元の皺も浅めにした。こうすれば、絵の中だけでも、丁《ディン》の未来は明るくなるはずだ。過去の重荷からも多少は解放されて、心の苦しみが薄らぐかもしれない。

現実の彼女そっくりには描かなかったけれど、見た目にはその違いはほとんど分からないだろう。

「まあ、本当に上手ね。あなた、風景画は得意ではないけれど」

「肖像画を専門にしたいのよ。これ、記念に受け取って」

「いいの？　じゃあ絵の具が乾いたらいただくわね。ありがとう」

思いの外喜んでくれた丁《ディン》は、その後、わたしのために小金を持った留学生やビジネスマンを紹介してくれた。格安で上質の肖像画を描く人がいる、そう宣伝してくれたのだ。

おかげでわたしはちょっとした贅沢ができるようになった。中国でも画材のために切り詰めていたが、放課後に絵を学びに行くだけの余裕ができたのである。

早速わたしは、古文化街に向かった。

絵も中国語も、努力してある程度の結果を出すまでは、彼の店には行かないと決めていた。だから、その店を訪れるのは実に二回目だった。あの眸に恋い焦がれていたにもかかわらず、わたしはその情熱を押し殺し、絵と中国語にたぎる思いをぶつけていた。

そのせいか、わずか一カ月ちょっとで、わたしの中国語は格段に進歩し、簡単な日常会話ならなんとか通じるまでになっていた。

中国画の基礎でもあり、わたしが最も興味のある工筆画、いわゆる細密画の手法も熱心に学んだ。もちろん人物を描く手法が中心なのは言うまでもない。北京にも出かけて、歴代の名画も鑑賞したし、著名な現代の画家の肖像画も見て回った。

西洋画の影響をもろに受けた手法をのぞけば、やはり中国人の描く肖像画は特徴的だった。うり二つ、そっくりに描く写実性よりも、特徴を大事にし、時にはデフォルメとも呼べるレベルで人物を描いている。そうやって内面や生き方、あるいは理想の姿を描きとっているのだろう。

様々なことを考えながら、わたしはバスを降りた。

確かバス停から徒歩十分程度の場所にあったはずだ。古文化街から少し外れた、民家の建ち並ぶ路地裏。その中の一軒。彼の店と彼、それに鬼を描いた水墨画。

昼前に来たせいか、どうしても目当ての店も路地裏も見つからなかった。

暑さでくらくらした。乾燥しているので、じめじめした蒸し暑さはなかったが、それでも暑いことには変わりない。気分が悪くなり、木陰を探しだすと、わたしはその場にへたりこんだ。

「没事吗?」

大丈夫ですか、と声をかけられ、弾かれたように顔を上げた。

一度しか耳にしたことのない声だった。けれども、忘れられなかった。

深い青みがかった切れ長の眸、後ろで束ねた黒髪、こんなにも暑いのに黒一色の服装。

彼だ。

間違いない。

「おや、またお会いしましたね」

彼は片手に飲料水のペットボトルを数本抱えていた。一本をわたしに差し出す。その優美な仕草、ほっそりした白い指の動きに、わたしは言葉を失った。

「脱水症状になったら大変だ」

「……あ、ありがとうございます」

ペットボトルの口をひねると、しぶきが小さな泡となって、わたしの頰を濡らした。

なんだかほっとする。

出会えた。会いたかった。彼がわたしに絵の才能があると、肖像画を学べと告げたから、わたしは一カ月間、必死になって勉強し、描きつづけた。

今までの人生で味わったことのない充実感、そして彼への渇望感。

「絵を……」

「勉強したのですね、あなたの顔に表れている」

彼がゆっくりと言う。彼の言葉は風のようにわたしの心を吹き抜け、全身に鳥肌がたつような気がした。ぞくぞくした。

わたしは改めて彼の顔をじっくりと観察した。

外側は驚くほど整っている。世の中の穢れなど何ひとつ知らぬ、そんな天使のような純粋さ。皺もなければ染みもない。整いすぎてかえって人間味すら感じられない。高い鼻梁は北方民族の血だろうか。少しくぼんだ眼窩は、もしかしたら何世代か前に西洋の血が混じっているためかもしれない。

薄い唇は青ざめていて血の気がまったく感じられない。

何よりも印象的なのは、その双《ふた》つの眼差し。深すぎて黒く輝く青い色。何もかもを映し出しているだけで、その実、内側からは一筋の光も発していない。流れゆく景色を反射しているだけで、彼の内面は何も見えない。

呑み込まれそうな、大きな闇。

わたしには彼の過去も未来も、そして今も。どんなささやかなことでさえ、その顔から見出すことはできなかった。

神秘的だ。人であって人ではない、そんな形容しがたい魅力。抗いがたい何かが、わたしを引き寄せ、絡み取り、誘惑していた。

こんな不可思議な感情は初めてだった。わたしは物心ついた時にはすでに諦めるという言葉を覚えていた。金銭的なことも親のいないことも我儘をいうことも夢を持つことも。わたしの中で激しい感情が生まれたのはこの時が最初で最後だった。

強く、強く魅せられた。

彼の内に潜むものを知りたい、暴きたいと思った。

「絵を見たいんです」

「どうぞいらしてください」

導かれるように、わたしは再び彼の店を訪れた。

壁にかかっていた数枚の絵は変わらず、それどころかどこか古びてさえいた。

「こちらは食事の場面を描いたものです」

巨大な頭部をもつ何かが、人間を頭から齧っている。墨だけで描かれているのに、妙に立体的で、目を細めると咀嚼音が聞こえてくるような気がした。

「これは幽谷。何の変哲もない深山幽谷ですよ」

切り立つ崖、遙か空まで届きそうな峰。底の知れぬ谷。黒々とした気配が立ち上ってきそうな、耳を澄ませると怨嗟の叫びが聞こえてきそうな。いや、聞こえてくる。

そんな馬鹿なことが。

わたしは絵の放つ力に惑わされていた。

こんな絵を描けるようになりたい。こんな絵を描けるようになったら、彼のそばにいてもいいと言われるかもしれない。

彼が集めているのは、本物の絵だ。内に生命が宿り、世界が凝縮されている。

表面的に描いているのではない。画家の主義主張が込められているのでもない。哲学的でもなければ、芸術的でもない。

ただ、そこに封じ込めている。『西遊記』で孫悟空が壺に吸い込まれたかのような。

芸術という枠を越えた、技術。

これは技術だった。

「どうしたら……このような絵を描くことが出来

ますか？」

おずおずと質問したわたしに、彼は書棚に並ぶ古い本の背表紙を人差し指でなぞった。見た目は古く、埃をかぶっていそうだったが、実際には塵一つなく、日常的に出し入れされ、読み込まれているものなのだと分かった。

「そうですね……まずは思い出すことが必要です。学ぶことも」

「どうやって学ぶのですか？」

「この本をお貸ししましょう」

「でもわたし、中国語の本なんて読むことが出来ません」

「中国語ではありません」

「日本語以外は無理なんです」

自分の無知を恥じながら、わたしは目を伏せた。

彼の手が、そっとわたしの肩に置かれた。心臓が飛び出しそうになった。ばくばくしている。頬がかっと熱くなった。

「あ、あの……」

「大丈夫。これは言語を超越しています。あなたなら内容を理解することが出来る。枕元に置いて眠りなさい。きっと理解出来る。思い出すはずだ」

彼の眸が大きくなり、冷たい唇がわたしの唇を束の間、覆った。

肺までもが凍りつきそうな吐息が、わたしの中に吹き込まれた。

くらくらした。

「大丈夫。あなたは知っているから」

耳元で囁かれた。

わたしの記憶はそこでなくなった。

目を覚ますと、寮のベッドにいた。夢だったのか。彼への想いが強すぎたのだろうか。

苦笑して起き上がろうとすると、手の甲が硬いものに触れた。見ると、古びた革製の洋書がある。彼が貸してくれた本だ。

では夢ではなかったのだ。

あまりに興奮して、彼との口づけの後、どうやらわたしは夢見心地で帰宅したものと思われた。二十歳を過ぎた人間とは思えぬ初心さに、我ながら情けなくなってくる。もっと積極的に、あるいはもっと打算的に、彼を誘惑できればいいのに。

洋書の表紙を撫でる。しっとりとして、手に馴染む。注意深く頁をめくってみたが、英語でもない、中国語でもない、ましてや日本語でさえない、謎の文字が並んでいるだけだ。嘆息して洋書を抱きしめる。彼の手触りを、息づかいを間近に感じる。

どんどんっ、すごい勢いで扉が叩かれ、わたしを現実に引き戻した。

「誰？」

「ちょっと、あなた、丁亜金《ディン・ヤージン》と仲良かったでしょ?!」

留学生担当事務局の、日本語担当教員の声だった。

「丁《ディン》さんがどうかしたんですか」

スリッパに片足を突っ込んでわたしは声を張り上げた。

そういえば長期旅行中のルームメイトはまだ戻ってきていない。わたしは一人部屋を満喫している。料金は二人部屋を支払っているのだからお得だな、と脈絡もなく思う。

「亡くなったのよ、昨日の夜。今朝発見されたわ」

「え?!」

急いでTシャツとジーンズに着替え、すっぴんのまま飛び出した。廊下には青ざめた教員が立っている。

「自殺なんですか？」

「どうしてそう思うの？」

「だって健康そうだったから」

「事故と両方の線で調べるみたいだけれど」

と教員は言葉を濁らせた。

「あなたの描いた彼女の肖像画、それが横にあったそうなの。それで」

「わたしは彼女の友人でした。彼女の死に関係はありません」

「分かっているわ。とにかく来てくれない？」

とんだとばっちりだ。わたしは彼女の死には関与していない。第一、昨日は彼の店で過ごし、そのあとはベッドで眠っていたではないか。……いや、正確に言えば、目覚めるまでの記憶はないのだけれど。

教員に連れられて、中国人学生女子寮に行く。初めて入ったそこは劣悪な環境で、狭い一室に三段ベッドが向かい合わせに押し込められており、机一つ置くスペースもなかった。道理で中国人学生たちが教室や図書館、校庭や中庭で勉強しているはずだ。寮の部屋にはプライバシーもなければ、勉強をする空間さえない。

丁《ディン》の遺体は警察が運び出したということで、三段ベッドの下、ピンクの布団と枕の上には、わたしが描いた彼女の顔だけがあった。

「あなたの絵でしょう。同室の子たちの話によると、丁《ディン》さんは毎日この絵を眺めて泣いていたそうよ」

「泣く？」

どうして、とわたしは首を傾げた。

彼女の罪悪、彼女が今後迎えるだろう辛い運命、わたしはそれを肖像画には描かなかった。敢えて異なる彼女を描いた。罪を知らぬ過去、穏やかな未来を予感させる表情。彼女の幸せを願って描いた。それが、どうして彼女の嘆きにつながるのか、分からなかった。

「この絵を焼いてほしい、と。自分が死んだときに。そう言い残したそうよ。自殺みたいね」

彼女のルームメイトが教師に告げ、教師がわたしに通訳してくれる。

無言でわたしは自分の描いた丁《ディン》の肖像画に目を走らせた。

少し、違う。

わたしが描いたのとは表情が異なっていた。

丁《ディン》が描き加えたのだろうか。彼女もまた絵を学び、画家か美術教師を目指していた。だから、わたしの絵に自分で何か……つけ加えたのだろうか。

眼を細めた。

カンバスの中では丁《ディン》が微笑んでいる。無邪気な、穢れを一切知らぬ、幼子のような笑み。　未来は見えない。断ち切られている。

これは過去しか描いていない。それも丁《ディン》がもっとも美しかった、幼い頃の一瞬。自我が目覚める前の、無垢な赤児の魂だ。


割られた手鏡が足下に散らばっていた。

もし。わたしが今の自分の顔とこの無垢な自分の顔を見比べたら。

やはり死を選ぶかもしれない。己のあまりの醜悪さに耐えられなくなるかもしれない。

でも、この肖像画はわたしが描いたものであって、そうではない。明らかに変化していた。無言でわたしは瞑目した。

丁《ディン》の気持ちが、理解出来た。


丁《ディン》の死後、わたしに肖像画の依頼はなくなった。不吉な絵だと噂が広まったのだ。

幸い、匿名の援助だけでもなんとか生活はできたし、大学の費用も支払い済みだから、慌てることはなかった。もとの貧乏な生活に戻るだけのことだ。


わたしは毎夜、彼から借りた洋書を抱きしめて眠った。

さまざまな時代の、さまざまな国の、さまざまな人物の、絵にまつわる夢を見続けた。

起きている時は、黙々と肖像画の技法を学んだ。中国で確立された、内面や過去を描き出す手法に拘泥した。

わたしの所属する学科には高名な画家であるL教授がいたが、彼は鍾馗《しょうき》画法を教えていた。鍾馗《しょうき》というのは、歴史上実在した人物とされ、魔除けの門神として信仰を集めている。この鍾馗《しょうき》を描く筆法というのが、中国画の基礎を身につけるのにふさわしいのだという。

けれども、どれだけ努力しても、わたしにはこの画法が習得できなかった。

わたしの描く絵を見て、長身痩躯の教授は首を横に振った。

「いいかね、鍾馗《しょうき》の画法というのは技術だけではない。この技法は、招福破邪《しょうふくはじゃ》の技法も身につけることになる。絵描きたるもの、良い気を集め悪い気を祓う、そのような画を描かねばならない。そうでないと、君の絵を手にした人は幸せにはならないよ？」

教授のモットーは、絵は人を幸福にする、であった。

わたしは彼の授業の単位を落とした。最低の点数がつけられていた。

ショックではなかったが、残念ではあった。教授に見出されれば、出世の可能性もあるから。

一カ月に一度ほど、古文化街に行った。彼は必ずどこからか現れて、わたしを店に誘った。わたしが一人でその店にたどりつくことはできなかった。

道ばたでわたしは無料の似顔絵描きを始めた。最初は大学の近くで、そして少しずつ居場所は大学から離れていった。

相手の望むような顔を描いた。人望ある顔、裕福な顔、玉の輿にのる顔、勉強の出来る顔。無料ということで必ず人が集まる。しかし、二週間もすると飽きられるのか、誰も来なくなった。

場所を転々と移動してわたしは人々の顔を描きつづけた。

憑かれたように、それは一年近くにも及んだ。


わたしの彼への想いは狂ったように激しくなっていった。彼を想って夜も眠れなくなった。食事がまともに喉を通らなくなり、彼に認められたい一心で絵の修業をつづけた。一カ月に一度しか会えない彼は、その都度わたしに口づけをしたが、それ以上のことは何一つしようとはしなかった。

そして不思議なことに、古文化街の人々は誰も彼のことを知らなかった。

美術史上、鬼趣図《きしゅず》というのは本当に有名で、魯迅《ろじん》や芥川龍之介がそれについて言及していたほどであった。わたしは粗悪な複製品を買い求め、壁に張り、毎日眺めた。

そのうち、いつまでも帰ってこないルームメイトの遺体が谷底で発見されるなど、些細な出来事があったものの、会ったこともない人間の生死などわたしには何の感慨も与えなかった。

彼が欲しい。彼を自分のものにしたい。

わたしはそればかりを願うようになった。

どうしてそこまで彼に恋い焦がれるのか、理屈なんてない。ただ、永遠に彼が欲しかった。永遠に彼を残しておきたいと祈った。

劣悪な模倣品のためか、わたしの持つ鬼趣図《きしゅず》の中には少女はいなかった。

少女は、確か羅《ルオ》という名前だったはずだ。子供を二人産んで。一人は倫敦《ロンドン》に渡った。一人は中国に残った。第二次世界大戦のさなか、その子孫は海を越えた。日本に。

夢の話だ。これは毎夜、わたしが見る夢の中の物語。

なのにわたしはそれを事実だと信じている。彼が貸してくれた本、彼が見せてくれる夢。だから信じる。

どうしてだか分からない。突然、その日、わたしに天啓が閃いた。

彼を描こう。

彼の肖像画を描くのだ。全身全霊を込めて。

そうすれば彼はわたしのものになる。彼の魂は永遠にカンバスの中に残る。永遠に。

わたしは心を込めて一筆一筆、動かし始めた。

目の前にいなくても、彼のことなら産毛の一本一本まで鮮明に覚えていた。

モデルがいなくても、記憶をたどれば間違いなく彼を描くことができる。

わたしだけの彼を。

授業も休みがちになった。

一度だけ、L教授がわたしに廊下で声をかけてくれた。鋭い灰色の目は、何もかも見通しているかのようだった。

「あなたの絵は邪道だ。改めないと不幸になる。モデルもあなたも」

わたしは教授をにらみつけた。既にわたしの腕前は相当に上達していた。ちょっとした美術館に飾られている絵など、わたしの比ではない。

「では教授の絵は人を幸福にして、教授自身も幸せになるのですね」

「ああ」

「成功しているから、そう言えるんです。もしわたしが成功したら、わたしの絵だって幸福を呼ぶと言われることでしょう」

「君は変わった。入学した頃はおどおどして内気だったが、純粋なものを秘めていた。だが、今は……」

「失礼します、不愉快です」

強く言葉を叩きつけて、わたしは寮に駆け戻った。

彼の肖像画を完成させる。それこそがわたしの使命だ。完成すれば、彼はわたしのもとに永遠にいてくれる。わたしは彼を手に入れることができるはずだ。

結果、わたしは絵だけを残して、日本に逃げ帰った。

二度と、彼には会えなかった。

以来、一度も誰かを好きになったことはない。

## 8　禁術の徐登《シュー・ドン》

五世紀頃成立した中国の史書である『後漢書』に、一人の不思議な人物の記載がある。

徐登《シュー・ドン》という。

徐登《シュー・ドン》は元々女だった。記憶を失って砂浜に座り込んでいたのを拾われた。不思議な目をした娘はふいっと家からいなくなり、数年後にまたふらっと戻ってきた。帰って来た時には、もう女ではなくなっていた。男の肉体に変わっていたのである。

彼女、いや彼は禁術を得意とした。およそこの世に存在するもの、すべてが気を持っている。人間も動物も山も木も死者も鬼も。それらの気を操る術のことを禁術といった。なぜ「禁じる」というのかというと、気を禁じることによって状態を変化させることができるからである。命じる、と似ているかもしれない。

徐登《シュー・ドン》には義兄弟としてつきあう趙炳《チャオ・ビン》という親友がいた。彼らは共に術をよくし、世間に名を知られていた。たとえば川を禁じると流れが止まる。枯れた木を禁じると生き生きと復活して実をなした。流行病であっても、それを禁じればたちどころに病は消え失せた。

二人はいつも一緒に旅をした。

戦乱に遭っても、彼らだけは無傷でなんの被害も受けなかったという。

徐登《シュー・ドン》の禁術は絵筆によるものであった。対象物を絵にする。描かれたものは徐《シュー》の命じるままになった。趙炳《チャオ・ビン》の禁術は呼吸を利用した。長く長く独特のリズムで吐き出す微妙な息づかい、それを用いて、気を操ったのである。

徐《シュー》はかつて子供を産んだ、と趙《チャオ》に告白したが、その子供たちがどうなったのか、また夫は誰だったのかは一言も語らなかった。

徐《シュー》が亡くなり、趙は一人になった。徐《シュー》は生きたまま仙人になったのだ、遺体は消えた、屍解仙《しかいせん》なのだ、と趙《チャオ》は繰り返すばかりだった。

老いて一人で旅をつづけていた趙《チャオ》が病に倒れた。看病してくれる親切な村人に、うわ言のように趙《チャオ》は徐《シュー》について語り続けた。

利《リー》という男がかつていた。徐《シュー》から聞いたよ。あぁ、徐《シュー》を救おうとしてくれた。徐《シュー》の血族の一人だという。徐《シュー》はいつでも利《リー》の話をしていた。気高い犠牲となった利《リー》のおじさんを救いたいってね。

利《リー》はわしたちの後に産まれる。え？　なのになぜおじさんと呼ぶって？　なぜ産まれてもいない奴のことを語るのだって？　ははは、徐《シュー》は仙人だよ。わしなんかよりずっと力を持っている。いろんなことを知っている。

秘密を教えよう。

徐《シュー》は利《リー》のおじさんよりも、さらにずっと後の時代に産まれたんだ、本当は。しかし、生まれながらの血と力のために、時をさまよう羽目になってしまった。

逃げ惑ううちに、徐《シュー》は決意したんだ。逃げるのではなく、子孫を見守り、なんとかして呪われた運命から救ってやろうと。

本当は死んだんじゃない。

別の時へ行ってしまったんだ。

わしは徐《シュー》のことが好きだったよ。男でも女でもどっちでもかまやしない。

徐《シュー》の肉体は少しずつ人ではなくなっていた。だから女には見えなくなっていて、男だということにしたんだ。

ああ、でもそんなのはどうでもいいことだ。わしは徐《シュー》が好きだった。

うぬぼれていいのなら、徐《シュー》もわしに好意を持っていたと思う。

ああ、そうだね。徐《シュー》は絵を描いた。絵筆に力を込め、描いたものを自在に操った。といっても、そんなに長い時間じゃない。すぐに術は解けた。元々は口訣《くけつ》を唱えていたが、それよりも長い時間効力を発揮できるからと、絵筆を持つようになったんだ。

徐《シュー》との出会い？

旅の途中だったな。足を滑らせてね、谷に落ちたんだ。

気がついたら、徐《シュー》がいた。

わしの顔を覗きこんでいた。あの、独特の眸でね。

「死にたくない」

とわしが言うと、徐《シュー》は困った顔をした。その頃のわしは普通の人間で、もちろん大怪我を負って、あと僅かの命だった。

「死にたくない」

わしがもう一度言うと、徐《シュー》は黙って懐から絵筆を取り出した。そしてわしの顔を描いてくれた。

健康で元気で若く、生き生きとした顔だったよ。

「これで大丈夫」

おかしなことを言うな、と思ったら、わしの怪我がみるみるうちに消え失せた。驚くと、絵の中のわしが血だらけで息も絶え絶えになっている。

「この絵があなたの代わりになる。絵を大切になさい」

徐《シュー》はそう言って、わしに絵をくれた。

その不思議な力をどうやって得たのか、わしは訊いたよ。徐《シュー》は首をかしげて、「いま死にかけていたくせに、もう好奇心むきだしだ」と笑い出した。

鈴のように軽やかで、甘い響きだった。今も耳に残ってるよ。徐《シュー》は美しかったなあ。そして、悲しい眸をしていたな。

「地の底で」

と徐《シュー》は独白するように答えてくれた。

「契約した」

そうだね、力を得るために契約したのだから、大切なものを失ったんだろう。

女でなくなり、やがて人ではなくなるだろう。肉体、つまり魄を失うだろう。だから言ってるだろう？　魂だけになるってことは屍解仙《しかいせん》なんだって。死んでから肉体が溶けてしまうことだ。魂だけが生き残るってやつだよ。

ああ、利《リー》のおじさんかい？

徐《シュー》と出会って十数年後かな、徐《シュー》と再会した時に、わしも尋ねたよ。

魂の入った壷を奪い取ることに成功したんだぞうだ。なんだったけな、鄭《ディ》とか言ったか、その男に頼んで鍵のかかった部屋から持ち出してもらったそうだ。

利《リー》のおじさんは、異国の地で生まれ変わったそうだよ。徐《シュー》は利《リー》のおじさんについては、本当に嬉しそうに話すんだ。あんなに正義感に満ちた人はいない、きっといつか奴らを退治してくれるってね。

奴ら？

わしもよくは知らないよ。ただ徐《シュー》は奴らから逃げ出して、いつしか逃げながらも追うようになったと言っていた。離れられない理由なんて知るものか。

そうそう、これを言わないといかんな。ある出来事があったんだ。それが理由でわしは死ぬことにした。老いることにした。自然に逆らうのはいけないと、ようやく悟ったんだ。

だからこうして死にかけているわけだ、今。

饒舌になっていた趙《チャオ》はふっ、と口を閉じ、全身を震わせた。

看病していた村人は、趙《チャオ》が死ぬのかと身構えたが、どうやらそれはもう少し先のようだ。

なに、たいしたことじゃないのかもな。わしにとっては大きなことだったが。

絵だよ。

わしは絵が怖くなった。どんな絵でも、だ。それだけじゃない。水も鏡も、自分を映すものはどんなものであれ怖くて怖くてたまらなくなった。

若いまま、健康な姿で生き続けるわしは、徐《シュー》と旅をしているうちに些《いささ》か知識も得た。それでちょっとした術も使えるようになった。腕は徐《シュー》のほうがずっと上さ。

そうそう絵だ。

出会った時に徐《シュー》に描いてもらったわしの顔。徐《シュー》には大切にしろ、だが決して見るなと言われていた。

だがね、徐《シュー》がいなくなって寂しくなったんだ。

ふと懐かしくなって……ある夜、巻いてあった紙を広げた。

髪が一瞬で白くなったよ。……あんな思いは二度としたくないね。

絵の中のわしは、干涸びた生き物になっていた。眸はぎらぎらしていて、狡智《こうち》にたけ、欺瞞《ぎまん》と偽善に満ちていた。

あれは人じゃない。

分かったよ、これが本当の自分だって。仙人だなんだともてはやされ、いい気になって、人に施したりしていたが、真実の自分はこいつだった。誉められたい、尊敬されたいという欲にまみれ、賢く見られたいと虚勢を張っている、骨と皮だけに縮んだ醜い愚かな生き物。

怖くてね。

それで絵は飲み込んだ。

どうしてかって？　焼いたり破いたりしたら、すぐにこのわし自身も死ぬだろうよ。絵とわしは表裏一体だったから。

そうさ、この期に及んでも死ぬのが怖かった。だから絵を飲み込み、一つになった。

それからだよ、老いるようになったのは。

それからだよ、絵が、水が、氷が、鏡が怖くなったのは。

ふうっと息を吐き出して趙《チャオ》は長いあご髭を震わせた。

どれ、ちいっと喋りすぎたかの。疲れた。少し眠ることにしよう。

え？　徐《シュー》が死んでいないのなら、どうやって会えるかって？

知らないね。顔を描いてもらおうというのなら、やめたほうがいい。間違っている。人はまっとうにお天道様の下で生きて、死んでいくべきだよ。

ああ、そうだね。じゃあ、徐《シュー》に顔を描いてもらわぬように気をつけるといい。徐《シュー》を見分ける方法？　簡単なことさ。

あんたたちだって、徐《シュー》に会えばすぐ分かるさ。徐《シュー》の眸は青く、四角い形をしているよ。よあんな眸はほかの誰もいないさ。

確か、旧姓は羅《ルオ》といったかな。

ああ、疲れた。もう休むとするか。

静かだねえ……。

## 9　札幌の作家～怪談取材にて

中国文学を学んでいる売れない作家が札幌に住んでいる。

中島某という筆名である。作家業はほとんど開店休業状態で、普段は大学で中国語を教えて生活している。運良く札幌の小さな私立大学に専任として雇われたのである。

彼女の勤め先である大学には、非常勤講師で週に一回、東洋美術史を教えにくる女性がいた。年齢が近いこともあって、彼女たちはたびたび立ち話をしたが、特に親しくつきあうことはなかった。というのも、東洋美術史を教える女性はどこか、他人を寄せつけない、そんなよそよそしさを持っていたからである。

中島は売れない作家ではあったが、作品への情熱は未だ失せてはいなかった。仕事の依頼がもう五年も途絶えていたが、それでも諦めることはできず、常によい小説のネタを探し求め、資料を収集しつづけた。

もはやそれは強迫観念に近い。

小説の仕事がないため、最近ではさらに中国語の翻訳もはじめた。マンションのローンもあるし、学生時代に借りた奨学金の返済もある。大学の給料だけではどうしても不安だった。

中島は中国語の力を上達させようと、札幌市内の語学教室に通いはじめた。教師は一人。小さな喫茶店の一角でマンツーマンで習う。利《リー》という名の男性で、中国の東北地方出身だという。

利《リー》老師、と中島は彼を呼んだ。背の高い彼は、ぶっきらぼうだったが、根気よく彼女の発音を訂正し、熱心に指導してくれた。

彼の趣味は絵を描くことで、中島にも一枚描いてくれた。しばらくそれは彼女の研究室を飾っていた。

鍾馗《しょうき》画法といったか鍾馗《しょうき》筆法といったか。邪気を祓い、幸福を招き入れる描き方らしい。とはいえその絵をもらったからといって、中島が売れる作家になったかというと、どうやら残念なことにそこまでの効果はなかった。

小説を書いていると告げると、利《リー》老師は彼女に様々な中国語の原書を貸した。『太平広記』、『子不語』、『閲微草堂筆記《えつびそうどうひっき》』、『聊斎志異《りょうさいしい》』……。

中島にとっては見慣れたものばかりであった。

彼女の研究分野は中国の古典文学、それも妖怪や化け物、幽霊が出る小説で、利《リー》老師が貸してくれたものはどれもその分野では著名なものばかりだったからである。

利《リー》老師は彼女に、もちろん研究はしていいが決して深入りはするな、対象とは距離を置けと忠告した。あまりにばかげた言葉に、彼女は内心、吹き出しそうになった。研究の対象はあくまで物語にすぎない。距離を置くとか深入りするとか、そういう言葉は民俗学など現地調査が必要な学問に言えばいい。

そうこうしているうちに、昔知り合いだった作家が彼女に電話をかけてきた。数年ぶりである。北海道の怪談を取材してくれないか、というのである。むろん、彼女は一も二もなく引き受けた。たとえ小説の仕事でなくても、涙が出るほどありがたかった。

ただ問題は、怪談スポットを知らないということであった。

妖怪や幽霊を研究しているのも、もちろん好きだという理由もあるが、それより何よりもそんなものの存在を信じていないから、平気で読むことができたのである。どんなに不気味な話を読んでも、ちっとも怖くはない。すべては作り話で嘘でしかないのだ。

〆切は刻々と近づいてくる。インターネットで調べて、出るという場所をあちこち訪れたが、彼女には何も見えない。一応インタビューらしきこともしたが、執筆できる程度ではなかった。

困りきって、中島は同僚に尋ねようと思い立った。教師仲間なら、もしかしたら学生たちから何か小耳に挟んでいるかもしれない。

授業の合間に、たまたまばったり出会った東洋美術史の非常勤講師になにげなく話を向けると、意外な言葉が返って来た。

「わたし……祖父母から少しだけ聞いたことがあります。札幌市内に古い木造建築の洋館があって、そこに絵が飾られているって。その絵は別の世界への入り口になっているって。ああ、これは怪談ではありませんね」

「ごめんなさい、それ、どこだか分かる？」

藁にもすがるような思いで、中島はメモを取った。

初めての雑誌。数年ぶりの文章仕事。必死だった。

非常勤講師から聞いた場所をネットで調べて、地図を打ち出す。それほど遠くはない。Hという大きな墓地のある土地だった。

放課後になり、中島はカメラとICレコーダーを鞄に入れ、地下鉄に飛び乗った。職場からは二回乗り換える。夕闇が迫ってきていた。

H駅に到着し、電車を降りた彼女は思わず目を丸くした。駅の向こうには見渡すかぎり墓地が広がっている。

噂には聞いていたが、これほどまでとは。

気のせいか駅には線香のかおりが充満してい

る。墓地の向こうから立ち上る煙は、もしかしたら火葬場のものだろうか。

これは期待できる。

怪談の一つや二つは当たり前、怖い話が取材できそうだ。喫茶店か何かを探して、従業員に聞くのが手っ取り早いが、まずは霊園の見学をしておこう。何事も下見が肝要だ、と中島ははやる気持ちを抑え、歩き出した。

熱心に出入り口を探す。見当たらない。しばらく歩いてようやく見つけた門には既に鍵がかかっていた。まさか乗り越えるわけにもいかず、諦めて当初の予定どおり、不思議な絵があるという洋館を探すことにした。

公園を抜け、坂道をのぼり、高校を通り過ぎ、坂を下る。息が切れてきた頃に、なんとか目的の場所にたどり着いた。

とうに日は落ち、街灯の光が黄色く道を照らしている。北海道の街灯は黄色の光だ。白い色をしていると、冬の降雪時には反射してかえって危険だというのが理由らしい。

木造建築のせいか、洋館は一昔前の小学校のようにも見えた。

呼び鈴はついていない。そもそも人が住んでいるのかも分からない。古びていることは分かったが、夜に到着したせいで、あまりはっきりとは観察できなかった。日中に改めて訪れるとしても、やはりここは見ておく必要がある。

思い切って玄関に近づき、彼女はそっと扉に片手を触れた。動くような気配がした。どきどきしながら、把っ手を握り手前に引く。

重々しい音がして、扉が開いた。

(やった!)

小躍りしたくなるような気持ちで、中島はうきうきと室内に足を踏み入れた。

いつも鞄に入れている非常用の懐中電灯を取り出し、スイッチを押す。足下が照らし出される。一歩一歩、ぎいっぎいっと大きな音がたつのは仕方がない。床も古い。

「ごめんくださーい。すみませーん」

予想した通り返事はない。万が一不法侵入で訴えられたら、ここは無人の家かと思ったと主張することにする。

壁を照らしてしばらくして、ようやくスイッチが見つかった。駄目もとで押してみるが、やはり電気はつかない。

(諦めて、目的の絵だけ見ておこう)

話では、一階の応接間に飾っているらしい。移動していなければ、絵はそこにある。玄関から廊下があり、左右に扉が並ぶ。まっすぐ進んだ突き当たりに、重々しい分厚い扉があった。位置的にはそこが応接間だろう。

なんとなく怖くなってきた彼女は、わざと鼻歌をうたって空勇気を振り絞り、廊下を急いだ。突き当たりの正面の扉に手をかけ、ドアノブを回す。

開いた。

念のため壁をまさぐり、スイッチを探す。

かちり。

ぱっ、と部屋が明るくなった。

この部屋には電気が通っているらしい。

「助かった」

目をしょぼつかせて光に慣れさせつつ、彼女は薄目で室内を見渡した。

右側には大きなテーブルと椅子。どちらにも白い布がかぶせてある。

中央は空間になっており、壁には暖炉が見える。

左側にはソファだろう、こちらもやはり白い布がかぶせてあった。

暖炉の上に、絵が一枚かかっている。あれだろうか。金色の枠で縁取られている。部屋の入り口からは、額縁の中身までは分からない。

懐中電灯の灯りを消し、暖炉に近づく。

額縁の中身は油絵ではなく、水墨画だった。意外な組み合わせに、彼女はぽかんと口をあけた。あまりにもミスマッチだ。水墨画なら掛け軸にするなり、表装するなり、方法はいくらでも他にあっただろうに。

白黒の濃淡で描かれているせいか、何が描かれているのか分からない。

顔を近づけた。

家だ。洋館だ。気のせいか、この家に似ている。窓から外を眺めている顔があった。

よく見えない。

さらに顔を近づけた。つま先だって、伸び上がる。

女の顔。

顔の後ろには何かの影。

なんだろう。まるで女を襲おうとしているかのようだ。

(待って……この顔は私に瓜二つだ!)

「え?」

ぎょっとした瞬間、絵の中の女も目を見開いた。

異界に通じている、そう言わなかったか。洋館の絵は異界に通じている、と。

そんな馬鹿な。こういうのは全部作り話だ。

絵の中で、女の背後の影が濃くなり、大きくなる。女に届きそうだ。

「!」

反射的に身を屈めた。

何かがひゅっ、と音をたてて、頭上をよぎった。

振り返るのが怖かった。しかし確認しなければならない。

本能が拒絶しようとするのを、意志の力で無理矢理ねじふせ、彼女はさっと振り向いた。

黒々とした何かが、見えた。

同時に室内の灯りが消えた。

天井にぶつかりそうなほどに大きな何か。突然、吐き気を催す異臭がした。肉を腐らせた時の臭いだ。

暖炉から何かぬるぬるしたものが出て来て、足首に絡みつく。

(嘘だ、こんなのは嘘だ。こんなのは嘘に決まっている。嘘だ！)

両足をばたつかせたが、全身はずるずると暖炉に引きずり込まれて行く。

「いや、こんなの嫌！」

ぬめぬめしたゼリー状の大きな何かが、ずるりずるりと這いずってくる。

「いやだ、助けて！」

目を閉じた、その時だった。

大きな音をたてて、窓が開いた。

外から誰かが飛び込んで来た。

「去れ！　古《いにしえ》の妄執ども！」

利《リー》老師の声だ、と彼女は思った。

そして意識を失った。


目が覚めた彼女は、なぜかH駅近くの霊園の中のベンチにいた。墓地の管理人が彼女を発見し、慌てて病院に連れて行ってくれたのである。

医師の話によると、ごく稀にどういうルートか分からぬが、彼女と同じような形で発見される人が毎年何人かいるらしい。そのため、もう十年以上も前から、墓地では厳重な鍵をかけ、門も高く作り直して酔っぱらいが乗り越えられぬようにしているのだそうだ。

それでも時折、どうやってか早朝に墓地で発見される人が現れる。

全員が同じ悪夢を見ていた。

今は朽ち果てて、存在しない、昔の洋館に入ったと主張する。

中島の鞄は墓地の、今は封印された井戸の側から見つかった。くしゃくしゃになった地図には、赤い丸がついており、その住所は医師の言う通り、とうに潰された洋館があった場所で、今は更地になっていた。

弱っていた彼女は点滴を受け、二日間入院し、それから自分の家に戻った。休講の連絡をして、一カ月間は奈良にある実家に戻った。

結局、怪談の取材は断った。

古典文学の研究を辞めて、教材研究を中心にしたいと出身大学の恩師に報告し、中島はようやく札幌に戻った。

大学に行き、最初に非常勤講師控え室に向かった。あの洋館を教えてくれた非常勤講師に会って話をしたかったのだ。

だが、担当教員は代わっていた。

中島が実家に戻ってすぐに、例の非常勤講師は一身上の都合で突然辞めてしまったのだ。

利《リー》老師もいなくなった。

何度携帯に電話しても、電話はつながらなかった。メールも戻って来た。

いつも勉強していた喫茶店は、閉店しており、店主の行き先も分からずじまいで、そのうちにそこはラーメン屋に変わった。

H駅にも行ってみた。医師もいたし、霊園もあったが、洋館はやはりなく、空き地しかなかった。

彼女には、どういう経験をしたのか分からなかった。あの晩、酒は飲んでいなかった。

そこで、意を決して、もう一度、今度は明るいうちに霊園を歩いてみた。

木の板が打ちつけられている古い井戸を見つけ

たので、隙間から覗いてみると、何かがきらり、と陽光を浴びて輝いた。

見間違いでなければ、それは彼女の懐中電灯だった。手元に黄色の猫の形に切り抜いた手製の蛍光反射シールを貼ってあり、同じものは売っていない。

異界。

中島は嘆息して、空を見上げた。

「利老師《リー》……」

利老師《リー》は彼女だけでなく何人もの人々を救ってきたのだろうか。

深入りしてはいけません、という言葉が、耳元で聞こえたような気がした。

研究室に飾っていた利老師《リー》の絵は、いつのまにかただの白い紙になっていた。

利老師《リー》とのつながりは何一つ残らなかった。

ただ一つ、彼女自身の生命を除いて。

中島は筆を折った。

## 10　祝津《しゅくつ》の浜～目覚める刻

小樽。

二十年前と変わらぬ姿で立っている青年に、わたしは自らの過去をまざまざと思い出していた。

中国に渡り、絵を学び、恋をした。彼を自分のものにしようと思い詰め、精魂込めて彼の肖像画を描いた。

完成したのは黄昏時、初めて彼に出会ったのと同じ、逢魔が時だった。

完成した絵を見直して、わたしは言葉を失った。彼は彼であって、彼ではなかった。

黒々とした肩までの髪も、白い瓜実《うりざね》型の輪郭もきちんと描いていた。

なのに、中央には何もなかった。あの印象的な青みがかった眸も、血の気のない唇も、整った鼻梁も。

虚無、と題するにふさわしい、緑と灰色で塗りつぶされた顔面がわたしを見つめ返していた。

これは真実だ、これが彼の本質なのだ、とわたしは直感で悟っていた。

だが同時に、その絵はゆっくり蠢きはじめていた。

少しずつ、少しずつ、目鼻立ちがはっきりしてくる。

盛り上がってくる。

近づいてくる。

わたしは絶叫し、パスポートとお金だけを握りしめて飛び出した。

気がつくと、日本に戻ってきていた。

海外で挫折した、血のつながらぬ娘を、養父母は優しく迎え入れてくれた。口数が少なく、ほとんど笑ったこともなく、苦労して苦労してわたしを育ててくれた養父母は、静かに亡くなっていった。

養父母が亡くなってから、ようやくわたしは奇妙なことに気づいた。

わたしは両親のことを一つも知らなかった。事故で亡くなったとしか聞いていない。火事で亡くなったという祖父母のことも知らなかった。育ててくれた養父母の悲しみを思いやり、何も尋ねようとしなかった自分を呪ったが、もはや手遅れでしかなかった。

そんな血族など一人もいないはずの、孤独なわたしの前に、彼が立っている。

もう二十年も経った。わたしはくたびれたおばさんになった。なのに彼は以前と同じ、若々しくてハンサムだ。

信じることなど出来ない。

「ひどいな、覚えていないのですか？　あなたは僕を描いた。そして僕を封じた」

ちがう。

わたしは確かに彼を描いたが、封じるなんて無理だ。

「執念。羅《ルオ》の小娘は僕を捉えようとした。封じようとした。子孫に力を与えようとした。あなたを中国に呼び寄せたのは愚かな間違いだった。彼が新しい器を欲しがったから。だから探し出した。各地に散らばった血を受け継ぐ者たちの中で、あなたが最も強く先祖返りしていた。強い力を持っていた。羅《ルオ》……徐《シュー》の力を」

それは夢の話よ、と力なくわたしは否定した。

「そうですか」

そうよ。

羅《ルオ》という画家が鬼の絵を描いたのは歴史的な事実だけれど、姉がいたことはどんな書物にもなかった。徐《シュー》という道士がいたのは史書に記されていたけれど、たいしたことは伝えられていない。

わたしが見聞きした、体験したように感じたのは、すべて夢の話。

帰国後に調べたけれど、それ以下でもそれ以上でもなかった。

「あなたが否定するのなら仕方がない」

と彼は二十年前と変わらぬ微笑みを浮かべた。

虚無。感情のない、綺麗なだけの顔。

それでもわたしは彼に恋したし、彼を恐ろしいと思っている今でさえ、こんなにも魅せられている。

「一緒に行って欲しい場所があります。あなたも知っているところです」

彼に促され、わたしはのろのろと立ち上がった。いつまでも商店街のベンチに腰かけてるわけにもいくまい。

「あなたをずっと探していました。そうそう、あなたの眸は光の加減によっては青く見えるって知っていましたか？」

見間違いよ、とほろ苦い思いでわたしは苦笑した。わたしの眸は茶色く見えることはあっても、青くは見えない。恋した中国青年の眸とは違う。夢に見た物語の登場人物たちでもない。

ただの、平凡で、打ちのめされた、疲れ切った人間だ。

自分の絵の幻覚に怯え、恋も夢も捨ててしまった。冷静になれば、彼がわたしに恋などしていなかった、とすぐにわかるのに。彼はちょっとした遊びをしていたにすぎない。わたしの気をひき、わたしが浮かれはしゃぐのを眺めて愉しんでいただけだ。

残酷で美しい人。愛しい人。

今なおわたしの心を縛りつけている人。

「バスに乗りましょう」

彼がわたしの手を握った。ひんやりとしてぬめりとして、ぶよぶよしてじっとりと湿って粘ついた手。

彼が人でなくてもいい。

もう一度会えた、それだけで良かった。

バスカードをかざし、彼と最後尾の座席に並んで座った。バスはゆっくりと発車し、細い坂道を登ったり降りたりしていく。

行き先を見ていなかった。見なくてもいいのだとも思う。彼が行きたい場所に、わたしはついていくだけだ。その場所に着いたら、彼に伝えよう。

恋していました、今も魅せられています。でもこの感情は恋ではないのかもしれません。あなたを二十年ぶりに見て気がつきました。わたしはあなたに、信じられないほど執着している。でも、この激しい感情は果たして恋なのでしょうか？

彼の息づかいがわたしを戸惑わせた。

わたしは淋しかったのだ。ずっと。孤独だったのだ。長い長い歳月。

逃げながら、それでいて追いかけていた。

ずっと。気の遠くなるような年月を。

やがてバスが止まった。

乗客はわたしと彼だけになっていた。辺りは次第に暗くなりはじめていた。

「お客さん、終点だよ」

運転手の声で弾かれたように立ち上がる。わたしは急いでバスカードを取り出し、「大人二人」と告げた。

降りる。

海の匂い。潮の音。

観光地ではあるが、同時に漁業の盛んな土地でもある。

祝津《しゅくづ》に来ていた。

明るい時間帯なら観光バスも多く停車し、漁師の営む店が取れたての魚介類を振る舞っているだろう。

すべての食事処、土産物店のシャッターが降りていた。

小高い丘の向こうには、にしん御殿と呼ばれる、かつて隆盛をきわめた豪奢な館が観光スポットとしてそびえているはずだ。

祝津《しゅくつ》。以前はにしんが大量に取れ、それで次々と御殿が建った。今はもう寂れて昔ほどの勢いはない。漁業と観光の街。観光客も、実は小樽市内に比べたら決して多いほうではない。

北に進むと水族館があり、さらに北へ行くと灯台や展望台がある。

中国からやってきた彼が、どうして派手な観光地ではなく小さな漁村に来たがったのか、わたしはどうしても理解出来なかった。

「もう少し海辺に行きませんか」

手を引かれる。

懐かしい感覚。憶えがある。

彼の背中はゆらゆらとぼやけ、にじむ。人であるのか霞であるのか。

「知っていましたか？　あなたが中国で描いた肖像画。描かれた人はみんなその後自殺したんですよ。あなたの絵は不吉な絵だって、全部捨てられてしまいました。谷に」

「そんな馬鹿な」

「あなたは知っていたはずです。肖像画を描きながら、その人の醜さをすべて絵に反映させていた。だからおぞましさに耐えられなくなって、みんなみんな、死んでいった。魂だけを絵に残して」

「そんなの嘘よ。それは物語。わたしの話じゃないわ」

「あなたは描いてはいけない人まで描いてしまっ

た。絵に閉じ込めてしまった。その人を。その人は元々自画像を持っていた。けれど、あなたの力のほうが強かった。その人は二つに分かれてしまった。罪を背負い続けた絵と」

彼が足を止めた。浜辺に出ていた。黒々とした波が、静かな海が、一面に広がっている。宇宙のような、世界のような、海。

「あなたの絵に」

「わたしの絵？」

彼のことだろうか。けれど彼の肖像画は。

「そう、あなたは彼の残っていた魂を描き、封じ込め、うち捨てた。彼は呪縛された。肉体を失ってしまい、彼は焦りました。

本来は画家の魂を移す器とすべくあなたを捜し出し、中国まで呼び寄せたのに。あなたは彼……すなわち僕を封じ込め、逃げ出してしまった」

画家の魂？


夢、鬼の絵、画家、青い眸。

すべてがゆっくりと形作っていく。

ひとつの、壮大な物語として。

青年と老人。モデルと画家。

彼らは種を撒き、血を伝え……収穫する。器を求め続ける。

「思い出しましたか？　何があったのか」

絵。わたしが描いた彼の肖像画。それは顔のない似姿だった。

けれど、それこそが彼の真実だった。

絵は目の前で肉体を得て新たな生命と器を求め、蘇ろうとしていた。古文化街の彼の肉体は終わりに近づいていたのだ。だから、わたしに息を吹き込みつづけた。彼の息、彼の魂。

甘い、冷たい毒の吐息。

わたしは瞬時にして悟った。わたしの力、人の過去や未来を見通す画家としての力。それがどこから来たのか。誰が匿名でお金を出して、中国に来るように仕向けたのか。

わたしは彼に恋したけれど、彼が欲していたのはわたしの肉体。

文字通り、肉体だけ。

出てこようとする絵に、わたしは彼から借りた洋書を投げつけた。

洋書から血がこぼれ、絵が破れた。

呻き声がいつまでも響き、わたしは耳を押さえ、パスポートとお金をひっつかんだ。

そして、逃げ出した。

記憶を封印した。

「苦労しましたよ。二十年もかかった。地下に潜む奴ら、貯めつづけた数多の魂、遥か古からの叡智を総動員して、ようやく残った古い醜い絵から抜け出した。そのままではこの世に存在できず、元のこの姿になるまで、さらに相当に犠牲を払いました」

彼の眸が海を映す。海が彼の姿を映す。

ゆうらり、ゆらり。

人の形をしていない、不定形の何かが映し出されて波間で揺れている。

「わたしをそっとしておいて」

息を吸い込む。わたしは懇願した。

海が、近づいてきている。

「わたしは見鬼の遠い血を受け継いだ器として誕生したかもしれない。でも、それだけ。数ある子孫の一人にすぎない。あなたは何？　星々から来たものと地の底のもの、その間に産まれたもの？」

「さあ、あまりにも昔のことだから覚えていません。確かに地下には飼っている奴らがいるし、同胞もいます。だが、それだけです」

彼の長い足が、海を蹴る。大きな波がたち、深いところから何かがやってくる気配がした。

青い眸。彼が揺らめき、形が歪む。こんな暗闇なのに、分かる。彼の真横には緑がかった灰色の煙がゆらゆらと立ち上っている。

「さあ、力を持つ者よ、器を明け渡すがいい」

煙がわたしに向かってくる。

逃げられない。

足がすくんで動けない。

灰色の煙が、わたしの鼻孔から脳髄へと忍び込もうとしているのが分かった。ひどく臭い。思わず嘔吐した。

口から、緑色のどろどろした液体が吹き出した。

「馬鹿な！　なぜ、はねつけることができる?!」

彼の驚きの叫びが心地よい。わたしは目を細めた。

「思い出した、ありがとう」

どろどろの物体を踏みつけて、わたしは目を細めた。青く輝く、四角い眸をしているはずだ。

「羅《ルオ》の小娘！」

「おばかさん。わたしは満州からこの地に逃れて来て、自分の痕跡を消そうとしたわ。火事や事故で。その度にどうして娘だけが生き残ったと思うの？　分からなかった？　実のところわたしも忘れていたわ。人生を繰り返しすぎたみたいね」

鞄から絵筆を取り出す。

「記憶を失っても、あなたの魂を描いて封印したまでは上出来ね。まさか復活するとは思わなかったけれど」

青年の全身が崩れはじめていた。

「やめろ、やめろ、ヤメロぉぉぉぉぉぉ」

「ごめんなさい、わたしはあなた方に復讐することだけが生き甲斐になってしまったみたいなの。こんな風にしたのはあなたたちの責任でしょう？」

鞄からスケッチブックを取り出し、素早く青年の顔を描く。

わたしは自分が高らかに笑い出しているのに気がついた。

「ほら、おしまい。残った半分も描いてしまった、封じたわよ」

顔を上げると、そこには誰もいなかった。

わたしの手元には真っ黒く塗りつぶされた絵があるだけだ。

砂浜には小さな瓶が転がっている。いつもここに灰を入れていたのだろう。瓶を海の中に蹴り落とした。

祝津《しゅくつ》。

いい名前だ。祝おう。何百年もの歳月を経て、復讐を果たした自分に。

もうこれで逃げ回らなくてもいい。

追わなくてもいい。

緑色のぶよぶよした物体を踵で踏みにじり、わたしはもう一度哄笑した。


「教えてあげる。わたしは羅《ルオ》。わたしは徐《シュー》。わたしは利《リー》のおじさんと一緒におまえたちを探していた。

でも利《リー》のおじさんとはぐれたわたしは、中国から日本に逃げた。一人ではおまえたちに勝てないかもしれないと恐れたから。

日本で出会ったシャーマンの血筋の男性と結婚し、わたしもまた自分の器である娘を作った。そして事故を装って自分の古びた肉体を捨てて、新しい肉体に移り変わった。

何度か自分の産んだ娘の肉体に乗り移っている間に、記憶が薄れてしまって、あげくにこんなくたびれた女になってしまったけれど。

どうしてだか分かる？　わたしにそんなことがどうしてできたのか？　わたし、力を得たのよ。その力と引き換えに、わたしは肉体が人ではなくなった。力と永遠の生命。でもそれはわたしを人ではないものに変えてしまうの。最初は女でも、長く生きれば女ではなくなり、人ではなくなっていく。その前に、できるだけ若いうちにわたしは急いで魂を移動させた。

あら、黙っているの？　わたしにどうしてそんなことができたのか、って？　おまえたちの知っているわたしは小娘で逃げるだけの存在だったものね」

ほほほ、とわたしは機嫌良く目を細めた。

眸はもはや黒くはない。青い、力強い輝きを放っている。

「決しておまえたちを許さない」

そう、決めた。初めて心から愛する男性に出会い、幸せを感じた。たったの十日間。優しく受け入れてくれた善良な村の人たち。

何十年、何百年経過しても、どうしても忘れられなかった。

夫たちを置いて、地下の底へおもむき、想像を絶する体験をした。その時に出会った、遥か古から地底に存在する「力を持つものども」。人はそれを神とも魔物とも呼んだ。

それと契約し、力を得た。

けれど、力だけでは夫を救うことができなかった。深遠で、膨大な知識が必要だった。それには何度も肉体を脱ぎ捨て、新しい肉体で生き続けるしか術はなかった。

利《リー》おじさん、欧米ではマイケル・リーと名乗る彼と、知識を得るために旅をつづけた。

義侠心にあふれた正義漢なところは少しも変わらぬ利《リー》おじさんは、どこにいても、オカルト・ハンターとして人々を救いつづけた。

わたしは違う。

おじさんとは違う。

利《リー》おじさんはわたしに同情し、わたしを手助けし、時に守ってくれたけれど、わたしはずっと彼をだましてきた。

心の中では彼に謝っていたけれど、でも、もう充分よね。

わたしは彼に償いをし、新しい肉体を与えた。もういいわよね。

わたしはわたしのやりたかったことをする。

わたしの人生を、わたしの血筋の者たちを利用しつくしてきた諸悪の根源、この二人を破滅させる。二度と復活できないように。

そうすれば、わたしは晴れて自由になる。

もう何の心配もいらない。

こいつらが収集してきた書物や屍体、遺物をそっくり利用させてもらおう。

スケッチブックの中の絵は無言だ。そう、わたしは絵で魂を描く力を得た。

もはやこの男にはなんの自由もない。永遠にここに封印されたままだ。

「おばかさん。記憶を失ったわたしがなぜこの男に惹かれたのか。今なら分かる。わたしは、この男を憎みに憎んでいた。たとえ羅《ルオ》としての、徐登《シュードン》としての記憶を失ったとしても、わたしの心がこの男を覚えていた。必ず滅ぼしてやると誓った、憎い男」

あまりに強い感情が、失われた記憶のせいで誤解を与えたのだ。

激しい恋慕の情だと。

「でも、もう終わり。すべては終わった」

海からのぼってこようとしているものどもに、わたしは片手を上げて合図した。

「おまえたち、これからはわたしの命令をお聞き」

虐げられ苦しみ逃げ惑っているうちに、気がついた。

逃げるのではなくて、わたしが力を持てばいい。地下のものども、実験、書物、叡智。

これらはすべてわたしのものだ。ゆっくり研究しよう。

そして、きっと時を遡ってみせる。愛する人を救ってみせる。

「やっとはじまるのよ。これからだわ」

再度、哄笑が唇を割って出た。

くたびれた中年女の肉体を脱ぎ捨てる。

「長かったわ」

わたしは自由になった。

自分の美しい肖像画は安全な場所に保管していた。思い出しさえすれば、いつだって元の姿に戻ることができたのに。

この肉体が人の形をとどめなくなる前に、また器を探して乗り移ればいい。

こいつらがやっていたのと同じことをするだけだ。

「利《リー》のおじさん、わたしを捕まえることができるかしら」

仲間で唯一の味方だったおじさん。

ごめんね、とわたしは舌を出した。

惨めな人生なんてまっぴら。自分の罪も過去も絵に封じ込め、美しいまま、若いまま、わたしは生きて行く。

この世界を思うように扱い、星々の彼方にいるもの、海の底にいるもの、地の底に潜むもの、すべてを支配しよう。

時間も支配して、わたしは戻る。

シャンバラに。

愛する夫のいた場所に、夫の生きている時に。

今度はわたしが利《リー》おじさん、つまりはマイケル・リーに追われる立場になる。

札幌の地下に棲むものたちよ、餌は足りている？　いつもおじさんに邪魔されて、お腹がすいたでしょう？
小樽の海辺に隠れるものたちよ、もう心配はいらないわ。わたしが養ってあげる。
無意識に人を送り込んでいた頃とはちがう。
これからはわたしが、意識して慎重に飢えを満たしてあげるから。
「利《リー》のおじさん、戦いましょう。愉快ね」
わたしの良心は絵の中。
心は痛まない。二度と。

わたしは閉じ込められている。
わたしの周囲には腐ることなく、朽ちることなく、生前の美しさを誇ったままの肖像画、罪業を一身に引き受けた肖像画、無数の顔が泣き叫んでいる。

わたしも叫びつづけている。
永劫に。

主要参考文献

『修訂　中国の呪法』　澤田瑞穂／平河出版社
『鬼趣談義』　澤田瑞穂／中公文庫
『後漢書』／中華書局
『閲微草堂日記』／天津古籍出版社
『クトゥルー神話事典　第三版』　東雅夫／学研M文庫
『ドリアン・グレイの肖像』　オスカー・ワイルド／新潮文庫
『ビアス研究　生と死の狭間に』　内田蓉子／近代文芸社
『壜の中の手記』　ジェラルド・カーシュ／角川文庫
『ビアス傑作短編集』(上・下)　アンブローズ・ビアス／東京美術
『鬼の話』(上・下)　文彦生／青土社
『中国の鬼』　徐華竜／青土社
『李陵・山月記』　中島敦／新潮文庫
そのほか、『太平廣記』や『夷堅志』など多数の中国関係書物を参考にさせていただきました。

H・P・ラヴクラフトとヘンリー・カットナーに捧げる。

# 妖術の螺《ら》旋《せん》

《くしまちみなと》
ペンネームの由来は武蔵御嶽神社の主祭神の櫛真智命。二〇一二年に『かんづかさ』でデビュー。PlayStation Awards 2010 の Store 特別賞を受賞するなど、ゲームのプランナー、シナリオライターとして多くの実績をもつ。朝松健氏の大ファンであり、本作品でも氏の作りだした架空都市、夜刀浦《やとうら》市が舞台となっている。

I

アスファルトには陽炎が揺らぎ、ただ信号待ちをして立っているだけでも汗が首筋を伝い落ちてくる。風が吹いてもそれは熱風に等しく、涼しさとは縁遠いものだったが、それでもないよりはマシだった。

もう十月も半ば近くなるというのにこれだった。最近の日本には四季はなくなり、二季とその間の数日間という世界になってしまうのではないか？　そんな気さえしてくる酷暑と言ってもいいほどの激しい残暑だった。

「ふぅ……。もう夕方なんだからもう少し涼しくならないのかしら……」

信号が青に変わり、後藤恵美《えみ》は一言ぼやき、人の波に乗りながら横断歩道を渡りはじめた。

ベリーショートの下にすっと伸びる首筋に風が当たり、歩いている方がまだ涼しさを感じられた。

しかし、恵美が現在抱えている取材案件を考える方が、もっと寒さを感じられるのかもしれない。

その取材案件とは、この夏、世間を騒がせた後にプツリと途切れてしまった千葉県夜刀浦市《やとうらし》の猟奇殺人事件のことだった。

千葉県の房総半島の北部に位置する海底郡《うなそこぐん》にある夜刀浦市《やとうらし》。大きな製薬会社の工場があるものの関東地方の小規模地方都市であり、やや過疎の兆しが見え始めた人口が五万人ほどの町だった。

そこでこの夏、数十人の男女が行方不明となりさらに少なくとも六人の男女が惨殺されるという事件が発生した。

これから恵美が会いに行く女性——神野鏡子《じんのきょうこ》は、

その猟奇事件に大きく関わっているかもしれないと関係者の間で噂されていた人物だった。

もちろん警察の調査も終了しており、彼女がこの犯行に関わっていないことも証明済みだった。

だが、なにかがおかしいと恵美は感じた。

直感が、ナニかあると囁《ささや》きかけてくる。

現場となった夜刀浦市《やとうらし》で警察が撮影した、あまりにも凄惨で猟奇的な写真もツテを使って入手して見ており、その尋常ではない現場も恵美は知っていた。

アスファルトにバケツで水をぶちまけたように飛び散っていたおびただしい量の流血痕。それは、そこで生物――おそらく人間が破裂したのではないかと思える広がり方をしていたが、まったく肉片は発見できなかったらしいと、その写真を見せてくれた情報提供者が説明してくれた。

そして当初、血液と思われていた残留物は鑑定の結果、すべて一人の人間の水分であることが判明した。つまり肉や骨のすべてが液化して、路上にぶちまけられていたのだ。

この猟奇的事件は一般雑誌のライターが追いかける事件ではないことを、その写真を見た瞬間から恵美は感じていた。

これはオカルト・ライターの領域だ。

そう確信した恵美は、なんとかその問題の女性――神野鏡子に連絡をつけることに成功した。

面白いことに、取材を申し込んだ当初はまったく相手にしたくないという様子が鏡子の言動からありありと伺えたのだが、恵美がオカルト雑誌のライターをしているとわかった途端、掌を返したように取材を受けいれてくれたのだった。

普通はその逆で、胡散臭く思われて取材拒否される立場だっただけに、逆の姿勢を見せられると裏があるのかと、恵美は思わず訝《いぶか》しんでしまった。

もっとも、そんなことがあるはずはないと恵美はすぐに思い直し、取材の条件などを訊ねた。

鏡子が出してきた唯一の条件は、取材場所を彼女が指定した喫茶店にすることだけ。

取材ができるなら場所がどこであろうと構わない。一も二もなく同意した恵美は、約束の日である今日、温室にいるのではないかと錯覚するほどの暑さの中、神野鏡子に会うために西池袋の街を歩き続けた。

表通りから一歩逸れると、道幅が狭くなってすぐにゴチャゴチャした下町の様相を見せるのがこの街の特徴でもあった。風俗街かと思いきや、普通の喫茶店やオフィスビルが並んでいて、戸建ての民家やマンションがそこに顔を出す。行き当たりばったりでちぐはぐな感覚が残る街。知らない路地に入り込んでしまうと迷いやすい街だった。

指定された喫茶店は、そんな雑多な街中の小さな公園を正面に置いた本当に小さな店だった。

公園は小さいのだが、その敷地内には立派なポプラの樹が生えており、公園内部とその周囲に涼やかな木陰を作っていた。

一見すると街中のオアシスのようにも感じられるホッとする場所だった。

喫茶店もそのポプラの樹があることを計算に入れて建築したのだろう。山小屋風の、今どきのカメラ女子などが喜んで背景に入れそうな、そんな優しい〝癒やし〟を感じられて落ち着けそうな雰囲気のあるお店だった。

恵美がそんな光景を見てホッと一息ついたのもつかの間、その店先に白く小さな円錐状のもの——盛り塩がされていることに気づき、思わず足を止めてしまった。

お店の出窓の脇にある玄関口のすぐ脇。あまり目立たない場所にその盛り塩はひっそりと置かれていた。

——今どきの喫茶店に……盛り塩？

銀座や神楽坂の料亭ならともかく、そんな和風のまじないとは縁遠そうな今どきの小洒落た雰囲気の店の構えを見ると、それはひどく場違いな存在に思えてならなかった。

そればかりではない。

盛り塩以外にも、玄関の軒先や屋根の隅などのあちらこちらに、古今東西のあらゆるまじない道具の類が配置されていた。一見すると店を飾るオブジェだが、それを飯の種としている恵美には、配置されているすべてが理にかなった魔除け厄除けの道具であることが理解できた。

——ここは、そういうお祓い系の店なの？

そう恵美が疑問を感じた時、玄関脇の出窓の内側に、色あせた羊皮紙が張られていることに気づいた。羊皮紙には柔らかな印象を受ける文字で『占いできます』と書かれていた。

——本物？　こんな場所は知らないけど……。

恵美自身が胡散臭い商売をしているだけに、この手の胡散臭い商売人にはついつい疑いの眼差しを向けてしまう。そもそも高名な占い師がこの地域に存在するなら、雑誌社を通して自分の耳に入ってくるはずだった。だが、この店についてはそんな情報は聞いていない。

ただ、敢えて隠れ潜むように存在する占い師もいるから、知られていないからと言って偽物だと断定することもできなかった。

店を飾り立てる魔除け厄除けの御守り道具の配置場所を見なおすと、きちんと理解していてソコに配置していることが見えることから、それなりの知識を持っている人間が店長であるように思えた。

羊皮紙を見つめてしばらく立ち止まっていた恵

美は、意を決して扉を開けて店内に足を踏み入れた。

カランカラン――。

ドアにつけられたベルが音を立てた。

店内に一歩踏み込んだだけで、そこが異世界だということが恵美には感じ取れた。

扉の外で聞こえる都心の喧噪がまったく伝わってこない。

ヒンヤリとした空気は冷房が効いているからではなく、魂を冷やしているように感じた。そう、たとえるなら人外のナニかをこの店内に配置しているから異様に冷えているのでは、と恵美は思った。

この店に入るのをやめて外に出るべきか迷った時、カウンターの中にいた女性が声をかけてきた。

「いらっしゃいませ。一番奥の席でお客様がお待ちです」

恵美はゾクッとして女性の顔を見た。

物静かな印象の二十代前半くらいの女性。エアリーなフンワリした髪を肩甲骨の中程まで伸ばしており、近所にある大学の学生と言っても通じるような印象があった。だが、その瞳に目を合わせると自分の心の奥底まで見透かされてしまうような……そんな普通の人ではあり得ない力を感じて、恵美はすぐに目を逸らした。

そもそも、なぜ恵美の目的の人物が一番奥の席にいるとこの女性――店長？――はわかったのか？

店内には歓談する二人組や、静かに読書をしながらコーヒーを飲んでいる男性など、数人の客がいた。

そもそも、恵美は自分の外見を、取材相手である神野鏡子にも伝えてはいないから、この店長が恵美の姿を知るはずもなかった。

だが、知っていた。

――そういう人か……。

占いをするというのもこの人なのだろう。

恵美の姿や持ち物からライターと推測して当てずっぽうで案内を告げたのか？　それとも、本当に恵美の職業とここへの来店目的を見抜いてそう案内したのか？

そう訝しむ顔をしていた恵美を見た店長はクスリと笑い、小さく頷いた。

「ここは魔女の家です。密談をしても外に漏れず、誰にも聞かれず、そして悪しきものもこの店内には一歩たりとも入れません。どうぞ、ごゆるりとおくつろぎください」

「魔女の……家？」

「はい。知る人ぞ知る隠れたお店です。魔女は隠れてこそ華、そう思われませんか？　後藤恵美さま」

名前まであばかれてしまってはもう信じないわけにはいかない。店長は本物の魔女であり、ここは彼女に助けを乞う者も訪れる隠れた店だと恵美も理解した。もっとも、営業利益を稼ぐために普通の客も迎え入れているのだということは、店内でおしゃべりをする客の姿を見ればわかることだった。

「ええと、相手の方は……どこでしたっけ？」

「一番奥の席でお客様がお待ちです。あの衝立の向こう側です」

――一番奥の席……。

明るい店内を見回すと、一区画だけ衝立で仕切られた席があった。そこなのかと訊ねるように恵美が女性に目を戻すと、彼女は微笑み小さく頷いた。

恵美は軽く会釈を返してから衝立で仕切られた一番奥の席に向かった。

衝立の向こう側の席。ふたつの椅子とひとつのテーブルがあるその席に神野鏡子と思しき女性が座っていた。

「神野鏡子さんですか？　お電話をさせていただきました、後藤恵美です」

鏡子は目だけ動かして恵美の顔を見ると、その対面の席に視線を動かした。恵美はそれに頷き、鏡子を観察しながら椅子を引いて着席した。

鏡子はロクに寝ていないのだろう。しばらくの間、櫛も入れていなさそうなボサボサの長い髪をしていた。その髪に見え隠れしている目の下には、病的なほどに色濃いクマができており、その周りの肌もガサガサだった。常にキョトキョトと辺りを見回していて落ち着きがなく、身体を縮こまらせているような様子さえうかがえた。

現役の女子大生と警察関係者から聞いていたが、今、恵美の目の前に座っている女性はかなり老け込んで見えて、たとえるなら生活に疲れた四十代後半の女性といっても通じてしまいそうだった。

「会話を録音させていただきますが、よろしいでしょうか？」

「はい……。あ、名刺。名刺、もらってもいいですか？」

「え？　ああ、すみません」

恵美は名刺入れから一枚出して鏡子に渡した。

それは、『ライター　後藤恵美』という職業と名前の他に、電話番号とメアド、住所といった最低限の情報しか書かれていないごく普通の名刺だった。

その名刺を受け取った鏡子は、まるでそこに書かれた文字をすべて暗記でもしようというような調子で、顔を近づけて食い入るように手の中の名刺を見つめていた。

「オカルト・ライターって書いてないのね」

「他の仕事もしていますから。でも仕事の八割は占いとオカルト関係の仕事になります」

「そう……」

鏡子が名刺から一切視線を離さずに成された会話だった。

恵美は頃合いを見計らったように現れた女性店長にカフェラテを注文してから、バッグの中からICレコーダーを取りだしてスイッチを入れ、テーブルの上にそっと置いた。

「なにから聞かせていただけますか?」

その質問にようやく鏡子は名刺から視線をはずして掠れ気味の疲れた調子の声で答えた。

「なにから聞きたいの? あたしはなんでも話す気でココにきたから。ここでなら、なにを話してもナニもこないわ」

――ナニもこない?

一瞬、言っている意味が恵美にはわからなかった。

どこか怯えた様子が鏡子の声に表れていて、神経質そうな響きも感じられた。その様子から、彼女の言うナニかとは、店の魔除けで阻まれるものだと恵美は理解した。

確かに、この様子ではオカルト・ライターでもない限り彼女の言葉を信用しないだろうから、それ以外の取材を断ってきた理由もわかる。

そんな鏡子を見ながら、恵美は顎に手をやって少し考え込んだ。

なによりもまず彼女が関わったと思われる事件の全貌が知りたかった。もちろん警察発表の情報にはない、事件の本当の姿を――

「では、あなたが関わった例の夜刀浦《やとうら》での事件を、最初から話してください」

「断っておくけど、あたしは加害者を知っているというだけで、実際にどんな形で事件が起きたのかは知らないわ。それに関しては、ホント、テレビの視聴者と同じでニュースサイトを見て、なにが起こったのかを知った程度よ。それでもいいの？」

「はい。構いません」

あの凄惨な事件を引き起こした実行犯の傍らに鏡子がいたとは、もちろん恵美も考えていなかった。

「あなたの知っていることだけでかまいません。あなたの身に起こったことを、最初から話していただけませんか？」

「最初から……。そう……最初から……ね……」

鏡子はそんな風につぶやきながら少し考え込んだ。

その間に恵美が注文したカフェラテがテーブルの上に置かれた。温かいカフェラテの香りが鼻をくすぐってくる。


そのカップに恵美が口をつけた時、鏡子は意を決した様子でポツポツと話しはじめた。

「あれは……そう、七月の頭の頃……。大型台風が、関東地方に上陸した嵐の夜だった……」

## Ⅱ

鏡子の祖父である順一の書斎の窓が暴風で飛来した石のせいで砕け、一家総出で窓を塞ぎ、濡れてはまずい書籍などを部屋から廊下へと運び出している時だった。

壁のほとんどは書籍で埋められた書棚になっており、窓際には使い込んで、落ち着いたいい雰囲気の桜材の机が置かれた、昭和初期の書斎を感じさせる祖父の部屋。ただの本好きではなく、錬金術やその他オカルティックな世界が大好きな順一の書斎は、鏡子が自分の部屋に次いで落ち着ける部屋だった。

「鏡子、その本は廊下に置いておいてくれないかな」

「はーい」

濡れた机を拭きながら声をかけてきた順一に、鏡子は軽く返事をして、指示された本の山を抱えた。

「……ん？」

その時鏡子はなにかに呼ばれた気がして顔を上げ、目の前の本棚で埋め尽くされた壁を見た。そこにはガラス扉がついた重厚な木製本棚もあれば、扉のない本棚もある。鏡子はその本棚の辺りから、自分を呼ぶ声を聞いた気がした。だが、そこには誰もいない。

順一は、鏡子のすぐ後ろの窓際で、びしょ濡れになった机を拭いている。父親の宗一郎はこの嵐の中庭に出て、ずぶ濡れになりながらも順一の部屋の窓にベニヤ板を打ち付け、新たに窓が割られないようにしようと苦戦していた。母親は先ほど本を抱えて廊下に出て行っていて、この部屋に姿はない。廊下から本を積み上げる音が聞こえてくるから、そこにいることは確実だった。

つまり、鏡子に声をかけてくる人など最初からそこにはいなかった。じゃあ、なんの音を鏡子は声と勘違いしたというのか？　鏡子は抱え上げた本を一度床に下ろして辺りを窺った。

――なに……？

ガラス戸に収められた革張りの本を見回してみるが、おかしな様子は見当たらない。悪ふざけが大好きな順一が、こんな時のために悪戯でスピーカーをコッソリと仕掛けていたという様子もなさそうだった。

――気の……せい？

そう思い、床に置いた本をもう一度抱え上げようと目線を床に落とした時だった。

どこからそんなものが床に落ちたのか見当もつかなかったが、そこに古い和綴じの本が落ちていた。風で飛んだにしては乱れもなくきっちりと表紙を上にしており、まるで鏡子にその存在を示しているかのような、妙な印象を受けた。

実際のところ、それは不思議な装丁の本だった。和綴じなのに表紙は革張りになっている。古い帳簿のようにも見えたが、それよりはひとまわり小さく、また妙に分厚かった。

拾い上げようと手を伸ばした時、なぜか全身に微かな震えと寒気を感じたために鏡子は躊躇《ためら》いを感じた。しかし思い直した鏡子は、恐る恐る手を伸ばして本の表紙をつまむようにして、まずはその中身を確認しようとした。

だがその表紙をつまんだ瞬間から、表紙の革が皮膚に吸いつくような、ベッタリとした感触が指の腹を伝い、そのまま腕に絡みついて頸椎《けいつい》を伝って脳髄にゾワリと響いた。

瞬時に全身の肌が粟立ち、その感触に鏡子は思わず本の表紙を手放した。

びっくりするほどに鏡子の腕に鳥肌が立ち、両腕で自分を抱きかかえるようにしながら、床に落ちている本を見つめた。

だが、その本自体に変化はなく、あわてて手放した反動で移動した程度だった。

――なに……なんなの？

おぞましい感触が、まだ身体の中に残っていた。

たとえるなら指の腹から鏡子の体内に侵入した粘性の液体に覆われた触手が、首筋にゾワリと触れた後で、脳に絡みついたような、そんな錯覚すら覚えた。

鏡子は自分の掌を確認し、そして恐る恐る首筋に手をやってみた。もちろん掌に触手が侵入した痕跡を示す穴も穿《うが》たれていなければ、首筋に触手などが絡みついているはずもない。

すべては幻覚だった。

鏡子は躊躇いがちにまた本に手を伸ばした。

軽く指先で表紙を突っついてみたがなんの反応もない。

思い切ってまた表紙をつまみ上げてみたが、さっきのような奇怪な感触が指先を伝わってくることもなかった。

鏡子は首を傾げながらその本を拾い上げてみた。

その表紙はハードカバーの表紙に使われるような分厚い紙に丁寧に革を張ったものであり、昭和中期頃まで帳簿などを綴じることに使われていた物に似ていた。ただ、使われている素材が本革のようなしっとりとした手触りの物であり、文房具店で売られているような紐綴じの表紙とは明らかに異なっていた。

鏡子は小首を傾げながら、拾い上げた本の表紙をめくってみる。中にはしっかりとした力強い筆跡の万年筆で書かれた文字がびっしりと書き込まれていた。

「日記……？」

鏡子の声に順一は振り返り、またサボって今度はどんな本を掘り出したんだという楽しそうな笑みを浮かべながら傍らにやってきて、肩越しに鏡子の手の中の物を覗き込んだ。

「ああ、それは俺の爺さんが書き残していたもんだな」

「おじいちゃんのお祖父さん？」

「明治時代から錬金術にハマっていたという風変わりな爺さんでな。実はウチの財産の半分以上は、この爺さんが錬金術で作ったって話があるくらいでな」

「じゃあ、おじいちゃんの不思議好きは遺伝なんだ」

「はっはっはっは。お前もな」

鏡子は順一と顔を見合わせて笑いあった。

錬金術と聞いて鏡子の目の色が変わっていた。

鏡子は祖父の順一以上に不思議なものやオカルティックなものが大好きであり、順一に断ってこの部屋にある隠秘学系の蔵書を借りては色々な妄想を脳内に描き出して楽しんでいたくらいだ。

だが、どれほど妄想を描こうとも、あくまでも本の著者は他人であり、本当にそうした魔術的な事柄に手を染めているのかわからなかった。しかしこの日記の主は、順一の話を信じるなら本気で錬金術に挑んでいたということになる。もしかしたら、なにか魔術的な記録が残されているかもしれない。

そんな想像をするだけでも、鏡子はワクワクしてたまらなかった。

「ねえ、この日記を借りてもいいかな？」

「かまわんよ。ただし、読むのはこの部屋の片づけを終えてからだぞ」

「はーい」

順一にそうたしなめられて、鏡子は小さく舌を出しつつその本を見失わないようにガラス扉付きの書棚に押し込み、急いで他の本の片づけに走り回った。

片づけも終わり、その日記を持って自分の部屋に戻った時は、もう日付が変わりそうな時間になっていた。

相変わらずの強風で家全体や窓の軋む音が聞こえ、時折揺れすら感じる状況だった。激しい風音と共に大粒の雨が窓を打ち、外の闇に目を向けると、まるで滝のように屋根から庭に降り注ぐ雨水が見えた。

鏡子は雨の様子を少し気にしつつ、停電に備えて太い緊急用蝋燭とライターをテーブルの上に置いてから、順一から借りたその祖父——つまり鏡子の高祖父の日記と思しきもののページをめくった。

万年筆が使われているために、この日記自体は明治中期以降に書かれたものだとわかった。実際、どこかに年号が書かれていないか調べると、明治二十八年という文字が拾えた。

「明治二十八年……？」

さすがにピンとこないためにスマホで検索してみると西暦一八九五年だとわかった。

「百年以上前じゃん……」

明治の年号を言われても具体的な時間の流れがわからなかったが、西暦で言われれば時の流れは把握できる。確かに高祖父である以上は鏡子よりも四代前であり、百年くらいの隔たりは当たり前に思えた。

鏡子はその時間の流れと隔たりを意識しつつ、

高祖父の手書き文字を目で追い進めた。

幸いなことに高祖父の字自体には癖がなく読みやすかった。

時折登場する明治特有の表現もあるために読解に苦心することもあった。だが、変体仮名の表記などは、漢字かなの書道を学んでいた鏡子には比較的楽に読み解けるものだった。

この本を見つけた当初は、鏡子は日記と勘違いした——祖父の順一も勘違いしていた——が、実はそうではなく、延々と続けられていった実験の記録だった。

そう、これは〝錬金術〟の実験記録だった。

そこに書かれている様々な薬品や機材を使い錬金術に挑んでは失敗する高祖父の姿は、下手な冒険小説よりも鏡子をワクワクさせるものだった。どんな失敗にも挫《くじ》けずに実験を繰り返す姿は、挫折を知らない冒険小説の主人公のようにも思えた。

そして明治三十九年七月十二日。最初に日付を見つけた明治二八年から実に十一年もの実験を繰り返し続けたその日が、高祖父にとって運命の日となった。

高祖父は少量ながらも、ついに卑金属の鉛を金に変えることに成功したのである。

なにをどれだけ使ったのか、そこには事細かく数字とタイミングに関する記述が残されていた。

「本当に……作り出したんだ……」

思わず鏡子は部屋の壁に掛けられたカレンダーを見た。

——明後日だ……。

それからの錬金術の進み方は、金を作り出すことではなく金の純度を高めて量を作り出すことに主眼が向けられるようになっていった。

むさぼるように読み進める鏡子の興味が、オカルトに対する探究心から金に対するモノに変化することに、そう時間はかからなかった。

その『高祖父の錬金術記録』と鏡子が呼ぶようになった日誌に書かれていた錬金術の材料を集めることは簡単だった。

鉛など、釣具店にいけばいくらでも買えるし、化学実験用のアルコールランプなどの材料も、多少お金がかかったものの池袋にある化学機材などを取り扱う店舗で簡単に買い揃えられた。総額で二万円程度の出費だったが、あの『高祖父の錬金術記録』に書かれていた通りの量の金が本当に作れるのなら、この程度の出費は安いものだった。

材料と機材をかき集めてきた鏡子は、験《げん》を担ぐわけではないが高祖父が錬金術を成功させた同じ日に実験を行ってみた。

用意した卑金属(鉛)の量は三〇〇グラムだった。

それを金属のトレイ上に置いてランプの火で強めに熱していく。鉛がゆっくりと溶けはじめたら、様々な薬剤を『高祖父の錬金術記録』のページの指示に従って加えてゆく。その段階で鉛はグズグズに溶けきり液状になっていた。そこにあらかじめ作っておいた金属とガラスを混合させた棒で魔法円を描き、文字を書き込んでいく。

文字は描くそばから次々と鉛に吸い込まれていく。そしてすべての文字を鉛に吸い込ませた後、鏡子は息を大きく吸い込み天井を見上げて呪文を口にした。

「いあ!　いあ!　ハスター!」

その直後、空から一本の白い柱が地上目がけて降りてくるのが鏡子には見えた。

それは細く渦巻く冷気の柱。直径がわずか五センチ程度のその柱は大気圏外で発生し、恐ろしい速度で地表の家の屋根に到達した。しかし屋根は壊れず、そのまま冷気は屋根を突き抜けて鏡子の部屋の天井から煮え立つ鉛に到達した。その不思議な宇宙からの光景は、部屋の中にいる鏡子の脳裏にハッキリと描き出されていた。

白くそして美しい柱。吸い込まれた空気中の水分が凍結してキラキラと輝き、ダイヤモンドダストを思わせる美しい輝きを放っていた。

あまりの美しさに思わず手を伸ばしかけた鏡子だったが、それが恐ろしい速さで渦巻く空気だと気づいて手を止めた。

冷気の柱は徐々に白さと輝きを失い、緩やかな風を残して消えて行った。

「終わった……の？」

あわててトレイの中をのぞき込むと、そこには量が減った〝卑金属だったモノ〟が、冷気の渦の影響で丸く歪《いびつ》な円錐っぽい形に固まって残されていた。そう、実験後、その鉛は一〇〇グラムの金に変わっていた。

錬成は、成功に終わった。

重さは等価にはならなかった。「等価交換」と語られる錬金術の原則は、どうやら本当ではないようだった。だが、信じられないことに金は錬成できた。

「ウソみたい……」

苦労らしい苦労はなかった。ただ、高祖父の記述に従って材料を加えていき、簡単な呪文を唱えただけであったにも拘わらず、鏡子の目の前には金色の塊が転がっていた。

恐ろしいほどに冷やされたせいか金属製のトレイには霜が浮いており、触ると指がくっついてしまいそうだった。トレイを熱していたはずのランプの火は、空から降りてきた冷気の影響か消えてしまっていた。

火をつけてトレイを温めてすぐに触れるようにしようかとも鏡子は思ったが、金が変質しては困るためにしばらくは放っておくことにした。それに、見た目は金だが、果たして本当の金なのか鏡子にはわからなかった。

わからないなら聞けばいい。そう判断した鏡子は部屋を飛び出した。

「おじいちゃん！」

鏡子は大声を上げて順一の姿を探し求めた。

錬成したものが本物の純金なら数十万前後の収入になるはずだった。それを調べるために選んだ相手は、一番話をしやすい祖父の順一だった。母親や父親では、どこから鏡子が金を入手したか追及してくるし、どうやっても鏡子の話を信じるとは思えなかった。

「どうかしたのか？　そんな大声を出して」

順一は、ようやく窓ガラスが入った書斎で本の整理をしていた。

「ちょっとあたしの部屋にきてよ！」

「おお？　急ぎか？　見ての通り、俺は本の整理で忙しいんだがな……」

書斎の本の避難は他人に手伝ってもらえても、戻す整理は自分でやらなければわからなくなるのが本棚というものだった。順一はバラバラになってしまった本を、廊下に積まれた山から一冊ずつ探し出しては定位置に戻していくことをずっとしていた。

「そんな整理よりももっと重大で急ぎの用よ！」

「俺の本の整理よりも重大じゃなかったらアイスをおごってもらうぞ」

「カワイイ孫の用事にオヤツをせびる祖父がドコにいるのよ！　さっさときてよ！」

「まったくまぁ……。年寄り使いが荒いな……」

ブツブツこぼしながら立ち上がった祖父の手を

引っ張って自分の部屋に連れてきた鏡子は、机の上の金属トレイが自然解凍されているのを確認してから、指先で金を突っついてみた。熱くもなく冷たすぎもしない。あくまでも自然の金属が持つひんやりとした冷たさ以外は感じられなかった。

鏡子は安心してそれをつかみ、順一の目の前に突き出した。

「これを見て！」

鏡子が差し出したものを戸惑いながら見た順一は、不可思議なものを見るような目つきでそれを見つめ、そして老眼鏡をずらしてまた見直した。そして目を上下に動かしてソレと鏡子を見比べた。

「なんだい、それは？」

「金よ！　あたしが……作ったの」

「金を……作っただと？」

順一は手を伸ばして鏡子の手の中のものをつまみ上げた。そのサイズに対する意外な重さに驚きを見せながら、彼は肉眼でジッとその煌《きら》めく表面を観察した。

それは磨いていないからやや曇っているが、磨けば金色の輝きを見せる色をしていた。

「わからん。俺には本物にしか見えん。そもそも作ったって……作った？」

その時になってようやく順一は〝作った〟という言葉の意味を理解した。そう、高祖父の記録を読んだ鏡子が錬金術に成功したのだと――。

「本当に……やったのか？」

「うん。多分、本物だと思うけど……。どうしたら純金だってわかるかな？」

「いや、それよりも、身体に変調とかはないか？　どこか痛いとか、気持ち悪いとかそういうことはないか？」

「そ、そんなのないよ。至って元気。それよりも、これが金なのかどうか知りたいんだけど、どうしたらいい？」

「そうだな……」

しばらく考え込んだ順一は、掌に置いた歪な形の金の塊を見ながら答えた。

「明日、金を買取鑑定してくれる信頼できる会社に一緒に行こう。ああいう場所なら、金の測定器械があるだろうからな」

「うん！」

大きく頷いた鏡子に心配そうな目を向け、そしてもう一度、掌の金の塊に目を落とした。

――これを鏡子が錬成したというのか……？

オカルトというものを肯定的な目で見ている順一でさえも、現実にそれを目の前に突きつけられた時どう対応したらいいのかわからなくなる。

かつて鏡子のようにこの日誌に興味を持って同じように実験した経験が順一にもあった。しかし、結果は失敗に終わり、鉛は鉛のまま金の錬成には至らなかった。

その時感じたことは、自分の祖父が錬金術師だったという夢のような話が壊れる思いと、自分には錬金術師としての才能はないのだという諦めに似た思いのふたつだった。

だが、孫の鏡子はそれを成し遂げてしまった。

つまり、自分の祖父は立派な錬金術師であり、自分に才能がなかっただけなのだという結論が、今、順一の目の前で証明された。

だが、その鏡子の持つ才能に順一は嫉妬よりも、空恐ろしいものを感じていた。

――なにか、悪いことが起こらねばいいが……。

そんな順一の心配に気づきもせず、翌日、鑑定でハッキリする結果を想像して鏡子はドキドキしていた。

翌日――。

鏡子は順一と連れ立って金取引などで有名な会社の営業所を訪れた。

最近は現物資産である金を持ち込んで来る人が多いらしく、営業所は賑わっており、店の壁に掛けられた大型モニターには、金・銀・プラチナの取引価格が掲示されており、その隣の貴金属先物取引情報のモニターには、時折価格を変動する情報がリアルタイムで掲示されていた。

もしも錬成した金が最高の二四金であれば、四十八万円ちょっとの収入になる。仮に一四金だったとしても二十六万ちょっとにはなり、そこにかかった材料費などを考えても丸儲けそのものだった。

案内されたカウンターに順一と並んで座った鏡子は受け答えをすべて順一に任せ、黙ったまま結果が出てくるのを待ち続けた。

やがて、錬成した金はトレイの上に乗せられてカウンター奥にある鑑定器の所に運ばれていった。もう、ここまできたら祈るより他にすることはない。

――できれば二四金。ああ、一四金でも十分です……。お願い、金であって！

そんな祈りを鏡子がなにかに捧げている間に鑑定が終了したのだろう。目をつぶって祈る鏡子の前に、受付担当の男性店員が腰掛けた。

「お待たせしました」

戻ってきた受付担当の男性店員の声に、鏡子は身を乗り出しそうになるのを抑え、その言葉を一言一句聞き逃すまいと耳を澄ませた。

「一四金ですね。金額はこれくらいになりますが、ご売却いただけますか？」

店員が電卓を叩いてみせた数字は、手数料が引かれたために鏡子の一四金予想よりも若干低い数字だった。

「じゃあ、売りますよ。それでいいな？」

「う、うん……」

驚きのためにノドがカラカラに乾いて中々返事をすることができず、鏡子はなんども頷いてみせた。

一四金だろうがまったく問題はない。鉛の地金など二キロ買っても二千円しないのだから。

目の前に置かれた大金。少なくとも、これだけの金額を学生バイトで稼ぐには、どれくらい自分の時間を消費しなければならないのか見当もつかなかった。遊ぶ時間や本を読む時間を削っても、この金額には至らない。それが、趣味のオカルトに関わることをちょっとやってしまうだけで稼げてしまう。どれくらい連続して錬成できるかはわからないが、時給百万円も夢ではなかった。

「では、いこうか」

封筒に入ったお金を受け取った順一に促されて、鏡子はふらふらした足取りで店の外に出た。

「そら、無駄遣いするんじゃないぞ」

店を出てすぐに順一は、鏡子にお金が入った封筒を手渡した。

「全部いいの？　半分、おじいちゃんに」

そう言った鏡子に順一は押しとどめるように手を上げた。

「いや、いい。それはお前のお金だ。ただな、ひとつ約束して欲しい。危ないと思ったらそこで立ち止まることだ。いいな」

「え……う、うん」

順一の真剣な眼差しに気圧されながら鏡子は頷いた。

「まぁ、お前なら大丈夫だとは思うがな……」

そう口では言いつつも、順一は心配する気持ちで一杯だった。

おそらく、祖父——つまり、鏡子にとっては高祖父と同じ道を辿ってしまうのではないかという思いが順一の中で渦巻いていた。

「どうかしたの？　なんか変な顔をしているけど……？」

順一の表情から不安を読み取った鏡子がそう訊ねてきた。

だが、孫に余計な心配はさせまいと順一は笑って見せた。

「いや、なんでもない。全額断ったのは惜しいことをしたなと思っただけだ。そうだ、帰りにアイスでもおごってくれんかな？」

「まったく。食い意地が張ってるジジイなんだから」

そう言って笑いながら、鏡子はいいよと言って足取り軽く歩き出した。

そんな鏡子の背中を見ながら、順一は胸の内に渦巻く心配が杞憂《きゆう》で済んでくれればいいと思った。同時になにかあった時の対策として、いつでも相談できるように、頼りになる魔術師を探しておくべきだとも考えていた。

事実、数日後に順一のこの心配は的中した。

なにかに取り憑かれたかのような勢いで鏡子は錬成に夢中になっていた。それこそ、寝食を忘れて没頭しはじめた。

その後も熱心に鏡子は錬金術に取り組んでいたが、どれだけ鉛を使用しても錬成される金の量は二百グラム以上にはならず、品質も一四金以上にならなかった。今までの倍の鉛を使用してもまったく変わらない。

なにかが足りない。だが、なにが足りないのかわからなかった。

高祖父が十年かかって成し遂げた技を、鏡子は見よう見真似で真似しただけであり、その実力は到底及ばないものだった。

そんなことは鏡子も承知しており、その穴を埋めるべく必死で勉強した。さらに思ったようにならない苛立ちを感じながらも、回答を求めて鏡子は高祖父の記録の先に目を通していった。すると、記録の十二年目——つまり、金の錬成に成功した二年後に彼もまた同じ所で躓《つまず》いてしまっていたことが判明した。

「対策は……？　なにも考えつけなかったの？」

なんの対策も考えつけないはずはなかった。

この『高祖父の錬金術記録』の項目の中では、この金の錬成はまだ序盤もいいところであり、ここまで粘り強く錬金術に取り組んできた高祖父が、ここで対策が考えられなかったからと言って、方針転換をして他の物の錬成研究を行い出したとは思えなかった。だから鏡子は目を皿のようにして対策方法を求めて記録の中の文字を追い続けた。

試行錯誤する日々がさらに数年ほど、記録の中では続いていた。そして年号が大正に変わった年の夏、高祖父は高いお金を出して一冊の本を買い求めた。

本の名前は『回教琴』であり、横浜に出入りしている中国人の貿易商人を通じて買い求めたと日誌に書かれていた。

そこから止まっていた高祖父の研究はまた進み始めた。

さらに高祖父は家族の反対を押し切って、独りここから千葉県海底郡夜刀浦町《うなそこぐんやとのうらまち》に居を移動していた。

「夜刀浦町《やとうらまち》？」

ＰＣを立ち上げてマップサービスを開き〝千葉県海底郡夜刀浦町《うなそこぐんやとのうらまち》〟と検索すると、千葉県の外房の丸い膨らみ辺りにある地方都市が強調表示された。

現在は町から市に発展していたが、当時の人口は二万人強といったところだったようで、本当に小さな漁村という印象のある地方都市だった。

地域の情報を調べると、明治末から昭和初頭にかけて周辺地域を呑み込むように合併を繰り返し、夜刀浦市《やとうらし》となったことが確認できた。

高祖父はそれまでに鍊成した大量の金を元手に、東京府から離れたいかにも辺鄙《へんぴ》な地方自治体に研究室を構え、そこでじっくりと腰を据えて研究に没頭してゆく。文字通り寝食を忘れて研究に没頭した結果、立ち止まっていた研究は進んだということだった。

途中、関東大震災に見舞われて一度東京の家に戻っているが、これは残してきた家族を心配してのことだったのだろう。東京の家の建て直しにかなりのお金を使ったという記録が残されていた。

そして時代は昭和に入ってゆく。

理由や原因は書かれていないが、その頃に身体を壊すなどがあったのだろう。昭和に入ってすぐの辺りから、力強かった高祖父の筆跡は乱れはじめ、読み取りづらくなっていった。

文字に奇妙なクセや震えが出てきて、全体的に歪んで見える文字になっていた。しかし奇妙なことに、日誌に刻まれる文字は、まるでマス目でも引かれた紙に書き込んでいるかのように、キッチリと縦横の文字の中心がズレることなく綺麗に並んで刻まれていた。ページに隙間を絶対に作らないようにビッシリと均等に文字を並べ、改行すら最低限に抑えていた。まるでページに隙間ができることを怖れているかのような調子で……。

その結果、日誌の文面は、文字は整然と並んでいるものの字そのものが歪み、そして隙間と改行のない文章になったことから、非常に読みづらくなっていた。

高祖父は転居したことと、『回教琴』を完全に翻訳したことで錬金術に理解を深めた様子だった。そしてほぼ大正時代のすべてを使って、〝錬金術の助力となる物〟を作り出したらしい。これを得たことが高祖父の錬金術技術が飛躍的に向上した理由のように思えた。

そこで研究を進めた結果、人の雑音が多い東京府で錬成をしていたから錬金に失敗し続けたという結論に至ったようだった。

「ちょっと、待ってよ……」

その高祖父の結論が正しければ鏡子も東京からこの夜刀浦《やとうら》市に移動しない限り、この錬成はこれ以上の純度を高めて錬成量を増やすことはできないことになる。今の純度でも数を錬成していけば十分には思えたが、一日に二度錬成するとクタクタになり、起き上がるのも面倒になってしまうことが不満だった。ヘタすると、一度錬成しただけでも倦怠感に襲われてなにもしたくなくなることもあった。

こんな調子ではコンスタントに金を造り出すことができないし、単純で短い労働で収入を得て、あとは好きなことをやるという目標が達成できなくなる。

今はもう鏡子の大学も夏休みに入っており、夏休みの間ならこの夜刀浦《やとうら》という土地に行っても問題はないように思えた。

問題は、その夜刀浦《やとうら》にあるという家が残っているかどうかだった。

わからないことは祖父に聞けばいい。すぐさま鏡子は部屋を飛び出して順一の書斎に向かった。

「夜刀浦《やとうら》市の家だと？」

開口一番に夜刀浦《やとうら》市の家が残っているか聞いた鏡子に、順一は怪訝そうな顔を見せて、

「うん……。残ってるかな？」

「残っているとは思うが……もう住めないと思う

ぞ」

「どういうこと？」

順一は難しい顔をしたまま古いアルバムを取り出して開き、そこに写されていたセピアトーンに変色したモノクロ写真を鏡子に見せた。

そこに写っていたものは、白い壁と思われる木造建築の二階建ての家だった。

「これが夜刀浦《やとうら》に爺さんが建てた家だ。俺が若かった頃だが、もう爺さんも亡くなっていてな。税金だけを払い続けるのももったいないという話になってな……」

それは順一がまだ結婚して間もない戦後の高度経済成長期の頃のことだったらしい。

今住んでいる都心の家を売ってまとまったお金を作り、そこに引っ越そうと考えたということだった。

「爺さんが残してくれたお金は大きかったが、いつかは無くなるもんだからな。それなら、ここを売ってもいいかという話になったんだ」

田舎で食べ物もあり、空気もよさそうだしということで、今は亡き順一の妻——つまり、鏡子の祖母と共にその家を観に行ったのだという。

計画当初は乗り気だった祖母だが、実際にそこに行った時にはそこに住むことをどうしても嫌がったという。

「昭和三十五年頃の話だ。それ以来そこには行っていない。おばあちゃんが、町に近づくことすらずっと嫌がっていたからな……」

「どうして……おばあちゃんは嫌がったの？」

「さて……どうしてかな。嫌なものが出そうだとか……そんなことを言っていた気がするがね。たださぁ、夜刀浦《やとうら》市に関しては、俺も同感だったな。どうも、よそ者を嫌う風潮が強いような気がしてな……」

「じゃあ、なんで夜刀浦《やとうら》市の家を売らなかったの？」

「爺さんの遺言があってな。あの家は、朽ちるに任せろ。他人に触れさせてはいけない。そう遺言状に書かれていた」

その順一の言葉に鏡子はさらに興味を覚えた。

つまり、夜刀浦《やとうら》の家には誰にも触れさせたくない貴重な物が眠っているのではないか？　それこそが〝錬金術の助力となる物〟ではないだろうか？

高祖父は自分の死後、それを子孫の誰もが取り扱うことはできないと考えて、時の中で壊れるに任せる方法を選んだのではないだろうか？

それを見つけ出せば、自分の研究も進む。そう考えると、鏡子のワクワクは止まらなかった。

「じゃあ、えっと『回教琴』という本を知らない？」

聞いたことのない言葉に、順一は眉をしかめた。

「かいきょう……きん？　いったいどんな本だ？」

わからないという鏡子の言葉に順一は椅子から立ち上がり、ガラス扉がついた本棚の前に立ってそこに収められている本の背表紙を目で追っていった。

「手元にある爺さんの本は、ここだけにしかないはずなんだが……」

その言葉を聞いて鏡子も手伝って上から下まで本棚を見回したが、それらしき本はそこに置かれていなかった。

「どうやら、あるとすれば問題の夜刀浦《やとうら》の家……だな」

「そう……なんだ……」

せめて手元にあればそれを研究して色々と進められると鏡子は思っていたのだが、夜刀浦《やとうら》の家も残っているかどうかわからず、さらに『回教琴』もないということでは八方塞がりもいいところだった。

　そんなガッカリした鏡子の様子を見て小さくため息を漏らした順一は、自分の机に戻り、その引き出しを漁りながら訊ねてきた。

「その、カイキョーキンは錬金術の本か？」

「う、うん……」

「爺さんも錬金術に夢中になって夜刀浦《やとうら》に引っ越したからな……。お前も、そういうところが似ているのかもしれんな。お、あった」

「え……？」

　順一が机の引き出しから探し出した物は古びた真鍮《しんちゅう》製の鍵だった。

「夜刀浦《やとうら》市の家の鍵だ」

「おじいちゃん！」

「今も固定資産税とかは払っているが、どんな家になっているかは俺もわからん。行くなら俺が登山に行く時の寝袋を持って行けよ」

「うん！」

　鍵をもらおうと鏡子は手を差し出したが、順一は渡さずにさらに言葉を続けた。

「それから家が残っていたとしても、そこに住み続けることだけは絶対に許さん。どんなに長くても夏休みの間だけだ。そうじゃないと、俺が宗一郎に殺されてしまうからな」

　おどけて肩を竦めてみせた順一に、鏡子は笑みを見せた。

「あははははは。約束する！　絶対に夏休みの間だけにする」

「残ろうとしても俺が力尽くでも連れ戻すからな。それから、大学はちゃんと卒業すること。錬金術に夢中になることは構わんが、最低限、親の金で大学に行った以上は卒業して宗一郎たちを安心させてやれ。いいな？」

「わかったってば」

順一はまだ言い足りなそうな表情を浮かべつつも、頷く鏡子に家の鍵を手渡した。

「家の中は爺さんが死んだ時のままで手つかずになっているから、もしかしたら文献くらいは残っているかもしれないな。だが古い家だから気をつけろよ」

「大丈夫、大丈夫。心配しないで」

鏡子は笑ってそう言って手の中の真鍮製の鍵を見つめた。

古びた印象のある複雑な造りの鍵。真鍮の棒の先には複雑な形をした突起がついている、ファンタジーの映画や日本のマンガに出てきそうなデザインの鍵だった。

「ありがとう！」

それだけ言って、鏡子は順一の部屋を後にした。

「どちらも一四金よ。それぞれ二〇〇グラムずつあるわ」

それはふたつ合わせて百万近い金額の金属の塊ということだった。

「さわってもいいですか？」

「どうぞ」

恵美がそっとつまみ上げるとそのサイズからは想像できない重みがあり、確かに金と信じられた。しかし、コレを錬成したという話は本当なのか？

いささか信じがたいものがあった。

「疑っていても仕方ないよね……。でも、それは紛れもなく鉛から錬成した金なのよ。それを一個錬成するのに五〇〇グラムの鉛が必要だったんだけどね」

「どうして……金を？」

その質問に鏡子は弱々しく肩を竦めてみせた。

「お金が欲しかったって思うのは悪いこと？　楽

III

「錬金術……ですか？」

話に夢中になっている間に冷めてしまったカフェオレの入ったカップに口をつけながら、恵美は確認するようにそう質問した。

「そう。最初は……文字通りそうだったの。あたしは、金を錬成し……大金持ちになろうと思った」

「本当に金を錬成できたんですか？」

この恵美の質問を予想していたのだろう。鏡子はジャケットのポケットを探り、乱暴な動作でテーブルの上にふたつの金属の塊を乗せた。それは溶けかけたアイスクリームのような形をした歪《いびつ》な円錐状の金の塊。

して儲かるなら、それでいいじゃない。就職難はずっと続いていて、女子新卒採用枠なんてタカが知れてる。政治家は選挙の時しか庶民を見てないしね。だからあたしは錬金術ができるならそれで生活できるって思ったのよ。もちろん趣味もあるけどさ」

一気にまくし立てるように言った鏡子の剣幕に恵美は少し驚いたが、当の鏡子の方が自分の剣幕に驚いたようで、困惑した表情を浮かべながら手元にあった氷が溶けて薄くなったアイスコーヒーを一気に飲み干した。

「こんなことを話しても仕方ないよね……。あなたの求めるものは、もっと別のことでしょう？」

鏡子の質問に恵美は肩を竦めて苦笑して見せた。

「いいえ。最初がわからないと意味がないですから……。お代わりいただきますか？」

「え？　ああ……じゃあ、アイスコーヒーをお願い」

「はい。じゃあ、ちょっと失礼します」

恵美は軽く椅子を引いて席を立ち、カウンターまで戻って、店長に自分の分と鏡子の注文を頼んだ。

「ホットのカフェラテとアイスコーヒーをひとつずつ」

「はい。ありがとうございます」

店長は物静かに頷いてから容器からコーヒー豆を取りだし、ゴリゴリと手挽きのミルで挽きはじめた。その姿を見ているだけで恵美は普通の日常に戻ってきた気がした。

錬金術という普段から聞き慣れている現実とひどくかけ離れたオカルティックな言葉が、なぜか今日は恵美の日常を侵食してきている気がして仕方がなかった。ただ話を聞いているだけなのに、なにかに巻き込まれ、引きずり込まれていくようなーーそんな気がして仕方がなかった。

「ん？　なにか？」

「え？　いえ……。じゃあ、お願いします」

ゆっくりと歩いて衝立の向こうの席に戻ると、そこはすでに非日常の空気に包まれた世界だった。

テーブルの上には無造作に高額な金の塊が置きっぱなしになっており、テーブルの奥の椅子には所在なげな様子の鏡子が、血走った、どこか現実と乖離《かいり》したものを見ているような眼をしていた。

「どうかしたの？」

「え？　ううん。珍しく手挽きのコーヒーなんだって思っただけです」

「そう……。ここの店長は、お客のその時の心情に合った濃さのコーヒーを出してくれるの。その気遣いが大好きよ」

恵美は椅子に腰掛けてから、ＩＣレコーダーの電池残量を確認して鏡子に話を続けるよう促した。

「そして、夜刀浦《やとうら》に行ったんですね？」

「そう。行ったわ……遠い、夜刀浦《やとうら》に……」

鏡子は天井にぶら下がったドリーム・キャッチャーを見上げながら、どこか遠くを見るような目つきのままポツポツと話を続けはじめた。

「あれは……そう、海の日の翌日だった……」


朝から快晴のその日、鏡子は外房を目指して東京駅から総武本線に乗り込んだ。

行き先は何十年も放置されていた屋敷である。庭は手がつけられないほどに背の高い草で生い茂っている上に、膝をつくような作業することになるかもしれないことを考え、下はデニムのスキニーパンツを履き、足下もサンダルやパンプスではなく、暑いのを覚悟して靴底の厚いワークブーツにした。

知り合いなど誰もいない田舎に行くのだからお洒落などを考えていても仕方がない。順一から預かった鍵は革紐に結びつけてペンダントのように首からぶら下げた。

実用一点張りの格好で、鏡子は東京を後にした。

途中、蘇我で外房線に乗り換えて、あとは目指す夜刀浦《やとうら》市にある宇神城下《のきがみじょうか》駅で降りるまでは、なにもすることのない電車の旅だった。

地図だけを見ていると、外房線は房総半島の北部丘陵地帯を抜けていくために山の景色などを楽しめそうに思えた。しかし現実はごく普通の住宅地が並ぶ土地を通過していくだけで、東京の郊外と余り代わり映えのしない風景の連続だった。

その間に鏡子は、タブレットＰＣで夜刀浦市《やとうらし》の情報を読み返すことにした。

江戸時代に宇神藩《のきがみはん》という一万石の藩が置かれた場所を中心に発展した町であり、現在は人口約五万人の小規模な地方都市。

夜刀浦《やとうら》の地名の由来は、元明天皇の時代(在位七〇七年から七一五年)に津波に苦しむ住民の祈りを聞き届けた夜刀神が、一夜にして海岸地帯に石積みの塀を築いたことからきている。以後、鎌倉時代から室町時代にかけてこの地域は千葉氏の所領となり、戦国時代から安土桃山時代には飯綱氏支配による宇神《のきがみ》の庄となり、江戸期にはそのまま宇神藩という名前で統治される。

明治時代の廃藩置県で宇神藩《のきがみはん》は夜刀浦町《やとうらまち》となり、周辺地域をまとめた海底郡の中心地として栄え始める。やがて大量にある市町村区の合併作業がはじまると、周辺地域を呑み込むように夜刀浦町《やとうらまち》は広がりを見せ、瞬く間に夜刀浦市《やとうらし》として成立する。

戦後、大規模な猟奇殺人事件が発生したが未解決のまま時効を迎えた他、一九八〇年代末頃と九〇年代中期にも同じような大規模な猟奇殺人事件が発生し、未だ解決の糸口が見えていないという。大きな事件はその三つに絞られるが、いずれも迷宮入りというのが気になるところだった。

「大規模な猟奇殺人事件……」

鏡子の興味を引いたものは、戦後に起こったという猟奇殺人事件だった。それは昭和二十五年(一九五〇年)に起きた事件であり、高祖父が亡くなった年でもある。

具体的にどんな事件があったのかまでは当時の新聞などを調べなければわからないだろうが、わかっている範囲で死者三十人、行方不明者二十四人という五十人以上の犠牲者を出した事件のようだった。

「こんな事件ならWｉｋｉに載っててもおかしくないのに……」

不思議なことに〝夜刀浦《やとうら》殺人事件〟や〝宇神《のきがみ》殺人事件〟などの名称で検索しても、ヒットするものはなかった。

「どうなってんだろ……」

順一に聞いた高祖父の最期は、突然家に帰ってきて玄関先で大量に吐血し、なにも語らぬまま帰らぬ人となったという呆気ないものだった。そのため、この夜刀浦《やとうら》市の猟奇事件の犠牲者だったのかどうかもわからずじまいのままだ。

問題は、高祖父の死亡日と夜刀浦《やとうら》市の猟奇事件が終了した日だ。高祖父が東京へ帰宅する前日に猟奇殺人事件は終息していた。そして、東京の家に帰宅するなり高祖父は亡くなり、この事件は迷宮入りとなる。もちろん高祖父が犯人だとは思っていないが、鏡子は高祖父とこの事件の関係を色々と想像してしまった。

また、高祖父は東京に戻れば自分が死ぬことを知っていたのだろう。荷物から遺言状が発見されて、大量の金塊を預けた銀行の連絡先と、夜刀浦《やとうら》の家に関する指示が事細かく記されていたという。

なぜ、高祖父は遺言状を用意できたのか？　なぜ、朽ちるに任せるように指示したのか？

様々な想像が、鏡子の頭の中をグルグルと回っている時、目的地を知らせる車内アナウンスが流れ電車は減速しはじめた。

「まもなく宇神城下《のきがみじょうか》ー。宇神城下《のきがみじょうか》ー」

鏡子はあわててキャリーバッグのハンドルを伸ばし、さらにリュックを背負って立ち上がった。

電車が停車して、駅のホームに降り立ったのは鏡子だけだった。

時刻は午後二時十分——

真夏の午後の日射しが容赦なく照りつける駅のホームは陽炎が立ちのぼるくらいに暑く、照り返しも激しかった。海辺の町ということもあり、独特の潮の匂いが駅のホームにも流れ込んできていた。

そしてどこか生臭い。

「ここが夜刀浦《やとうら》市……」

駅から見る限り、そこはやはりこれまで通過してきたどこにでもあるような人口の少ない地方都市の風景だった。背の低いビルが並ぶやや寂れた雰囲気の商店街が駅周辺には広がっていて、夜刀神が作った伝説の町という印象はまったく見られなかった。

ご時勢というべきか、駅の改札の脇にはヤトちゃんという角の生えた丸っこい蛇のご当地マスコットが立っていた。

駅舎を出てすぐ脇にある案内板を見ると、南に下ったところに江戸末期の武家屋敷がいくつか残っていることがわかる。だが、観光名所的なものはそれくらいしかなく、案内板にはこの地域最大の工場である製薬会社などのビジネス中心の記載が目立っていた。

「なんだろう……？」

駅のホームに降りた時から気になっていたが、改札から町の入り口に立つとさらになにか異質なものが鏡子には感じられた。

空気が重くまとわりつくような感覚があった。

最初は潮風が吹き付けるから、海独特の生臭さかもしれないと思った。

だが駅舎から出るとより強く鏡子の感覚を刺激してきた。

たとえるなら空気が粘ついているような——潮風特有の粘つく感じよりももっと濃い粘つき感。直接ゲル状のなにかを塗りつけられたような重い感覚があり、同時に微かながら硫黄特有の卵が腐ったような臭いが混じっていた。

鼻を覆い隠すほどではないが、それでもやや眉をしかめたくなる程度には独特の異臭が漂っている。

さっさとこんな臭いのする場所から離れたくて、鏡子はすぐそばの交番で高祖父が住んでいた家の住所への行き方を訊ねた。

「そこはね……」

厚ぼったく横長な唇で、全体的に横に伸びている印象を受ける顔立ちの警察官は、聞き取りづらい声で地図を指し示しながら親切に行き方を教えてくれた。鏡子が礼を言ってバス停に向かうと、やや古くさい印象のある小型バスがちょうど駅に着いたところだった。

「このバス、武家屋敷西バス停に行きますか？」

鏡子の質問にバスの運転手はジロジロと探るような目線で彼女を見てから、コクコクと小さく頷いた。そして先ほどの警察官と同じような聞き取りづらい声を出した。

たとえるなら金属製のバケツの中に頭を突っ込んで、わざわざボソボソとしゃべっているような声だった。

「六つ先のバス停だ」

「ありがとうございます」

鏡子は礼を言って乗り込んで、二人掛け席のひとつ手前にある一人掛けの席に座った。

運転手はルームミラー越しに鏡子のことをジッと見続けていた。まるでよそ者を警戒しているような……。警察官同様のやや横に伸びた印象を受ける顔つきの眼差しから、そんな雰囲気が漂っていた。

当然、鏡子もその視線には気づいていたが、田舎特有の警戒感だろうと勝手に推測して無視し続けた。鏡子は順一との約束があるから、どれほど長くいても八月一杯までしかここには住まないことになる。だから、今後関わり合いにならない赤の他人の視線など、一々気にしていても仕方がないと割り切っていた。

やがて時間になったのかバスは出発した。

乗客は鏡子ただ一人だった。都内のバスとかなら、貸し切りとワクワクできたが、どうもこのバスの中では落ち着かず、鏡子はそんな気分にはなれなかった。

途中のバス停に近づく毎に車内にはテープのアナウンスが流れるが、時間が時間のせいなのか、それともこの炎天下の中外出を控えているせいなのか、武家屋敷西バス停に着くまでの間、乗客は誰一人として乗ってこなかった。

料金箱に料金を入れて降りた場所は、どこに武家屋敷があるのか？　と思うような住宅街と田んぼだらけの場所だった。

バス停もサビの浮いた丸い金属板と四角い金属

板を支柱につけただけの簡素な代物で、それが路肩にドンと置かれていた。

場所が房総半島東部を南北に結ぶ国道ではないせいか、車の通りもほとんどなかった。

鏡子はスマホを取りだしてGPSとマップアプリを起動し、高祖父の家の住所を入力した。バス停から歩いて五分ほどの所に見える、こんもりと茂った木々に包まれた小さな森のような場所の真ん中にある家、それが、高祖父がこの夜刀浦《やとうら》に建てた家だった。

方向を合わせて家がある方角を見ると、それと思しき森が見えた。

マップアプリの航空写真地図を拡大して見ると、確かにそこの森の中央には白い家があるように思えた。残念ながら、都心ではないためにそれ以上の拡大は無理で、ストリートビューも国道しか見られないから、家の様子を画面の中で確認することはできない。

しかし、少なくともこの周辺を航空撮影した時期――二、三年前くらいだろうか？――までは、その家は建って残っていたことになる。

「建って残っているだけだったら……どうしよう……」

電車の最終時刻を調べてくるべきだっただろうか？　そんなことを考えながら鏡子は地図の表示エリアの縮尺を大きくして、周辺を調べた。

このバス停から東の海際に向かって五分ほど歩いたほどの所に、確かに四角く区分けされた武家屋敷らしき建物があることも確認できた。

「本当に武家屋敷西だったのね……」

観光で来たら、ショックを受けそうなほどにも見る物がない町に思えた。いや、もしかしたらもっと見るべき場所があるのかもしれない。

「まぁ、錬金術に飽きたら、町を見て回るのもいいかもね」

鏡子はキャリーバッグを引きずって道を歩き始めた。

ほんの少し歩いただけで汗が首筋を伝い、アゴの先からも滴り落ちていく。

駅前で感じた硫黄に似た臭いは、若干薄くなっていた。

時折マップアプリで現在位置を確認しながら歩き続けると、ヒュウっと一陣の涼しい風が吹いてきた。

鏡子が視線を上げると、森を割るように伸びる道と、それに並行する整備された水路があった。その道の突き当たりには明治・大正時代の家によく見られた白壁の二階建ての木造家屋が、森の木々に半ば隠れるようにポツンと建っていた。

「うそ……。ここがそうなの？」

すでに崩れかけている凄まじいボロ屋敷を想像していた鏡子は、想定外のキチンとした建物の出現に驚き、その場に立ち尽くした。

「どうなってるわけ？」

確かに庭は鏡子の背丈ほどもありそうな草に覆われてしまっていたが、道から玄関まで続く石畳の部分だけはなぜか一本も草が生えていなかった。そして四十年近く放置されていたにも拘わらず、建物は誰の悪戯も受けず、腐った様子も見えず、まるで時が止まっていたかのようにしっかりと建っていた。

少なくとも目に見える範囲内のガラス一枚割れてもいない。もちろん、放置された歳月分窓ガラスは汚れきっていたが――。

門扉こそなかったが、門として道と敷地の境界には二本の柱が建てられていた。

柱には神野という表札がかけられており、紛れもなくそこが鏡子の高祖父が住んでいた家であることを証明していた。

――とにかく、家に入ってみよう。

周囲の街とは隔絶するように家の周りをグルリと取り囲んだ森。その中心をえぐり取るようにして平地を造り、そこに家と、家を囲むように庭が造られていた。家の前の庭には池があり、湧き水が出ているのか綺麗な水をたたえており、そこから流れ出た水が小さな小川を作って外の水路に流れ出ていた。

「飲めるのかな……」

そう考えてしまうほどに、小川と池の水はとても綺麗に澄んでいた。

面白いことに、小川と池の周囲は膝丈程度の雑草しか生えていなかったのだが、家の反対側の庭は、巨大な雑草で目隠しでもしているように背の高い植物で覆い隠されていた。

そして肝心の家だが、遠目に見た時はわからなかったが、多少は年月の影響を受けているらしく、白い壁に塗られたペンキがボロボロになり、あちこちで剥げかけていた。

見える範囲で鏡子は家の中をのぞき込もうとしたが、窓という窓には黄ばんだ木綿のカーテンがかけられており、中の様子を窺うことはまったくできない。

鏡子の高祖父がこの家を出て行く時にすべてのカーテンを閉めていったのだとしたら、その性格はかなり神経質で几帳面だったのだろう。

「まぁ……普通は閉めて行くよね。それに、もしかしたら生きていた頃もずっと閉めっぱなしってこともあり得るしね」

そう独り言をつぶやきながら鏡子は玄関のポーチまで進み、順一から預かった鍵を首からはずした。

玄関の扉は引き戸ではなく、アーチ状の窓ガラスがはめられた観音開きの扉だった。この家の鍵といい、建築当時としてはかなり洋風でハイカラな造りといえるだろう。

「建築当時は、もっと田舎だったと思うんだけど……」

高祖父は別の場所から人を呼んで、この家を造らせたのかもしれない。

鍵と同じ真鍮製の丸いノブの下にある鍵穴に鍵を差し込んだ後、鏡子はゆっくりと鍵を回した。

もしもこの扉の鍵がさび付いていてまったく動かなかった時、ヘタに力を入れて回したら差し込んだ鍵の突起が折れてしまうかもしれない。そんなことになったら、窓のガラス戸を割るなりして家屋侵入を試みない限りこの家には入れなくなり、なんの成果も上げられずに家にスゴスゴと帰ることになるかもしれない。

「こういうことを予測して、機械油でも持ってくればよかった……」

差し込んだ鍵の棒から鏡子は軽い抵抗を感じ、回しきることを躊躇《ちゅうちょ》した。だが、まだ鍵は四分の一周しか回していない。

深呼吸を二回してから、鏡子は鍵棒に力を入れてさらに回してみた。


カチャリ……。


大きな音を響かせて鍵棒は一回転した。

「ふぅ……」

きちんと鍵は開いたし、他に鍵穴らしきものは見当たらない。それでも鏡子は扉の周囲を観察して鍵穴が他にもないか確認してから、ドアのノブを回して扉をゆっくりと引いてみた。

軽く軋む音を立てて、玄関の扉は開いた。

「んっ……埃臭い……」

四十年近くも放置していたのだから、室内の空気が埃臭く淀んでいても仕方がない。むしろ、なんの臭いもしない方がおかしい。

鏡子はあらかじめ用意しておいた不織布のマスクを二枚重ねでかけ、花粉症対策用のゴーグルをつけて埃に対する対策を万全に固めた。そして軍手を手にはめてから室内に足を踏み入れた。

「うっわぁ……」

板張りの床には真っ白くなるほどに埃が積もっていて靴を脱ぐ気にはなれず、鏡子は土足のまま家に上がり込んだ。踏み出すとギシギシと嫌な音を立てるために、いつ床が抜け落ちるのか不安で仕方がなかった。

「あ。ええええっ？」

玄関の天井からぶら下がっていたものは、電球ではなくランプだった。高祖父が暮らしていた頃はここに電気は通っていなかったらしい。

「まぁ、想定はしていたけどさ……」

背伸びしてランプを下ろした鏡子は一度庭に出て中の芯を取り外してから、池から流れる小川の水でランプ全体を洗った。そしてよく拭いてから、順一が持たせてくれたキャンプ用の燃料をタンクに流し込み、火が灯《とも》るか実験してみた。

芯がカラカラに乾いていたから燃料を飲むように吸い上げたせいもあるのだろう、火はかなりの勢いで燃え上がり、鏡子はあわてて炎の大きさの調整をした。

小さく絞られた炎はユラユラと揺らめきながら燃えており、問題はなさそうだった。

「これで、夜の明かりはＯＫね」

まだ明るいうちから火を灯しておいては燃料がもったいない。とりあえず火が点くことを確認した鏡子は、ランプの火を消してから家に戻った。

屋内の細かい探索は明日行えばいいとしても、

なによりもまず鏡子自身の居住スペースを確保することが先決だった。さすがに寝袋を持ってきているといっても、このまま玄関先で寝る気にはなれない。せめて、なにか柔らかい物の上に寝袋は敷きたかった。

小さめの玄関ホールからはまっすぐ奥へと廊下が続いており、左側に二つ、右側に一つ、そして廊下の突き当たりに扉があった。さらに二階に上がる階段もあり、一般の建て売り家屋よりも部屋数は多そうに見えた。

鏡子は、まずは左側の一番手前にある扉を開けて中をのぞき込んだ。

そこは応接室だったのだろう。カーテン越しに差し込んでくる薄暗い光の中でも、部屋の中にふたつの長椅子のようなソファが置かれているのが確認できた。

「ラッキー」

鏡子はまずカーテンを開いて外の光を部屋の中に招き入れ、そして差し込みネジ式の鍵を回してガタつく掃き出し窓を開けた。

外の風が屋内に吹き込んできて、開けっ放しの玄関の扉から流れ出ていく。屋内で淀んでいた四十年前の空気が徐々に入れ替えられていくのがマスク越しでも十分に確認できた。

ソファは革張りのものであり、上に積もった埃を拭き取ればそのまま使えそうに思えた。

「これがベッドの第一候補かな……」

少なくとも、数十年も放置されてた布団や畳の上に寝るよりも楽だし、おかしな虫に食われる心配もなさそうに思えた。

テーブルの上にランプを置き、鏡子は廊下に出て応接室の向かい側の扉を開いた。

そこは二部屋ぶち抜きで造られた十二畳ほどの実験室だった。高校の理科実験室を思わせる部屋で、鏡子が錬金術に使う馴染みの道具が一式そろっていた。

一瞬、鏡子はそれらの機材に手を伸ばしかけたが、まだ他を回る必要があることを思い出し、カーテンと窓を開けるだけで実験室での作業を終わらせることにした。

窓を開けると相当な埃が外に出て行った。掃除の手間が省けるほどに、屋内に流れ込んでくる風は強かった。

もうひとつの部屋は書庫であり、そこも同じく窓を開けただけで廊下に戻った。

最後の突き当たりの扉は簡素な作りのものだった。扉を開けて奥に入ると、タイル張りの小さな流しがある台所と、それに併設して五右衛門風呂があった。そこの勝手口を開けると、外にトイレと思しき縦長の細い小屋が建っていた。

「当然ながらボットン便所よね……」

念のために確認すると、間違いなくトイレだった。

勝手口の脇に積み上げてあった薪を一本持ってきてトイレの床をドンドンと叩いて見たが、家同様に頑丈に造られていた。その上に立っても、崩れて肥溜めに落ちる心配もなさそうだった。

「後は二階か……」

玄関ホールまで戻った鏡子は、一段一段、慎重に確認しながら、軋む音を立てる階段をゆっくりと昇っていった。昔の階段だけに、現代の建築の階段に比べるとかなり急な角度に造られていた。

そんな昇りづらい階段を上がった先にあった二階の部屋は、八畳間ほどの和室になっていた。恐らく、鏡子の高祖父はここで寝起きしていたのだろう。

和室には押し入れがあり、半開きの襖の奥に畳んだ布団が仕舞い込まれていた。さすがに四十年前から干していない布団を使う気に、鏡子はなれなかった。

　大人しく一階の応接室にあったソファの上に寝袋で寝ることに決めた鏡子は、部屋の簡単な探検と共に見つけておいたそれぞれの部屋用のランプを外に出し、さら実験室の床に置いてあった一斗缶をいくつか外に持ち出して中身を確認した。

　一斗缶の中身はエチルアルコールと灯油だった。揮発してもいなければ、中身がダメになっている様子もない。念のため、新たに洗ったランプにその灯油を入れて火を灯してみたが、きちんと燃料の役割を果たしていた。エチルアルコールもアルコールランプに入れて火を灯してみたが、問題無く着火した。

「これで明かりは問題なしと。さすがにランプが一個だけだと心細いものがあるけど、これだけあれば十分ね」

　灯油が入った一斗缶と同じマークが書かれた缶があと四個もあったから、ここ数日の間は明かりの燃料を気にする必要はないだろう。なくなりそうになったら、店を探して買うなりすればよさそうだった。

　それでも掃除は外が明るいうちにやってしまうべきだろう。そう考えた鏡子は、台所にあった木桶に水をくみ、持ってきた雑巾で応接室を中心に水拭きをしていった。

　もちろん、ベッドとして使う予定の革張りのソファもお構いなしに拭いた。

　どうせ長居するつもりもないのだから、ソファがすぐにダメになろうが鏡子の知ったことではなかった。

　黄昏時にようやく掃除も一段落つき、鏡子は国道に出て最初に見つかったラーメン屋で夕食を済ませた。

バスの運転手とは異なり、かなり愛想のいい店主は鏡子の身元を探ろうともしなかった。この地域の住民特有の顔なのかと疑い掛けていた、あの横に伸ばしたような顔つきにもなっておらず、聞きづらい声でもない。どこにでもいるような、平均的日本人の顔立ちをしていた。

店主にこの周辺の店を聞いて、十分ほど国道を北上した所にホームセンターとスーパーがあり、そこでたいていの日用雑貨と食料を調達できそうだとわかった。また、そのスーパーの近所に銭湯があり、一番心配だった入浴の問題も解決できそうだった。

ラーメン屋でペットボトルに水を詰めてもらって飲料水を確保した鏡子は、カエルの大合唱が響く田んぼの中の真っ暗な道を歩いて、高祖父の家に戻った。

暗い夜の闇だが、都心の家では見られないほどの数の星が満天に輝いており、街灯がなくても闇に慣れれば視界もそれほど悪くはない。

「案外、過ごしやすい所なのかな……」

このうっすらと漂う硫黄臭のようなものがなければ、夜刀浦《やとうら》は決して住みづらいと感じるような地方都市ではないように鏡子には思えた。ただ、本格的に住むとなったら電気と水道を引くことは必須に思えるし、家の中のリフォームも必要そうだった。

「リフォームするなら、金を作りまくらないとなぁ……」

家屋のリフォームを題材にしたテレビ番組のおかげで、鏡子はあの家をリフォームするのに必要な費用は大体見当がつくようになっていた。最低でも百個単位で金を錬成しなければならない。

そんなことをノンビリと考えながら玄関の鍵を開けて家の中に入った時だった、不意に点けっぱなしで玄関の下駄箱の上に置いておいたランプの炎が揺らぎ、家屋がカタカタと揺れはじめた。

「地震ッ!?」

ゴオオオオッというまるで地下鉄でも通っているような音が足下から響いてきて、実験室に並べられていたビーカーなどのガラス容器がカチャカチャと耳障りな音を響かせた。

とっさに鏡子は閉めかけていた玄関の扉を足で蹴飛ばして開け放ち、下駄箱の上のランプを持って家の外に飛び出した。

揺れていたのは時間にして十秒から二十秒くらいだろうか?

まるでなにかが通り抜けたかのような——本当に地下鉄が足下の地面の浅いところを走り抜けたような感覚だった。もしくは、建物の地下に大きな空洞があり、なにかの音が反響したのかもしれない。


「いったい……なに?」

震動と騒音が収まってから怖々と鏡子は家の中をのぞき込んだが、倒れた家具などはなさそうに思えた。火を灯したままのランプは持ち出したものだけだったので、火事になる心配はなかった。

帰ってきた時の明かり欲しさに灯したままのランプを置いていき、今の地震でそれが落下し家屋がすべて炎上していましたでは後悔するどころの話ではない。

静まっていた庭の虫たちも再び鳴きだし、鏡子は家の中に戻ってあちこちのランプに火を灯しながら、落下して壊れたものがないか見て回った。

一番心配だった実験室も、ビーカーなどが多少動いたものの、テーブルの上から落下する被害もなかった。

ついでにもう少し調べようと実験室の床の一カ所に足を踏み出した時、ギシっと軋む嫌な音を立て床が沈み込んだため、鏡子はあわてて足を引っ込めた。

古い家屋だけに腐っているところがあるかもしれないと鏡子は考え、家の中の探索は明日の昼間にすることにした。

それにしてもいったいなにがあったのだろう？

鏡子の帰宅を待ちかねていたかのように発生したと考えるのは、あまりにも飛躍しすぎだろうか？

「家に隠そうとしていたナニかが目覚めちゃった……とか？」

それを探すのも明日にして、とにかく今夜はもう応接室に引きこもって過ごすことにした。

時刻は午後九時ちょうど——

応接室のソファに座って、鏡子はなにをしようか迷い続けていた。

この時間から寝ようとしても普段から夜遅くまで起きている鏡子には到底無理な話だったし、高祖父が謎めいた実験をしていた家に来ているという興奮もあって頭も冴えきっていた。

外よりも廊下の暗がりが怖かったので、廊下のドアは閉じた。それでは暑苦しくなるために、掃き出し窓の上にある欄間のような形で取り付けられていた通風用の窓を開けておくことで空気と熱のこもりを防ぐことにした。しかし窓を開けておいたとしても、昼間の真夏日の影響から夜も蒸し暑く、それも眠れそうもない原因のひとつになっていた。

——眠れないのなら……この部屋だけでも家捜ししようかな……。まぁ、この部屋だけならいいよね。

そう自分に言い聞かせて、応接室に置かれていた飾り棚の中を調べはじめた。

ランプの明かりひとつでは心細いこともあり、

部屋にはランプを二個持ち込んでいた。そのせいもあって部屋の隅々まで見渡せるほどの明るさは十分に確保できている。

鏡子はなるべく埃を立てないようにしながら、棚に収められたスクラップブックのようなA4サイズほどの大きさの本を引っ張り出した。

どうやらそれはアルバムであり、そこには厳めしく神経質そうな顔をした五十代後半くらいの男性のモノクロ写真が数点収められていた。

これが鏡子の高祖父だろうか？

どことなく祖父の順一に似ている気もしたが、順一の方がもっとおおらかで優しげな顔つきをしていた。

撮影場所はこの屋敷の庭や実験室であり、誰かに撮ってもらった写真らしい。「爺さんは人付き合いが余り良くなかったらしい」と高祖父について鏡子は順一から聞いていたが、この写真を見る限りはこの実験室に招き入れるほどの友だちがいたことが推測できた。

写真の周りの台紙には日付もなにも書かれていない。

アルバムをめくっていくと、一点だけ奇妙な写真があった。

レンズの部分に指をかけて撮影したのだろう。写真の左右にぼやけた指のようなものが二本ずつ映り込んでいた。

「お茶目な友だちだったのかな？」

他にもなにかを書きかけのままここに突っ込んでグチャグチャになった紙片などあったが、パラパラと見た限り大したものは残されていなかった。唯一の成果は、高祖父の名前が弥三郎とわかったことだ。

「いつもおじいちゃんが爺さん爺さんって言ってるから、肝心の名前を聞きそびれちゃうんだよね……」

そうブツブツとこぼしながら、鏡子は飾り棚の下部にあった引き出しの中を漁っていった。

そこには五つほどの鍵をまとめた鍵束がひとつ、そして油紙できっちりと包んでしっかりと麻紐で縛ったものが出てきた。

「なんだろう……？」

持ってきた十徳ナイフで麻紐を切り、油紙を開いてみる。油紙の向きを変えて二重、三重に包み込まれていた物は、一冊の和綴じの本。

表紙には『回教琴　山海経野獣咆吼書』と書かれていた。

「これが……中国人の商人から買ったっていう本？」

直接触っていい物かわからず、油紙を使って本をつかみひっくり返してみる。

裏表紙には〝紹興十三年ノ書ヲ模写ス〟と書かれていた。

「模写って……コピーしたってことかな？」

紹興十三年をスマホで検索すると、中国を侵略した契丹《きったん》人の国家である西遼の二代皇帝である耶律夷列《やりついれつ》の治世の年号であり、西暦では一一六三年であることがわかる。

つまり、この本は九百年近く前に書かれた本ということだった。

「そりゃ、原書は買えないねぇ……」

写しであるならと安心した鏡子がその本に触れた瞬間、全身から血の気が失せて目の前がグルグルと回りはじめた。あの高祖父の実験記録を触った時と同じ――いや、それ以上の眩暈《めまい》を誘う感覚だった。

触手に絡まれるようなゾクリとする悪寒が、本に触れた指先から腕と背筋を伝い脳に絡みついてくる。全身に震えが走り、身体中から一気に汗が噴き出してきた。冷や汗が首筋を伝い落ち、耳障りなほどに鼓動が激しく高鳴っているのが自分でもわかるほどだった。

鏡子はなんとか乱れる呼吸を整えようとしたが、鼓動は平静を取り戻そうとせず、グルグルと回る視界は止まることを知らない。足下がふらつき、そのまま立っていることもできずに鏡子は床に膝をついた。それでも視界は回り続け、激しい嘔吐感がこみ上げてきて胃液が喉を焼いた。

膝で立つことももう不可能だった。耐えきれずに横倒しになった鏡子は苦しみもがき、激しく床を蹴った。しかしそれはなんの解決にもならない。助けを求めようにも鏡子以外に誰一人としてこの家にはいなかった。

喉をかきむしりながら目を見開くと、世界がグニャグニャと歪んで眩《まばゆ》いまでの極彩色に染まりきっていた。その激しい色彩と輝きの世界に脳が耐えきれず、すべてを遮断するように意識が途切れ、鏡子は真っ暗な世界に堕ちていった。

気がついた時、鏡子は床に倒れていた。

起き上がろうとして、頭を襲った鈍痛に顔を歪めて両手で頭を抱え込んだ。痛みはこめかみや額、そして後頭部からも感じた。

頭痛以外にも吐き気や全身を覆うような倦怠感に苛まれ、身体を動かすことも一苦労だった。水を含んだスポンジのように、腕も足も異様に重くてなかなか言うことを聞かなかった。そんな重い身体に鞭を打ち、鏡子はソファの上になんとか這い上がった。下が柔らかいクッションな分だけまだ楽な気がした。だが、ソファに座ってどれほど楽な姿勢を取っても、高校の体育の授業で無理矢理マラソンをさせられた直後のような……そんな虚脱感が鏡子を襲っていた。

色覚こそ戻ったものの、まだ眩暈がしているような気がしてならない。なによりもあの極彩色の世界を見た記憶がある分、この世界が色あせているようにも感じられて仕方がなかった。

——あの本は、いったいなんなの？

鏡子をこんな状態に引きずり込んだ原因は、紛れもなくあの本——『回教琴』のせいだった。

恐らくは触れてはならない禁断の書という類の本なのではないか？　オカルト好きの頭ならそんな推論が簡単に出てくる。

ソファに鏡子が這い上がってから二十分ほどすぎただろうか？　ようやく動いても頭痛がしなくなり、身体を包んでいた倦怠感も薄れてきた鏡子はテーブルの上のスマホを取りだして時間を確認した。

現在の時間は午後九時三十五分。二十分ほどソファの上でダラッとしていたとするなら、鏡子は十五分くらい意識を失っていたことになる。

——そういえば本は？

自分が意識を失っている間、あの本はどこにいったのか？

もしも本が存在していなかったら、意識を失うようなあの体験とこの苦しみは夢になるのか？

鏡子が辺りを見回すと、本は投げ出されたままの形で床に落ちていた。ヨロヨロと立ち上がった鏡子は、数歩進んでその本の前に身を屈めて座り込んだ。

あれほどの苦しみを味わったにも拘わらず、鏡子は迷いもなく本に手を伸ばしていた。

「記録」を手にした時と同様に指先で軽く本の表紙を叩いて見る。しかし、指先から伝わってくる、触手に絡まれるようなあの感触は二度と来なかった。

——あの実験記録の日誌と同じだ……。

最初に触れた時に発生する精神的衝撃が酷いだけで、次の接触からそんな衝撃は感じない。一種の罠だ。だが、一度死ぬほどの苦しみを味わった者がもう一度本に手を伸ばそうとはなかなか思わない心理を突いた罠だった。その試練を乗り越えた者だけが、真理に触れられる。もっとも、その真理がありがたいものなのかは謎だった。

まず、鏡子は本の表紙をつまんでみた。しかし、なんの変化も起きなかった。意を決した鏡子は本をつかんで拾い上げたが、やはり変化も異常もない。

ほっとしながらもこの場で立って読みはじめ、また眩暈がして倒れると危ないと思った鏡子は、ソファに座ってページをめくってみた。

中国商人から入手したと書かれていたために予想はしていたが、内容は漢文で書かれていた。幸いなことは文字が契丹文字ではなく、漢文(宋代の文字)で書かれていたことだった。高祖父の弥三郎の注釈やメモ書きがあちこちに挟まれていたので、難しい部分もなんとか読むことができそうだった。

——最初のほんの少しだけ読んでみよう。

そんな気持ちで鏡子は読み始めた。しかし、読みふけっていた鏡子が気づいた時は、もう窓から見える空は明るくなっており、朝を迎えていた。

「もう、朝じゃない……ンンーッ！」

鏡子は身体を起こして大きく伸びをし、さらに肩と首を回して強ばった身体を少しずつほぐしていった。

徹夜で本を読んでしまったのは、面白いからとか夢中にさせられたからとかというプラスな理由ではなかった。本が強制的に目を離させてくれない、そんな感じだった。

「朝日は徹夜の天敵ね……目がシバシバする

……」

徹夜で本を読み明かしたせいで疲れが溜まっているにも拘わらず、鏡子はこのまま寝たいとは思わなかった。妙に頭が冴えていて、高祖父の残した遺産を探し出したかった。

高祖父の弥三郎は、この本を読んだ後で己の錬金術を確かなものとするために、ここに書かれているあるモノを作り出した。だからこそ、高祖父の錬金術は成功したのだ。

この本に書かれていた異形の存在である〝錬金術の助力となる物〟がそれだ。それに助力を乞うことで錬金術の成功率を伸ばしたのだ。高祖父の実験日誌を読むと成功率が格段に飛躍した理由は、夜刀浦《やとうら》への転居の他に、この『回教琴』の理解もあるだろうが、鏡子には〝錬金術の助力となる物〟の存在が最も大きく感じた。

今、鏡子は、夜刀浦《やとうら》市の研究室と『回教琴』のふたつを揃えていた。

より完璧な錬成を行うために鏡子がすべきことは、弥三郎が作り出した〝錬金術の助力となる物〟を探し出すことだった。

弥三郎自身は〝錬金術の助力となる物〟を錬成したと日誌に書き込んでいた。それがどんな形をしているのかまではわからない。もしかしたら、この『回教琴』に登場する、多くの触手を持つ異形の神の姿に近いかもしれない。ただ、根拠はないが一目見ればそうとわかるはず、と鏡子は考えていた。

だが、この応接室にはそれらしきものは置かれていなかった。

――では、どこに……？

当然、実験室か二階か、あるいは書庫かという三カ所に絞られる。

書庫は昨日覗いたが、壁一面に作りつけられた本棚にびっしりと本が詰め込まれ、床の上にも足の踏み場がないほど本が置かれていた。ここから捜索を始めたらいつ終わるかわからない。

「書庫は後回しね」

そして書庫ほどではないが実験室も様々な機材であふれており、探す場所がたくさんありすぎた。まずは二階を探してその次に実験室、最後に書庫という順番が一番効率が良さそうに思えた。

ギシギシと軋む階段をゆっくりと昇って、鏡子は二階の部屋を見回した。

畳敷きの部屋に家具らしいものは大きな桐タンスしかなかった。

タンスのすぐ隣に奥行きのある床の間が造られており、その奥の壁には奇妙な水墨画の掛け軸があった。そして掛け軸の前には、香炉ではなく不可思議な彫像が置かれていた。

彫像はクラゲに似た、タコのような吸盤つきの触手を大量に持つ薄気味悪い姿をしていた。何十本もある身体から伸びる触手の所々からさらに細かい触手が生えており、その触手に隠れた身体の中心とも言える場所には、長い手足を持つ細身の蜥蜴のような体がぶらさがっていた。

その見ているだけで嫌悪感を催させる彫像の足元には、「超人」という文字が刻まれていた。

「これが……超人？」

鏡子にはまったく意味がわからなかった。

そもそも人の形すらしていないこの彫像のどこが人なのか？

床の間にかかっている掛け軸をよく見ると、その彫像のような形をしたナニかを水墨画で描き表そうとしたもののようだった。

薄墨の濃淡で表現された大量の触手がそこに描かれており、触手の波の中に、猫の目のような縦割れの瞳が輝いていた。

そして水墨画にはこんな文字が書かれていた。

「我超越人被存在成」

人間を超えた存在になる。そんな意味だろうかと鏡子は考えて、もう一度床の間に置かれた彫像を見つめた。確かに「超人」という言葉の意味につながる。姿形からして明らかに人間を超えている。

弥三郎が得たものはこれだったのだろうか？

――いや、違う……。

鏡子にはそう断言できた。

これは、あの『回教琴』に書かれていた異形の神の姿ではないのか？

高祖父の弥三郎はここに越してきた後に、作るかあるいは件の中国商人の助力で、この異形の神の彫像を手に入れてここに飾ったのかもしれない。

――つまり、これがあそこで語られる異形の神の姿？

そう考えてもう少し観察してみようとした時、彫像が自分を見つめているような気がして薄気味悪くなった。猫のような縦割れの目がジッとこちらを見ている気がした。

銅か青銅で作られていると思われるこの彫像の目は動くはずがない。だが、身体の位置をどこに動かしてもその目が動いて鏡子を見ている気がした。

鏡子は数歩下がり、彫像の死角となるタンスの影に隠れた。ホッと一息ついてからタンスに眼を向けた。

それは六段のやや大きな桐ダンスだった。

下の段から引き出しを開けていこうと鏡子が金属製の楕円形の把手をつかんだ時、先ほどと同じような、視線が絡みつく感触を覚えた。

床の間からここは死角になっており、身体を大きく仰け反らせなければ彫像は鏡子からも見えない。その死角にいるにも拘わらず視線を感じるのはなぜか？

鏡子は周りの様子を窺ったが鏡はない。かろうじて鏡子の姿が映るものがあるとすれば窓ガラスくらいだが、今現在、午前中の陽光が差し込んできているガラスに鏡子の姿が映ることはあり得ない。

しかし、今もなにか名状しがたい粘りつくような視線が鏡子の身体に絡みついていた。

死角に入っているのだから、あの彫像が見ているとは思えない。ではどこからきている視線なのか？

――気のせいよ。

そう自分に言い聞かせようとするが、そう考えるほど逆に強い視線を鏡子は感じるようになっていた。

――ドコから？

そう考えた時にフッと目に留まったものは、タンスの引き出しの隙間。

こんな隙間からなにかが見ているとは思えないが、もしかしたら別の彫像がこの引き出しの中に入っている可能性もあった。気になった鏡子は身体を横に傾けて隙間をのぞき込んだが、わずか一ミリ程度の隙間から中がのぞけるはずもない。

「あはははは。バカみたい……」

不気味な彫像から視線を感じたというだけなのに、どうしてこうも怯えているのか、鏡子は自分でもわからなかった。

すぐそばにある超人の彫像。その彫像のモデルになったナニかが、引き出しを開けるとそこにいるのではないか？　そう思えて仕方がなかった。

少しの間、煤《すす》けた天井を見上げていた鏡子は、三回ほど深呼吸をしてから視線をタンスに戻して一気に引き出しを開けた。

中に入っていたものは作務衣や着物、袴などといった衣服類だけだった。

「ほら、おかしなものなんかなにもないって」

鏡子はほっとしながらそうつぶやいた。

しかし、開けていない引き出しはまだ残っており、未だに絡みつくような視線は消えていない。

生唾を飲み込みながら鏡子はもう一段上の引き出しの把手に手をかけた。大きく息を吸い込んでから、再び一気に引いた。非常に軽い、踊るような金属音が響き、小さな鍵がひとつ引き出しの中に入っているだけで、他にはなにひとつ入っていなかった。

「鍵……ねぇ……」

そこから先、鏡子は次々と引き出しを開けていったが中身はすべてカラッポだった。引き出しを開けるたびに鏡子は嫌な感覚に襲われたが、結局、視線の主は現れず、拍子抜けもいいところだった。

彫像の視線を気にしすぎるあまり、幻覚を感じたのだろうか?

「気にしすぎってことかな……」

自分に言い聞かせるようにつぶやき、鏡子は引き出しをすべて戻してから階下に降りた。もちろん、見つけた鍵は手にしたままで。

応接室の飾り棚で見つけた五つの鍵をつないだ鍵束と、タンスの中から見つかった一本の鍵。どれも同じ鍵ではなかった。

最後のタンスで見つかった鍵だけは銀色に輝く鍵で、それ以外はすべて真鍮で造られた鍵だった。特に銀色の鍵は細工が凝っており、この家の玄関の鍵以上の細工が突起に施されていた。ある種、芸術品にも思えた。

とにかく、この六本の鍵が、どこで使われるのかを探すことが、鏡子の中での最優先事項だった。

実験室に入りカーテンを開いて、すべての窓を開ける。それだけで部屋の中は捜し物をするのに十分な明るさを確保できた。

この部屋には大きな実験用のテーブルがひとつと、ガラス戸のついた薬品棚がふたつ、そして冷蔵庫のようにも見える扉のついた金属の箱と、いくつもの棚が壁を埋め尽くすように置かれていた。

冷蔵庫のような金属の箱に鍵はついていなかった。中身を調べてみると、どうやら孵卵器に似た形状をしていることから、炭かなにかで中身を温めて卵を孵化させる実験に使用する機械の一種に思えた。

次に鍵穴を探して部屋を回ると、簡単にふたつの鍵の使用先が見つかった。

鍵束についていた鍵のふたつは、この部屋の薬品棚の鍵だった。

ホウ酸やショ糖や亜鉛、そして硫酸など、様々な薬品が薬品棚の中には並んでいた。もちろん、どの程度経年変質しているのかは今の段階ではわからないが、鏡子がいくつか確認した範囲内では劣化は見られない良好な状態だった。

「劣化がないってどういうことよ……」

数十年経っているために劣化して当たり前のものや揮発していて当然のものが、この薬品棚には収められている。最近の棚なら真空密封などというハイテク機能もあるが、弥三郎が使っていた棚はただの木製の棚で、ガラス戸で中が見えるようになっているものにすぎない。だが、その湿気対策もない棚の中で、糖類などが固まっていなかった。

灯油やアルコールが揮発していなかったことといい、この家の時間は止まっていたのではないか？　そう考えてしまう。

他の棚には、大量の灰や石灰、そして鉛などの鉱物類があった。だが、これだけの大きさの実験室にしては、貯蔵物が少ない気がした。同時に弥三郎が錬成した〝錬金術の助力となる物〟は、ドコにも見当たらなかった。

「つまり、まだ隠し場所があるってことね。上にないなら地下かな？」

そうつぶやいた時、鏡子は昨日この実験室に入った時に、床が軋み、沈み込む場所があったことを思い出した。そこに床下貯蔵庫が隠されている可能性は高い。

「確か……」

昨日、薄闇の中で沈む感覚を得た所を調べてみると、床下収納の戸板らしきものがあり、鍵穴がついていた。

鍵束から、その鍵穴に合いそうな鍵を探し出して鏡子は差し込み、ゆっくりと回してみた。すると、カチリという音を立てて鍵が外れ、鍵穴の周りの金属部分が浮き上がった。どうやら、これが戸板の把手代わりになるらしかった。

「さてと、なにがあるかな？」

重いことを覚悟して慎重に戸板を上げてみたが、意外と薄く、ヘタにこの上に乗っていたら落とし穴よろしく下に転がり落ちるところだった。

「うっそ……」

戸板を上げるとそこには木製の階段が地下の暗がりに向かって続いていた。

これは床下収納ではなく完全な地下室の入り口だった。しかもかなり深いらしく、階段の到着点である地下室の床は窓からの自然光だけでは見ることもできなかった。

鏡子は一度応接室に戻って懐中電灯をポケットに突っ込み、一番小さなランプに灯油を足してからそれを持って実験室に戻った。そして、同じく自宅から持ってきていた細いロープをランプに結びつけて、火を灯してからそれを地下室の階段にゆっくりと下ろした。

階段はハシゴと見まごうような急な傾斜で、一気に七段くらい下まではロープで垂直に下ろすことができた。

「火は燃えてるね」

しばらくの間、ランプの火が燃え続けることを確認してから鏡子はそこに降りてゆき、またロープを使って下の方にランプを下ろして燃え続けるかどうかを確認した。

地上に問題がないから地下も安全とは限らない。数十年の間に一酸化炭素などがたまって、呼吸できない可能性もある。

だが、今のところ火は燃え続けており、空気に問題はなさそうだった。

階段は合計二十八段あり、鏡子はさらにロープでランプを下ろし、空気を確認する作業を七段ごとに合計四回繰りかえした。地下の空気に問題がないことを確かめてから、鏡子は地下室に降り立った。

ただ土を掘っただけの穴に補強の柱を建てた簡素な地下室を想像していたが、実際には強固な防空壕のように頑丈そうなコンクリートで固められた場所になっていた。

ここをいつ造ったのかは定かでないが、戦時中や戦後の物資の少ない時期に造ることは不可能にも思えた。だが、それ以前の造りと考えるには、あまりにも高度技術過ぎる。

「コンクリートの壁がツルツルしてる……」

当時の左官技術で、ここまでの地下室を造り出すことはできるだろうか？　わざわざ磨くなどしなければ、ここまで綺麗な壁面は造れない。

階段の周りを鏡子が見回すと、壁の一辺が四メートルほどの小さな部屋になっていた。

そして、階段から降りてすぐの正面の壁には、見るからに重そうで頑丈そうな鉄の扉があり、開かないように重そうな横木の閂がかけられていた。さらに閂と壁の突起がズレないように鎖が何重にも巻かれており、そこに大きな南京錠がかけられていた。

これだけ厳重な鍵を仕掛けているということは、その奥には重要なものが収められている証拠でもあった。

鏡子は足下の様子を気にしながら扉に近づき、鍵束から南京錠に合いそうな鍵を出して差し込んでみた。鍵はすんなり入って南京錠は開いた。あとは鎖を解いて閂を外すだけだ。

急《せ》く気持ちを抑えながら、鏡子は絡みついた鎖を手早く解いて、重い閂を横にズラした。

そして、扉を引いてみた。

鏡子が身体全体を使って、何度も何度も引っぱって開けないとなかなか動かないほど重い扉だった。

ギギギッ……という耳障りな金属音をたてながら、重い扉は開いた。

「はぁ……はぁ……」

膝に手をついて呼吸を整えながら顔を上げ、開いた扉の中の様子を観察した鏡子の表情が強ばった。

扉の奥は青白い不思議な光で満ちあふれていた。

たとえるなら熱帯魚などの水槽から照らし出されてくるような青く優しい光。だが、その光の光源がどこにあるのか、鏡子の見える範囲内には見当たらなかった。

室内には大きな標本を入れる、高さが二メートル以上もありそうなガラス器具が壁を埋め尽くすように立ち並んでいた。

その中には、爬虫類と頭足類の軟体動物が混じった、鏡子が生まれてこの方見たこともない不可思議な生物が、液体で満たされた容器の中程に浮かんでいた。

壁面に並べられた瓶の中には、少なくともネットや図鑑などで調べられるような動物の姿はどこにもなかった。

先ほどの爬虫類と頭足類が混じったような生物の他には、腕が六本あり、尻尾を持つ猿と人間の中間のような生物の標本があった。

そうかと思えば頭が四つもある犬のような生物もいた。

「なんなの……これ……。弥三郎さんが……造った人造生物とか？」

長いこと液体に漬けられていたせいだろう。その生物に本来備わっていたであろう色はすべて抜け落ち、その皮膚の表面も白くブヨブヨしたものに変質していた。

そして部屋の中央にも、同じガラス製の標本器具が床と天井に金属の器具で固定され、柱になる形でガラスの標本器具がたっていた。

液体に浮かんでいたものは、体長が八十センチほどの人だった。いや、人のような形をしたモノだった。ソレは白いウーパールーパーを思わせる表皮に包まれており、頭部に備わっている白目が少ない眼球は、白く半透明な膜のようなもので覆われていた。口はなく、両手の指は三本で形成され、一本毎の関節が七つもある長い指を備えていた。

「この指は……あの写真に写っていた指？」

高祖父の写真に写っていた指の形が、鏡子にはなんとなくこの目の前の標本の指に似ている気がした。

「もしかして、弥三郎さんは……ホムンクルスでも造っていたの？」

錬金術を成功させるために弥三郎は、幾度も幾

度も失敗を重ねて完全な人型に近づいた人造人間――ホムンクルスを造り出したのだろうか？　それが死んでしまったために、こうして標本にしていたのだろうか？

「もしも、これが〝錬金術の助力となる物〟なら……」

このホムンクルスがあの実験記録に書かれていた〝錬金術の助力となる物〟であり、それがなければ完全な錬金術が行えないのだとしたら？　鏡子も弥三郎と同じように、ここでホムンクルスを造り上げなければ、質の良い金を造り出すことができないということになる。

「そんなの……無茶よ。だいたい、ドコに作り方が載ってるわけ？」

まだ読み込めていない『回教琴』の後半ページのどこかに記載されているのだろう。具体的な材料数を知るためには、やはり弥三郎が完全に日本語に翻訳した『回教琴』も必要だった。それがドコにあるのかも調べていないが、書庫の中が一番怪しそうだった。

果たして夏休み中にこの人型のホムンクルスを造り出すことができるだろうか？

そんな心配をしながら踵を返して書庫に向かおうとした時、鏡子は足を止めた。

強い視線を感じた。

二階で感じた視線と同じ、ねっとりと粘つき絡みついてくる視線を――。

「…ッ!?」

鏡子は悲鳴を上げそうになり、あわてて自分の口を手で押さえた。

目の前の標本器の中の人型が、顔を突き出すようにして前屈みになりながら、ガラスに両手を突いて鏡子のことを興味深そうに見下ろしていた。

――標本ではなく、ここに収容されていたってこと？

　まるでその人型は鏡子の頭の中をのぞき込み、その疑問に答えたかのようにニタリと笑みを浮かべた。いや、口がないから完全な笑顔には見えなかったが、それでもその目が笑ったように思えた。

「あなたは弥三郎さんが造ったホムンクルスなの？」

　人型は小首を傾げるような素振りを見せたが、やがてコクリと頷いてみせた。

　数十年も人と会話をしておらず、ずっと眠っていたのだから、意志の疎通が難しいのかもしれない。そう考えた鏡子はガラス容器に手をつけて、大きな声でゆっくりと話し出した。

「あたしは、神野鏡子。弥三郎さんの子孫よ」

　人型――ホムンクルスは、今度もしばらくの間、鏡子の言葉をかみしめて返事を脳内で探しているように、考える表情を見せた。しかし、今度はきちんと言葉が通じたようだった。人型はわかったと言うようにコクコクと小さく頷いてみせた。

「凄い！　やっぱり言葉がわかるんだ！　でも、どうしてここに入っているの？」

　その質問にホムンクルスは肩を竦めてみせた。恐らくはわからないという意味と鏡子は解釈した。

　どうやってこれだけの設備を弥三郎が作り出したのかはわからない。死期を覚った弥三郎は、ここを放棄するつもりでホムンクルスを封じてから東京の自宅に帰った。あるいは、後日ここにくる子孫が錬金術に通じて、再びこのホムンクルスを活用する可能性に賭けたのかもしれない。

　弥三郎はホムンクルスをここに封じてしまい、幾重にも鍵を掛けて眠りにつかせた。そして、使いこなせないのであれば朽ちるに任せよという意味で、あの遺言を残したのだろう。

そう鏡子は考えた。

弥三郎の誤算は、なぜかここが朽ちなかったことだ。

なんらかの錬金術の作用などが働いて、この家で物が劣化することを食い止めるか、その進行を停滞させているのだろう。

弥三郎の急死により、約六十年もの間、このホムンクルスはここに閉じ込められて、眠りにつくことになった。

だがそんなことは今はどうでもよかった。

まずはなによりも鏡子には、このホムンクルスに訊くべきことがあった。

「あなたは錬金術の知識を持っているの？　そして弥三郎さんの錬金術の手助けをしていたの？」

このストレートな質問に今度は考え込むこともせず、ホムンクルスは先ほどと同じようにコクコクと頷いてみせた。

「じゃ、じゃあさ。あなたをここから出してあげられたら、あたしの錬金術の手助けもしてくれるのかな？」

鏡子のこの質問にも、ホムンクルスはコクコクと頷いた。鏡子にはそれで十分だった。

「どうやったら、キミをここから出せるかわかる？」

ホムンクルスはしばらく腕を組んで考え込む素振りを見せながら、鏡子のことを上から下までなめ回すように視線を動かした。途中、その両眼が赤く不気味に輝くのを見た鏡子はゾッとして逃げだそうとしたが、すぐにその赤い光は消え失せた。そして、鏡子が鍵を入れているデニムパンツのポケットを指さし、そして自分の足下を指さした。

二階のタンスで見つけた鍵がそのポケットに入っていることに、すぐに鏡子は気づいた。

「これね。この鍵を使うのね。それと……」

鏡子は鍵を取り出し、ホムンクルスが指さした場所を見た。

水槽のような標本器の下の方に、歪《いびつ》な星形のレリーフを刻んだ銅板がはめ込まれていた。星形の中央には目のような模様が描かれており、その星形の下に鍵穴が黒々とした小さな闇を生み出していた。

「これを開ければいいのね！」

錬金術の知識を得ることしか頭になかった鏡子は、その星形の紋章について深く考えもせずに、鍵穴に鍵を差し込みカチリと音がするまで回した。

その直後、水が抜けるようなゴボゴボとした音が床下から響きだし、瞬く間に筒の中の謎の水溶液が減り始めた。そしてそれが完全に無くなった時、筒状のガラスも消えてその中にいたホムンクルスは何度か屈伸した後、ピョンと床に飛び降りた。そして大きな伸びをひとつすると、鏡子の前にやってきて深々と頭を下げた。

「あはは。礼儀正しいんだ。よろしくね」

鏡子の言葉にホムンクルスはもう一度深々と頭を下げると、今度は右手を上げて鏡子の顔か頭辺りを指さしてきた。

だが、なにを言いたいのか鏡子にはサッパリわからなかった。

——そうか……。口がないから、話せないのか……。

しきりに鏡子の顔か頭辺りをホムンクルスは指さしてなにかを訴えかけてきていたが、言葉が通じないためにどうしたらいいのか鏡子にはわからない。

——コミュニケーションの方法を探さないと、モノを教わることもできないのかな？

とにかくホムンクルスが訴えているものがなんなのか調べる必要があった。

まず鏡子は自分の後ろを振り返ってみたがそこにはなにもなかった。つまり、ホムンクルスが求めているものは鏡子自身の頭部にあるということだ。

鏡子は自分の歯を指さして見たが、ホムンクルスは首を横に振った。次に髪の毛を指さしてみると今度は大きくコクコクと頷いてみせた。

「髪の毛とかをキミに与えることで、意思疎通を図るってことかな？」

その質問に、ホムンクルスはさらに大きく何度も頷いてみせた。生体の間になんらかの形でリンクを張る機能を、このホムンクルスは持っているのかもしれない。

「わかった。待ってて」

髪の毛を一本、クルクルと指に巻き付けてから一気に引っ張った。プツッという音と共に頭に痛みが走り、一本の長い毛が引っこ抜けた。

「…痛《い》った……。これでいいのかな？」

ホムンクルスは質問にゆっくりと頷いてみせた。

「じゃあ、これをキミにあげるよ」

そう言って鏡子がその髪を差し出すと、ホムンクルスはそれを恭しく受け取って自分の身体に押しつけた。すると、鏡子の髪の毛は見る間にホムンクルスの身体に吸収されて同化していった。

『ありがとう鏡子さん。これで私はあなたとお話できる』

嬉しそうなアセナスの声が、直接脳内に伝わってきた。

「あはははは。よろしくね！　これから色々と錬金術について教えてよね！」

鏡子の言葉に、ホムンクルスは何度もコクコクと頷いて見せた。

## Ⅳ

「今にして思えば……なんて浅はかだったのか……」

テーブルの上に置かれたアイスコーヒーのグラスを睨みつけるように見ながら、鏡子はそう吐き捨てた。

「髪の毛を渡すことは、日本の妖怪談義の中でもやってはいけないことと語られていますよね。これは洋の東西を問わずに注意すべきことと言われていることではないでしょうか？　少なくとも、呪術を知る者ならば一番控えるべきことかと思いますが……」

恵美の意見に鏡子はギロリと彼女を睨みつけたが、やがて深いため息をついて強ばった表情を緩めると天井を仰ぎ見ながら背もたれに背中を預けた。

「あたしもそれを知っていたわ。知っていたけど、あの時は目先の金に目が眩んでいたのよ。それと、このホムンクルスを従えれば、あたしは大魔術師になれる。もしかしたら、永遠の命と若さを手に入れたりすることもできるかもしれない……。そんな夢を見たのよ……」

「夢……ですか」

恵美の言葉に鏡子は椅子に座り直し、アイスコーヒーに手を伸ばした。そしてストローをくわえながら器用に話を続けた。

「悪夢よ……。なんでもできると思った、愚かな娘の妄想よ……。あたしは、責任の取り方もわからない愚かな娘だった……」

鏡子の言葉からは悔やんでも悔やみきれないと

いう思いがあふれ出ていた。

「その後、ホムンクルスはどうなったんですか？」

一瞬で鏡子の顔から生気が失せた。その恵美の言葉を聞くなり、鏡子の身体から生気が抜けてにわかに吸い上げられたように思えた。

「アイツは……サイズこそ違うけど……。たった、たった二日で……あたしそっくりの姿に……なっていた……」

「そっくりな……姿？」

胸元で左手を抱きしめるようにして右手で左拳を包んだ鏡子。その右手は真っ白になるほどに力が込められ、細かく震えていた。それは怒りからくる震えなのか、それとも恐怖からくる震えなのかは恵美にはわからなかった。

「あいつは、一分単位であたしの姿を奪っていった！　アイツはホムンクルスなんかじゃない！　恐ろしい……。とんでもなく恐ろしいバケモノだったんだ！」

過呼吸気味になりながら、鏡子は息も絶え絶えという調子なのに話し続けた。

「これが、あなたが求めた事件の真犯人よ」

「ホムンクルスが……ですか？」

鏡子は顔を強ばらせながら頷いた。

「あいつはホムンクルスじゃなかった。真実のバケモノよ……」

ホムンクルスは自分のことをアセナスと自己紹介した。

弥三郎が手に入れた『回教琴』第六章三節に書かれている製法で造られたホムンクルスであると鏡子に自己紹介し、自分の得意分野は錬金術と魔術であると説明した。さらに、弥三郎は永遠の若さと命を追い求めていたということも鏡子は説明された。

さらにホムンクルスは昼間は陽光の下を歩けないことを教え、生きていくためには大量に水が必要であることも伝えてきた。

庭に池があったことはそういうことなのかと鏡子は思いつつも、毎日水を汲みに池まで行かなければならない面倒臭さには閉口した。

『今の世界では、水汲みはないのですか？』

そうアセナスに聞かれた鏡子は、現代社会の水道がどうなっているのかタブレットPCで説明をした。すると、そのシステムをずっと見ていたアセナスは、陽が落ちてから地上の実験室に上がり、地下のあの部屋と台所、そしてこの実験室に水道を引いた。水道だけではなく、電気まで引いてタブレットPCの充電もできるようにした。

「どうやって……こんなことを？」

「大したことはありません。私がほんの少し力を使っただけです」

そう言って、アセナスはニッコリと微笑んでみせた。

この時、ホムンクルスの顔に口ができあがり、白っぽいブヨブヨした皮膚しかなかった頭部には髪が生えつつあった。すべては鏡子に錬金術の手ほどきをしやすくするために、己の身体を変質させている最中であるという説明だった。そして、その変質の見本として鏡子の姿を真似させてもらっていると伝えてきたのだった。

そして、その日のうちにアセナスは鏡子に錬金術の手ほどきをはじめた。

彼女の知識を得て、鏡子の錬金術の知識と技術はわずか半日で格段に進化した。鉛と等価重量で金を錬成できるようになったのである。しかもアセナスの説明を受けたおかげで、金の純度は一八金になった。

鏡子は狂喜し、金の錬成に没頭した。

錬成すればするほどに技術が上がっていった。そして夜が明ける頃に、金の錬成は一八金が平均となり、時折、二四金も混じって錬成できるようになった。

感無量とはこのことだった。

身体はクタクタになっていたが、今日は疲労感よりも満足感が勝っており動けなくなりそうなほどに疲れていることも気にならなかった。

この錬金術が成功したことで、大金持ちになれることが確定したのだ。無尽蔵に金を錬成してセレブな生活ができる。

そんな想いが鏡子の頭を満たした時、次に繋がった欲望は、弥三郎が求めていたという永遠の若さと永遠の命の獲得だった。

まさしく錬金術師たちが追い求めた正当で究極の解答である不老不死。鏡子の興味もそれにシフトしたのである。無尽蔵な財力を得られたのだから、そこに望みが行き着くのも当然のことだった。

それをアセナスに話すと彼女はニッコリと鏡子に笑いかけた。

「きっと、弥三郎様と同じようにその道に入られると思っておりました。恐らく、鏡子様の今の技術でしたら、不老不死の妙薬の完成までに五年の時間が必要だと思います」

「五年？　本当に!?」

それは夢のような話だった。

仮に不老不死の妙薬を錬成するために五年かかったとしても、鏡子はまだ二十代も半ばである。永遠の若さを保つのに最も適した年齢期に思えた。

「凄い。その妙薬の製法を早く教えて！」

そうアセナスに頼んだ時、ふっ…と鏡子は妙な違和感を覚えた。

アセナスの姿はこんなにも人間らしかったか？

まるで鏡を見ているような気分ではないか？

とも。

「いつ……髪の毛がそんなに伸びたの？」

「今日、お話をしている間のことだと思います」

淀みのない調子でアセナスは答えてきた。

普通の生物ではない。そんなことは鏡子もわかっていたが、髪の長さも体つきもすべてが鏡子ソックリになってきたように思えた。違うのはサイズだけ。相変わらず、アセナスの身長は八十センチから九十センチ程度だった。

いや、身長も少しだけ伸びているように思えた。

いくら姿を似せると言っても限度があるはずだ。なによりも、なぜ今まで気づかなかったのか？

彼女の顔にはいつの間にか〝口〟ができていて、きちんと声を出して鏡子と会話をしていた。

翌日の夜、錬金術の技をまた教わろうとした時、不意にアセナスの身体から錆びた金属のような臭いを感じ取った。同時に、気流の関係からかここでは臭わないはずのあの硫黄臭に似た街の臭いも……。

「街に行ったの？」

「いいえ。恐らく、今日は風向きが悪かったので、街の臭気が私の身体についてしまったのかもしれません」

「そう……」

なにかが気になると、様々なものが気になってきてしかたがなくなる。

なぜこうも姿形がそっくりになってきているのだろうか？

身体のサイズが異なるために、並んで歩いたなら今でこそ姉妹と思われるかもしれないが、もしもこのまま成長して人間と同じ背丈になったなら、姉妹ではなく鏡子本人と思われるだろう。

「…ッ!?」

自分とソックリになる。

そのことに気づき、鏡子は離れた場所で実験機器の掃除をしていたアセナスを横目で覗き見た。

すでにアセナスの身長は一二〇センチ程度になっていた。だが、その外見はもう鏡子と瓜二つと言っても問題はなかった。

アセナスは銅色の鉄板を器用に丸めて、大きな――そう、たとえが変だが骨壺のような大きさの缶を造っているように見えた。

「なにをしているの？」

「これは鏡子様が不老不死の妙薬を造る時に必要となるものです」

「そうなんだ……」

「はい」

ニッコリと笑って見せたアセナスの笑顔を見て、鏡子は戦慄を覚えた。

自分の笑顔とまるで一緒な気がした。いや、正に一緒なのだ。

なにかを隠している時に笑う、上っ面だけの自分の笑顔に……。

アセナスになにをされるのかわからない恐怖が鏡子につきまといはじめた。

なにをしようとしているのかアセナスを問い詰めたとしても、はぐらかされてしまうだろう。いや、最悪はすぐに鏡子は殺されてしまうかもしれない。

――殺される？

なぜそんなことを考えたのかと思い、鏡子はさらなる怖じ気に襲われた。

そう、古来、姿を写し取られた者の末路はどうなったか？　写し取った者に殺される話ばかりではないか？

鏡子は実験テーブルの上の金塊に目をやった。

彼女が造り出した金の量は、すでに五キロを超えていた。

もしここを離れたなら、もうこんなにも純度の高い金を造り出すことはできないかもしれない。だが、命あってこその金だった。それくらい理解する分別を鏡子はまだ失っていなかった。

——落ち着いて……。落ち着いて考えよう。

鏡子は広がる恐怖を振り払おうとした。笑顔まで酷似していたからといって、アセナスが鏡子を殺そうとしているとは限らない。

気持ちを落ち着かせるためにも別のことを考えようと、鏡子は世間の情報を求めてタブレットPCからニュースサイトに接続した。

「千葉県夜刀浦《やとうら》市猟奇殺人！」

そんな見出しがニュースサイトのトップを飾っていた。

「どういうこと……」

当然のことながら、これは新しい猟奇殺人事件の発生を語っていた。

話を要約すると、ここ一週間ほどの間に六人の惨殺死体が発見され、犯人は未だにわからないままだという。

鏡子は一般のニュースサイトには掲載されない情報を扱う、会員制の有料情報サイトにアクセスした。

すると「夜刀浦《やとうら》市連続猟奇殺人事件」の見出しがすぐに確認できた。

公式発表は六人の死体が発見されたとなっているが、現在、夜刀浦《やとうら》市では二十人近い人間が行方不明になっているという。

「うそ……」

破裂したような形で死んでいる人間もいれば、

なにかに喰われたように死んでいる人間の写真も掲載されていた。

「なにが起こっているの？」

鏡子には理解できないことが多かった。

なによりも鏡子がこの家にきて錬金術に没頭していた時間は、今日を含めれば三日しか経っていないはずだ。だが、世間のカレンダーはもう一週間も過ぎていた。

——どうして……。

日付がズレている理由はなにか？　この家の中と外とでは、時間の流れが違うのか？

いや、違う——と鏡子は頭を振った。

この三日間、ほぼアセナスがいた地下室と実験室に鏡子はこもっていた。そこに時計はなく、鏡子はアセナスの言葉で寝食を決めていた。

錬金術に没頭したために空腹も気にならなかったこと、そして錬金術の疲れから、いつも泥のように眠っていたことが、時間の感覚がズレる要因となった。

そのふたつにアセナスがつけ込んできた。

そう、世間との時間のズレは、アセナスに意図的に作られたのだ。

——なんのために？

七日分の食事を三日分しか取っていないなら、体力は落ちていく。アセナスはなにかの目的があって、鏡子を弱らせようとしていたのかもしれない。

そして、この大量の行方不明者と惨殺死体はなにを意味しているのか？

イヤな予感が鏡子の心を蝕んでいく。

情報を整理すると、最初の猟奇殺人の発生は、鏡子が夜刀浦《やとうら》にきた翌日の夜だった。それは、アセナスを発見した日の夜だ。

アセナスの発見と共に再開された猟奇殺人事

件。

弥三郎がアセナスを地下の容器に封じて、東京に戻ると終息した最初の猟奇殺人事件。

ふたつの事件が、鏡子の脳裏で結びついた。

もしも、このふたつの猟奇殺人の犯人がアセナスだったら？

実際の七日間を三日間にごまかす必要が彼女にあり、その理由の中にこの殺人が含まれていたなら？

もちろん殺人事件とアセナスの関係は、鏡子の想像でしかない。だが、彼女が日付をごまかして伝えていた理由と目的が鏡子にはわからなかった。

日を追う毎に自分に酷似してくるアセナス。

アセナスが日付をごまかして伝えていた理由。

アセナス発見と共に始まった猟奇殺人事件。

すべてにアセナスが悪い形で関係しているようで、恐ろしい思いが鏡子の心をさらに染め上げた。


——とにかく、ここを出よう。

気持ちを落ち着かせるためにも家を出て、街中の喫茶店などで考えたかった。

最悪はこのまま逃げ出すこともあり得るから、鏡子はポケットに入る分だけ金塊を詰め込んで、玄関のドアを開けて外に出た。

久々の外の世界。家にこもっていたせいだろう。外の世界はあまりにもまぶしく、飛び出すのを躊躇させるほど暑かった。

「もういい加減なんとかなんないかな……」

そう愚痴りながら玄関の軒下から外に飛び出した時——

ジッともジュッともつかない音を鏡子は耳にした。

「きゃあああああああああああああああああああああああっ!!」

その瞬間、鏡子は絶叫を上げていた。

なにが起こったのかまったく理解できなかった。

玄関から外の日向に出た瞬間、陽光を浴びた腕に熱湯を浴びたような激痛が走ったのである。

あわてて日陰に戻ったものの、鏡子はジリジリと肌を焼く感覚に苛まれていた。そして陽光を浴びた腕の皮膚は焼けただれてしまい、酷い火傷を負ってズルリと皮が剥げ落ちた。

あまりの痛さに鏡子は家に戻って玄関の扉を閉めた。すると、全身を焼くような感覚が消え失せ、唯一、重度の火傷を負った腕だけに激痛を感じるようになっていた。

「なんで……くっ……ど、どうして……」

まったく鏡子には理解できなかった。

いくら真夏日と言えども、こんなにも陽の光が強くなったことなど今まで一度もなかった。あるいは鏡子の皮膚が弱くなったとでもいうのか？

日向に突き出してしまった腕の皮膚は二度から三度の火傷になっていた。

「あーあ。情報化社会というものは困ったものです。もう気づかれてしまったのですね」

火傷の痛みから玄関の土間にへたり込んでいた鏡子の前に、仁王立ちするように現れたのは他ならぬ鏡子そのものの姿をしたアセナスだった。

「あなたのご先祖の時も今一歩という所で気づかれてしまいました。あなたの場合はまだまだ準備が足りない。せめてあと三日は欲しいところでしたわ」

「昼間は出られないんじゃなかったの？」

「そろそろ体質も変わって参りましたわ。昼間出歩くことは、まだ苦手ですけどね」

「まだ……？」

「ええ……。あなたを騙してゆっくりと入れ替わろうとしていたのに……。残念です」

アセナスは肩を竦めてそう説明すると、鏡子を引き起こして肩を貸して応接室に連れ戻し、鏡子がベッド代わりに使っているソファに座らせた。

「あなたのご先祖を騙して私はあの時も身体を手に入れようとしたのよ。でも、思わぬ邪魔が入って失敗してしまったの」

「あなた……なんなの？」

アセナスは向かい側のソファに座り、テーブルの上に置いてあった『回教琴』を取り上げた。

「この本自身……と言ったら？」

ニンマリと妖しい微笑みを浮かべたアセナス。その笑顔は鏡子と酷似しているようでいて、鏡子にはない邪悪なモノが含まれていた。

「なによ……それ？」

「私は魔術書なのです。長い間、様々な魔術師の間を渡り歩くことで力を備えた存在。そして、私自身には大いなる方の正しき物語が刻まれています。遠き星の牢獄に幽閉された、大いなる力の持ち主。人を超越した存在——すなわち神と呼ばれるべき方の物語がね」

うっとりとしたアセナスの口調と腕からくる痛みに苛立ちながら、鏡子は声を荒げた。

「なにが言いたいの？　その神様でも復活させようとでもしているわけ？」

「違うわ」

アセナスは即答で否定し、片ひじをついて艶っぽい笑みを浮かべた。やはりそんな微笑は、鏡子本人には絶対に浮かべることができない。

「私がその神と等しき存在になるのよ。大いなる力の持ち主であるはずの魔術書こそが、大いなる力を振るってなぜいけないの？　私は大いなる方の代弁者として、人間から神と呼ばれる存在になるの。そのために大昔、この夜刀浦《やとうら》にあなたのご先祖を導いたのよ」

ますます鏡子にはわからなかった。

なぜ、こんな地方都市が必要なのか？

生贄としてこの街の人たちを殺しているのなら、もっと人口密度が多い都心で行った方が効率がいいように鏡子には思えた。

「この夜刀浦《やとうら》には、あの方と争う旧き者の下僕どもが大勢棲みついているのよ。あなたもここにくる時に会っているのではなくて？」

「ここに……くる時？」

下僕と言われるような存在と鏡子は出会っていただろうか？　その疑問にアセナスは再び妖艶な笑みを浮かべた。

「醜く、顔が横に伸びていて、金属質で耳障りな話し方をする者たちよ。私が必要なのはそいつらの血なのよ。誰でもいいわけじゃない」

そう説明されて鏡子が思い浮かべられた顔は、駅前の交番にいた警官やバスの運転手のものだった。

「無残であればあるほど奴らの死には意味があるのよ。あの下僕どもが一人死ぬたびに、いずれ我が下僕となって仕えるビヤーキーが一人孵化するわ」

「ビ、ビヤーキー？」

その名前も聞いたことのないものだった。

「安心して。あなたが知る必要がないものだから。あなたのご先祖は色々な知識がありすぎたのよ。だから、ギリギリの所で私の望みを知ってしまい、魔術師と手を組んで私をあの地下深くに押し込めることに成功したわ。もっとも、自分の命と引き替えだったようだけどね」

「じゃあ、弥三郎さんの死因は……」

「その身にそぐわない魔術を使った代償ってやつね。それでも私を封じることしかできずに死んでしまったのだから、滑稽な話だと思うわ」

あっけらかんと言って、アセナスはクックッとまた笑いをもらした。

「肝心なことを伝えずに死んでしまったおバカさんだから、その子孫もバカだったたってことね。ずっと私の存在に気づくことなく成長し、そして私の復活のために錬金術に興味を持ってノコノコとここまできてしまったのだから……。ふふふふふ……無駄死にもいいところよね」

ようやく鏡子は理解した。

弥三郎は自分の錬金術に対する興味のために恐ろしい存在を作り出してしまったのだ。

その恐るべき存在——アセナスは、自身の身体を完璧な物にするために夜刀浦《やとうら》の町を闊歩し、彼女が旧き者の下僕と呼ぶ目当ての人間を殺害して、魔術の糧としていった。最初の「夜刀浦《やとうら》猟奇連続殺人事件」を引き起こした者は、今、鏡子の目の前にいるアセナスだった。

弥三郎は自分がとんでもないことを引き起こしてしまったことに気づき、その一命を賭けてこのアセナスをこの家の地下に封じたのだ。だからこそ、この家を朽ちるに任せるようにと言い残して死んでいったのだろう。

家と共にこのアセナスも朽ちると考えて……。

ところがアセナスは封じられながらも、わずかに力を使うことができた。力を使って家を時の流れから守り、いつか自分の封印を解く愚か者がここにやってくることを待ち構えていたのだ。

「弥三郎はあなたよりもずっと利口だったわ。姿を奪おうしたけど最後の段階で気づかれてしまった。だからあなたの時は、魔術を使っていることをなるべく気づかせないように仕組ませてもらったの」

「食事を抜いたのは、あたしの体力を奪って姿を奪いやすくするためなの⁉」

「食事……？」

意外にもアセナスは怪訝そうに眉を寄せたが、すぐにクスクスと笑い出した。

「ああ、あれは単に時間経過をごまかすためよ。あなたは錬金術に夢中だったから、大して空腹にも気にならなかったでしょう。少しずつあなたの体力も失われている理由は、姿を奪う魔術のせいでしかないわ。それとも、今さらお腹が空いてきたのかしら？」

「そ、そんなことないわ！」

自分を弱らせるために食事を抜いていたという鏡子の予想は外れた。

だが、アセナスが、鏡子の姿を奪うと同時にその体力までも奪っていたというなら、姿を奪われきった時に鏡子はどうなるのか？

——殺されてしまう……。

それ以外に鏡子を弱らせる理由がわからなかった。

「あたしは……騙されたのね……」

「ふふふ。いいじゃない別に。錬金術を駆使して黄金を作れて、十分に夢を見られたでしょう？これから先は、あなたの化身でもある私が活躍する姿を、どうぞここで見ていてくださいな。あなたの姿で私は生きていく。

それとあなたの命までは取らないでいてあげる。ずっと、あの暗い地下室の中で生き続けられるから安心して」

クックッと笑うアセナスの言葉が真実かどうかは鏡子には判断できなかった。ただ、命までは取らないという部分は明らかにウソに思えた。

姿を奪ってしまった後で鏡子を生かしておく価値はないし、意味もない。生かしておくことで、アセナスが本物の鏡子ではないとバレる危険性の方が高すぎる。

「どのみち、あなたはもう陽光の下には出られないのだから大人しくしていなさい。そのタブレットPCというものがあれば、退屈はしないでしょう」

アセナスの勧めに鏡子はただ俯くことしかできなかった。

確かにアセナスの言葉どおり、鏡子は陽光の下を歩くことはできなかった。ほんの僅か、たった一瞬だけ陽光に当たっただけなのに、皮膚が溶け崩れるほどの重度の火傷を負ったのである。一瞬でもそんな傷を負うのだから陽の光の下を長時間出歩いたとしたなら、身体が炭化してしまうだろうし、焼かれていく最中に燃やされる激痛で発狂しかねない。

隙を見て脱出するとしても、よく考えて行動しなければ鏡子は太陽によって抹殺されかねなかった。

「本当に……命は取らない？」

「ええ。もちろんよ」

例によってアセナスは艶っぽい笑みを浮かべた。

「わかった。ここで大人しくしているよ……」

アセナスは鏡子の返事にニッコリと笑って頷くと、そのまま部屋を出て行った。

その余裕ある態度から、アセナスが昼間は完全な牢獄だから鏡子が脱走することは不可能と考えていることがありありとわかった。

同時に、まだ現代科学を理解しきっていないために、メールによる連絡という手段があることを知らない様子だった。

幸い、スマホの電池も充電は完了しており、外部に連絡をつけることは可能だ。だが、誰に連絡すればいいのだろうか？

恐らく鏡子の窮状を理解してくれるのは祖父の順一だけだろう。だが、順一が助けにきてくれたとしても、アセナスと戦って勝てるとは到底思えなかった。

アセナスはすでに六人も人を殺しており、さらに二十人も行方不明にしている。そんなヤツを相手にして順一が勝てるとはとても考えられない。

だが、グズグズしていてアセナスがこの世界の電子機器の価値を理解してしまったら、スマホもタブレットＰＣも鏡子から取り上げてしまうだろう。

――今しかない……。

鏡子はこっそりとスマホから順一宛に、今の状況と助けを求めて欲しいという内容を簡単にまとめたメールを急いで書いて送りつけた。もちろん、連絡したことが発覚してしまうと困るために返事はいらないと書き込むことも忘れてはいなかった。

――大丈夫。あたしは落ち着いている……。

逆襲の機会が見えるまでは、表だって無駄なあがきはしない。

鏡子はそう誓いながらも座して救いを待つ気にはなれず、その機会を探すために書庫に向かった。

弥三郎はアセナスの目論見を阻んでこの世を去った。そのためにアセナスは地下で封じられていた。

それを子孫である鏡子が解き放ってしまったことは、アセナスの言葉通りに皮肉でしかない。少なくとも子孫として、そして解き放った者として、アセナスをなんとかしなければいけない責任を、鏡子は感じてはいた。もちろん、逃げ出す方が優先だったが……。

せめて救援がきた時に足手まといにならないた

めに、アセナスに対する効果的な足止め方法くらいは探しておきたかった。

日が暮れるとアセナスは鏡子をあの地下室に閉じ込めた。すでに彼女の身長は一三〇センチくらいにまで伸びており、あと三〇センチほどで鏡子に追いつく計算になる。

逆にアセナスに姿を吸われ続けている鏡子は、足取りがおぼつかないほどに体力を消耗して、肌も二十歳とは思えないほどに乾燥してガサガサになっていた。

そんなフラフラな状態だったからアセナスも甘く見たのかも知れない。閉じ込められる時、鏡子が書庫に収められていた本を隠し持っていたことに気づいた様子はなかった。

鏡子は隠し持った魔術書の中に救いを求めて、ひたすら書かれている隠された知識を追い求めた。


そして翌日――。

疲れているのに妙に頭だけは冴えてロクに眠れず、ひたすら本を読み続けていた鏡子は、地下室から応接室に連れ出された。

「今度は……正しい一夜が、経った？」

「もう、あなたを騙す必要はないもの」

アセナスは興味もなさそうな調子でそう言うと、さっさと応接室を出て行ってしまった。

もう鏡子がロクに動けないと思っているのだろう。確かにたった一夜が過ぎただけだというのに、もう鏡子は一人で歩くこともできなくなっていた。


なんとかタブレットPCのスイッチを入れて、現在のニュースに目を通していく。

あちこちのニュースサイトで、夜刀浦《やとうら》市街地での猟奇殺人事件が取り上げられていた。

会員制情報サイトでは写真入りで実際の現場が

情報掲載されていたが、一般のニュースでも「凄惨な現場」などという表現で殺害現場を説明しており、猟奇殺人都市として夜刀浦《やとうら》市が世間の注目を大きく浴びはじめていた。

――もしかしたら、このニュースを見てここに解決にくる人がいて、助けてくれるかもしれない……。

そう思ってはみたものの昨夜よりも育っているアセナスの姿を見ると、鏡子は自分の中であきらめの気持ちが大きくなっていくのがわかった。

アセナスは一日で約一〇センチほど成長していた。つまり、鏡子の姿を写し切るまで、残された日数は三日ということになる。その三日間で順一は助けに来られるのか？

――もう……間に合わないかもしれない。

再び夜がきて、またあの地下室に連れて行かれる時、鏡子は恐怖とあきらめの気持ちに打ちひしがれた。

昨日までは本を隠し持つとか戦う気があったのに、次第に奪われて行く体力と共に、戦おうという気力も奪われていた。

重い足を動かしながら、実験室の床からあの地下室に下る階段に足をかけた時だった。

コツコツ……。

そう玄関のドアをノックする音が家に響いた。

静まり返った屋内だからこそ、不気味なほどに大きく響く。

この来訪者はアセナスにも予想外の存在だったのだろう。しばらくの間、怪訝そうな表情を浮かべて、彼女は玄関のドアの様子を窺っていた。

もう一度、コツコツというドアをノックする音が鳴り響いた。

どうやら無視するわけにもいかないと考えたのだろう。アセナスは鏡子の耳元に口を寄せて囁いた。

「騒いだら、殺します」

鏡子は頷きつつ床に座り込んだ。

支えられていても立っているのが辛いほど、鏡子は体力を消耗していた。今の状態ではクギを刺されなくても、騒ぐことはできなかった。

その鏡子の様子を見てアセナスは安心したようにほくそ笑み、落ち着いた足取りで玄関に向かって行った。

その時、実験室の掃き出し窓が乱暴に開けられた。

そこから現れたのは、真夏だと言うのに夜を溶かしたような闇色のインバネスをまとった、鏡子と同じくらいの年頃の優しい顔立ちをした黒髪の青年だった。彼は無言のまま鏡子を抱き上げると、そのまま入ってきた掃き出し窓から夜の闇に飛び出した。

「キミのお祖父さんから連絡を受けて助けにきた」

青年は涼しい顔をして後ろの様子を窺いながら短く説明した。

「あな、た、は……？」

「僕は十一夜。魔術師だ」

「ト、オ、ヤ？」

不思議な響きの名前だった。

十一夜は頷くなり片手でインバネスの裾を翻し、背後から投げつけられてきたなにかを打ち落とした。それは儀式用に使う細身のナイフだった。

「大切な儀式に使うものを投げつけるなんて、ずいぶんと手癖が悪いんだな」

背後から猛然と迫ってきたアセナスは返事もせずに再び二本のナイフを投げつけてきた。しかし、

十一夜はまたインバネスの裾を翻して飛来したそのナイフの刀身を今度は斬り落とした。

「コートの裾で……金属が切れるの？」

鏡子は驚きに目を見張った。同時に、今までしゃべることも厳しく感じるほどに体力を消耗していたのに、家の外に連れ出された時から、体力が急速に戻ってくることがわかった。

「インバネスには特殊な魔法がかけられていて、角度によっては金属くらい簡単に斬ることができる。さあ、しっかりつかまっていてくれ。呪圏から離れる！」

「呪圏？」

「スペルバウンド――魔法の効果圏内だ。キミの体力と気力を奪い取る魔術があの家にはかけられている」

「だからあたしの気持ちが折れかかったの⁉」

鏡子の驚きの声に十一夜は多少面くらいながら笑って頷いた。

「そう。だから、今はそんな風に元気に話していられる」

再び飛来したナイフを、十一夜は跳んで避けた。

「この辺に磐座《いわくら》はないか？　縄文時代の遺跡でもいい！」

磐座《いわくら》――。

そう言われた時、鏡子の脳裏には昨日必死に読んだ本の内容が脳裏をよぎった。

あの本には偶然にもこの周辺の縄文遺跡などがまとめられていたのである。

鏡子がそれを読んだのは偶然ではなく、もしかしたら弥三郎の執念が読ませたのかもしれない。

そう思いつつ、鏡子は十一夜の腕の中で叫んでいた。

「あるわ！　その丘を登っていった先に縄文時代に造られたっていう、古代信仰の磐座があるわ！」

「その場所を教えてくれ！」

十一夜は鏡子の説明を聞きながら、幾度も飛来するナイフをインバネスの裾で弾き、さらには雷鳴と共に闇を斬り裂いて襲ってきた電撃までも弾き飛ばした。

「なりふり構わずか！　人造生命体では魂も小さかろうに、よくやる！」

さすがに電撃の魔術まで弾かれるとは思っていなかったのだろう。アセナスは驚きの顔を隠せないでいた。だが、それもつかの間、すぐさまアセナスは蜂のような尾を持ち、コウモリの翼を持つ牙の生えた馬のような蜥蜴のような顔の怪物を呼び出した。

ブーン……という音をその尾から響かせながら翼を羽ばたかせて迫ってくる怪物を睨みつけるなり、十一夜は叫んだ。

「発火！」

怪物を睨む十一夜の視線を、信じられないほどの熱量を持ったなにかが音速で伝い走った直後、その怪物は体内から炎を噴き出して爆発し、燃え上がりながら地上に墜ちていった。

「一瞬で!?」

目の当たりにしたその爆炎の破壊力に驚いて間合いを取ったのか、追ってくるアセナスとの距離が若干開いた。

「時間を稼ぐ。磐座《いわくら》の足下に必ず素焼きの壺が埋まっている。それを掘り返してくれ！」

「え？」

突然の説明に周囲を見回すと、もう古代縄文時代の信仰の場所であった磐座《いわくら》と呼ばれる巨石の前に連れてこられていた。

「見つけ出したら、叫んで知らせてくれ！」

そう言うが早いか、彼はインバネスを翻して夜の闇に消えて行った。

すぐに、なにか硬いもの同士がぶつかり合う音が夜闇の奥から響いてきたために、十一夜が近くでアセナスと戦っていることは鏡子にもわかった。だが、その様子を観察している余裕はない。

まだ怠さが残る身体に鞭打って、鏡子は素手で磐座《いわくら》の足下の地面を掘り始めた。

すぐさま爪がはがれて血が噴き出したが、それに構って痛がる余裕も資格も鏡子にはなかった。

一分でも一秒でも早く指定されたものを見つけ出さなければ、また自分の姿を奪われかねない。そして、自分の姿をしたナニかがよからぬことを謀み、行うことを黙って見ているわけにもいかなかった。

やがて、指先はしっとりとしつつも硬いなにかに突き当たった。

指の腹で土を退けると、そこから縄模様の土器の壺が出土した。それは瓜のような縦長に丸い小さな壺だった。

「見つけました！」

鏡子の叫びが聞こえたのか、十一夜は暗闇からインバネスの裾を翻して鏡子の隣に現れた。そしてその壺を受け取るや、飛びかかってきたアセナスの額に隠し持っていたものを叩きつけた。

それは青銅の丸い板で造られたメダルだった。その両面には、歪《いびつ》な形をした五芒星が描かれており、その中央には目とも揺らぐ炎とも見える謎めいた模様が刻まれていた。

「こいつの味は忘れたか？」

ジュッという音を立てながらメダルはアセナスの額に焼き付いた。

悲鳴は上がらなかった。いや、悲鳴を上げることもできないのだろう。

ブスブスと肉が焦げる臭いと共にアセナスは、驚愕の表情を顔に浮かべたまま、凍り付いたようにその場で固まってしまった。

十一夜の手がアセナスの額から離れると共にメダルは地面に転がり落ちた。だが、その歪な五芒星がアセナスの額に焼き印のように赤黒く刻まれ、アセナスの動きを縛り続けていた。

見るとその五芒星は、地下室でアセナスを解放する時の鍵穴の所に刻まれていたものだった。

「さて、今のうちかな」

十一夜は先ほど必死になって鏡子が掘り出した縄文時代の壺を、アセナスの口元に近づけた。アセナスの身体は、まるで煙のように壺の中に吸い込まれていった。そして壺が完全に彼女を吸い込むと、十一夜はインバネスのポケットから羊皮紙を取りだしてその口を塞いだ。さらに麻紐を取りだして壺をきつく縛り上げた。

「お、終わったの……」

新たにアセナスが封じられた様子に、鏡子はホッと一息ついた。

だが――、

「一応は解決……かな。コイツは僕が責任を持って預かる。だが、問題はキミだ」

「え……？」

助かったという思いを裏切るような十一夜の声に、鏡子は不安を覚えた。

「僕がキミのお祖父さんから受けた依頼は、今回の事件からキミを助けて、この夜刀浦《やとうら》の連続猟奇殺人事件を止めることだ。だから、コイツに追われることはもう二度とないと思ってくれていい」

その十一夜の話し方は、どこか含みを感じる嫌な言い方だった。

「それ以外に……なにがあるの？」

不安を隠せない鏡子のズボンのポケットを十一夜は指さした。そこには錬金術で作り出した金塊が入っていた。

「キミは好んで魔術に関わった。それがなにを意味することなのかも知らずに……」

「どういうこと？」

「魔性に触れたものは魔性にずっとつきまとわれる。それは、好むと好まざるとに関わらず、魔性に触れたものが支払わなければならない代償なんだ。キミは大量に金を作りすぎた。魔術のエネルギーの根源がなにか知っているのかい？」

魔術のエネルギーの根源など鏡子は初めて聞く言葉であり、すぐに首を横に振った。

それを見た十一夜は、大きなため息をつき髪をかき上げて夜空を見上げた。

「なんのために魔術の儀式で生贄を捧げるのかもわからずに、キミは錬金術に手を出したんだな……」

なぜ生贄を差し出すのか？　考えてみると鏡子はそんなことすら知らないでいた。


「これは魔術の基礎だ。生贄を捧げることで儀式を行う者の魂の消費量を軽減できる。そして生贄を捧げることは、その生贄の魂の力を使うことになる。だから、生贄を捧げた本人の魂が削られることとはない」

「そ、そんな……」

「キミの余命があとどれくらい残されているのか、正確にはわからない。魔術は魂を削ってその力を具現化するものであり、キミは金を錬成するために大量に自分の魂をすり潰した」

魂をすり潰す。

その言葉の意味するものが、自分の寿命を削ってしまったことだと気づくのに、鏡子は少し時間を必要とした。

「そんな……。そんなの知らなかったのよ！　な、なんとかならないの!?　ねえっ！　あたし、死んじゃうの!?　助けてよ！」

なんの感情も見いだせない瞳を鏡子に向けて十一夜は首を横に振り、突き放すように宣言した。

「どうにもならない。安易な気持ちで魔術に踏み込んだ罰だと思って、残された人生をまっとうするしかない。キミの寿命は保っても五年程度だろう……」

「たった……それだけ……?」

絶望的な数字におののきながら、鏡子はその場に崩れ落ちた。

## V

「魔性に……ずっとつきまとわれる?」

飲み終わったアイスコーヒーのグラスの中の氷をストローで玩《もてあそ》んでいる鏡子に、恵美はそう聞き返した。ストローを持つ鏡子の手は震えており、せわしなくソコココに目を動かして落ち着きのない態度が、今まで語ってきたことが真実であることを告げていた。

「そうよ。あの夜から、あたしの世界は一変したわ。宇神城下《のきがみじょうか》の駅にたどり着くまでの間、今まで見ることもなかったおぞましいバケモノどもの姿を散々目撃したの。それだけじゃない。電車の中や、道端、交差点、ありとあらゆる所に、他の人には見えないおぞましい連中がたむろしているのが見えるようになったの。どこもかしこも、バケモノだらけよ!」

一気にそうまくし立てた鏡子は、興奮から肩で荒い息をしていた。そしてすがるような目を恵美に向けてきた。

「わかる? この苦しさが……。目を閉じても開いても、どこにでもおぞましい姿をしたバケモノがいるのよ。街中の至る所にあいつらはいるの……。この苦しさからどうやったら解放されるの? そして、あたしはいつ死ぬの? 保っても五年って……どうしたらいいの?」

泣き出した鏡子に、恵美はなにも言うことができなかった。

なにを言っても気休めの言葉にしかならないことが想像できたために……。

余命は長くても五年。そして、どこにいても始終バケモノの姿を目撃しているということなら、身だしなみにもまったく気を遣わなくなり、そして極度の寝不足に陥っていることも理解できた。恐ろしさから寝ることすらできないのだろう。

そして多少狭くてもこの店を選ぶ理由も納得がいった。

ここは様々な道具に守られているために、絶対に魔性のモノが入り込めない場所だった。

「時に魔性はあたしを見つけては襲いかかってくる。だけど、あの十一夜という魔術師は二度と助けに現れてはくれなかった。あたしがどれほど困っていても、助けの手はどこにもなかった！　あたしにできることは、もう逃げることしかなかった」

「…………」

「逃げて、逃げて、逃げまくっている時、偶然にもこのお店を発見したのよ。外に出た時の、唯一安心できる場所がここなのよ」

そう言うと、鏡子は過ぎ去った日々を懐かしむような顔をして、ここではないドコかを見つめ出した。

「ソレと……戦わないんですか？」

「どうやって？」

「え……えっと……」

答えられない恵美を見て、鏡子は首を横に振った。

「無理よ……」

「でも、なにもしないよりも……」

「戦えば、あたしの命は、きっとどんどんと削られていくわ！」

「え……」

「無理なのよ」

そう言って、鏡子は達観したような表情を見せた。

「言ったでしょ。魔術は魂をすり減らすって」

「あ……」

「私は十一夜じゃないから、コートの裾でナイフを叩き斬ったり弾いたりなんかできないわ。魔性と戦うには、魔術を使うしかない。だけど、魔術を使うことは魂を削り取り、自ら一歩ずつ死に近づいて行くことになる。堂々巡りよ」

そう言って鏡子は淋しげな笑みを浮かべた。

「あたしは……この罪の螺旋から……どうやって抜け出せるの？」

「…………」

ひとしきり泣いた後、鏡子は服の袖でグイッと涙をぬぐった。

「このお店だけが……魔性を遠ざけてくれる……」

「だから……色々な御守りやお祓いグッズがあるんですね」

「そう……。さあ、これで全部話したよ。他にも知りたいことがあるなら、自分で行って調べてみるといいわ」

鏡子は恵美の目の前に夜刀浦《やとうら》の家の鍵を投げ出した。

真鍮の手の込んだ形をしている鍵。それを使うことはとんでもない地獄に連れて行かれる片道切符だった。

だが、その鍵は妖しい光をたたえて恵美に誘いかけてきた。

「行くか行かないかは……あなたの自由よ。そこで、あなたが……あたしと同じ側にくるか、それとも別のなにかを見るのか……？　あたしにはもうわからない」

それだけ言うと、鏡子は靴を脱いで椅子の上で膝を抱えるように座り込み、自分の頭をその膝に押しつけるようにして身を縮こまらせてしまった。

貝のように押し黙って……。

「長いお時間をいただきまして、ありがとうございました……」

恵美はそう言って鏡子に頭を下げた。そして、テーブルの上に置かれた鍵を受け取った。


カランカラン……。


ドアにつけられたベルの音を立てながら、恵美は鏡子と共に店の外に出た。

黄昏時の赤い空が広がっている外は、まだ蒸し暑い時間だった。だが今の恵美には、現実に引き戻してくれるこの外気温の暑さがありがたかった。

「じゃあ……」

軽く片手を上げて去りかけた鏡子を恵美は呼び止めた。

「あ、今日は色々とありがとうございました。お借りした鍵は、いつお返しすればいいでしょうか？」

この質問に、鏡子は淋しそうな微笑みを浮かべた。

「あげるわ……。あたしには、もういらないものだから……」

「でも……」

「そうだ……言い忘れていたわ」

そう言って恵美を見つめてきた鏡子の顔には、どこか悪意のような黒い影が見え隠れしているように感じられた。

「あの本――『回教琴』は、今も夜刀浦《やとうら》のあの家に残されているわ」

それこそ予想外の言葉だった。

順一の依頼でやってきたと言うのであれば、十一夜という魔術師は、その本も抹消すべきではなかったのか？　その本が残されていることで、新たな猟奇殺人事件が引き起こされる可能性はないのか？

「弥三郎さん同様に、私も油紙に包んで紐で縛ってきたわ。隠し場所は、お店の中で説明した通りの応接間の飾り棚にある引き出しの中よ。ただ違っていることは、鍵はすべてまとめてその引き出しに入れておいてきたことね」

「なぜ、そんなことを教えてくれるんですか？」

「なぜ……？」

鏡子は微笑みを浮かべて答えた。

「だって、どうせあなたは行くんでしょう？　だったら、きちんと教えておいた方がいいじゃない。あなたがどういう道を辿るのか、あたしも知りたいもの……」

そう言った鏡子は、今し方までインタビューの話の中で聞いていたアセナスを彷彿とさせる微笑みを浮かべた。もしかして、今まで自分がインタビューしてきた相手は本物の鏡子ではなく、鏡子のフリをしたアセナス本人ではないのか？　そんな想像が恵美の脳裏を掠めた。

「じゃあ、気をつけて……」

「あのっ……」

「なに？」

「記事がかけたら、送らせていただきますね」

「楽しみにしてます」

そう言った後で軽く頭を下げると、鏡子は恵美に背を向けて歩き出した。

去って行く鏡子の背中を見送っていた恵美は、彼女が不自然な動きをして歩いていることに気づいた。それは、恵美には見えない魔性のナニかを避けて歩いているためなのだろうと想像できた。

その歩く姿を見ていて、今まで話をしていた相手はアセナスではなく鏡子だと恵美は思うことにした。

実際のところ、今聞いた鏡子の話ですら、どこまでが本当の話なのか恵美にはわからなかった。

どこまでも本当のことのはずだが、どこか信じがたいものが彼女の話には残されていた。そもそも、突然現れた十一夜という男が何者なのかすらわからなかった。

そのような魔術師が、現代のこの世界にいるのだろうか？　もしもいるのなら、会って取材をしてみたかった。

魔術に詳しい作家が西池袋近郊に住んでいることを恵美は思い出した。その作家なら十一夜という魔術師についてなにか知っているかもしれない。

だが、今、目の前にあるネタは「魔術師の彼」じゃない。夜刀浦《やとうら》であり、そこで発生して謎を残したまま終息した連続猟奇殺人事件だった。

夜刀浦《やとうら》市の神野屋敷の地下室が今も壊されずに残されているなら？　そして、そこに残されているであろう謎めいた標本や、超人の像があるのなら、恵美は自分の目でそれを見てみたかった。

それらを目の当たりにしたら、この最後の最後で線引きをしているような、今回のインタビューを信じがたく思う気持ちも消え失せるのではないだろうか？

オカルト・ライターとしては、鏡子が行っていた錬金術も気になる所だった。

夜刀浦《やとうら》に残されてきた物を手にすることができたなら仕事が増えて、もっと色々なことができるようになるかもしれない。

そんな闇からの囁きを、恵美は感じ取っていた。

時計を見るとまだ午後六時を回ったところだった。

今から準備をして行けば夜刀浦《やとうら》行きの終電には間に合うだろう。

踵を返して駅に向かう道を選んだ恵美は、黄昏れた光が支配しつつある街をやや早足で、夜刀浦《やとうら》に向かって歩き出した。

——私は大丈夫。

そう、自己暗示にでもかけるかのようにつぶやきながら歩き続けた。

恵美もまた、妖術の螺旋に絡め取られてしまっていることに気づかずに……。

# チャールズ・ウォードの事件

《H・P・ラヴクラフト》
一八九〇年―一九三七年。アメリカ合衆国ロードアイランド州プロヴィデンスに生まれる。「宇宙的恐怖（コズミック・ホラー）」と呼ばれるSF的なホラー小説の創始者であり、彼が創りだした「邪神― Cthulhu」から「クトゥルー神話」と言われる世界が生まれた。死後、友人であったオーガスト・ダーレスはその作品群を体系化し、自ら創設した「アーカムハウス」という出版社よりラヴクラフトの作品を単行本として出版した。

# 一、ある結末とプロローグ

動物の基本物質たる塩を各々の動物より取り出し備えおかば、才に富める者はすべての動物を積み込みしノアの方舟を己が書斎に保持するがごとく、その塩より望む動物の精緻なる霊を、望む時に呼び出だすこと可なり。即ち哲人も同様の方法もちて、怪しげなる降霊術に頼むことなく、死せる祖先の霊を遺骨より取り出だせし塩を用ひて呼び出だすこと可なり。

——ボルレス

1

ロードアイランド州プロヴィデンス近くのある個人精神病院から、最近きわめて変わった人物が姿を消した。名前はチャールズ・デクスター・ウォードという。父親は息子の病状を嘆き悲しみ、不本意ながら息子を病院に拘禁していたのだった。幼少時からずっと見守っていた父親によると、子供時代はたんに変わった子にすぎなかったが、成長するにつれてなにかに異常に執着するようになり、その変化は将来殺人者になりかねない危険性を予測させるほどであった。異常な徴候が精神面だけでなく生理的にも現れてくるようになって、医師たちはこの患者にどう対応したらいいか分からなくなったと述べている。

まず第一に、患者は二十六歳だったが、実際はそれよりはるかに老けて見えた。たしかに、心の病は人を早く老けさせる。しかし、この若者の眼差しは、年老いた人だけにみられるように謎めいていた。第二に、身体の諸器官の発達はバランスを欠き、その奇妙さはこれまでのどの医学でも未知なものであった。呼吸と心臓の動きはなぜか調和がとれていなかった。声はささやく程度にしか出なかった。食べたものを消化するのに信じられないほど時間がかかり、また量も少なかった。標準的な刺激に対する神経の反応は、正常であれ病的であれ、これまでのどの記録にも類例はなかった。組織の細胞同士の結びつきは極端なほど粗くゆるかった。右の尻にあった黄褐色の新生児斑はすでに消え去り、一方、胸には前には見られなかった危険なほくろができていた。どの医者も、ウォードの代謝機能の発達が前例にないほど遅れていることを認めていた。

心理学的にもウォードは独特だった。彼の症状は最近のどの専門書を漁っても類似例が見当たらない。そして、もし彼の精神がグロテスクな形に歪められなければ、彼は天才とか指導者と呼ばれるひとかどの人物になっていたかもしれない。ウォード家の主治医であるウィレット医師は、患者の一般的な事象への反応を測定した結果、彼の知的な能力は拘禁以降も高まっていると判定した。たしかに、彼はつねに博学の人であり古物愛好家であった。精神病医たちによって行われた彼に対する最後の実験において発揮された彼の驚異的な理解力、洞察力は、自身の初期に著したもっとも輝かしい業績さえ凌ぐほどだった。患者の精神力は強くまた頭脳も明晰だったので、彼を精神科施設へ収容するための令状を獲得するのは困難だった。そこで、第三者の証言や、彼の言葉や考え方のなかには彼の知性とはうらはらの多くの異常なものがあるという根拠に基づいて、彼は最終的に拘禁された。彼は失踪するまさにその時まで、乱読家であり、また貧弱な声が許すかぎり他人と話しをするのが好きだった。鋭い観察者たちも彼の逃亡は予見できなかったが、彼は拘禁状態からまもなく解放されるだろうと率直に予言していた。

チャールズ・ウォードが生まれたときから、彼の心身の成長過程を見守ってきたウィレット医師だけが、彼を自由にすることを怯えているようだった。彼は、恐ろしい経験と、彼の言葉を信じようとしない他の医師仲間にはとても話せない恐ろしい発見をしていた。この事件に関して、ウィレット医師については、些細なことではあるが、確かに不可解だった。逃亡する前の彼に会った最後の人間が博士であり、ウォードの逃亡が知られた三時間後、何人かの人が、博士が恐怖と安堵の入り混じった表情をしてウォードの部屋から出てきたのを見たことを思い出したからだ。

逃亡それ自体、今もウェイツ院長の病院の謎のひとつになっている。地上から彼の部屋の窓まで約十八メートルあり、窓からの脱出はほとんど不可能である。それでも、若者はウィレット医師と会話をかわしたあと、間違いなくいなくなったのだ。ウィレット医師自身は公には何の説明もしていないが、この逃亡事件後、奇妙にも以前より精神的に安らかになったようにみえる。もちろん多くの人は、もし博士が自分を信じてくれる人たちがいれば、より多くのことを語りたいと思っているだろうと感じていた。博士はウォードと彼の部屋で会っていた。しかし博士が部屋を立ち去った直後、看護人が部屋のドアをノックしたが応答はなかった。ドアを開けると患者はいなかった。窓からは四月の冷たい風とともに青灰色の砂塵が吹き込み、人びとの息をつまらせんばかりだった。たしかに、少し前に犬は吠えていた。しかし、その時はウィレット医師はまだ部屋にいた。そして犬たちはなにも捕まえなかったし、そのあとも騒がなかった。ウォードの父はすぐに電話で事情を知らされたが、彼は驚くよりも悲しんでいるようにみえた。ウェイツ院長が父親に直接電話をかけるときまでに、ウィレット医師は院長と話しをしていたが、二人ともこの逃亡についてなにも知らないし加担もしていないと述べている。ウィレット医師と父親のきわめて親しい友人からなんらかの手がかりをえられたが、それらは一般の信用をうるにはあまりにも奇怪であった。残るただひとつの事実は、現在に至るまで失踪したこの男の足跡はどこにも印されていないということである。

チャールズ・ウォードは幼いときから古いものを集めるのが好きだった。この趣味は彼が育った古い町の環境のなかで育まれたものにちがいない。またプロスペクト・ストリートの丘の上にある両親の屋敷のいたるところに古い詩集の本棚がしつらえてあり、その詩集からも影響された。年とともに彼の好古趣味は深まっていった。歴史、家系学、植民地の美術、家具、工芸品など、彼は興味をいだくすべての分野にのめりこんでいった。これらの趣味は、彼の狂気を考察する際に重要であることを忘れてはならない。なぜなら、彼の狂気の根底にあるのはこうした好古趣味ではないが、すくなくとも外見上は彼の狂気を示すものとして大きな役割を果たしているからである。精神科の医師たちは、彼の知識のなかに空白部分があることに気づいていた。それは現代に関する知識だったのだ。しかし、医師たちの如才ない質問によって明らかになったことだが、それらの空白を必ず埋めたのが、過去の事柄に関する彼の一見それとはみえないがきわめて該博な学識であった。だから人は、彼がなにかよく分からない自己催眠術のようなものを使って、まさに前世に転生したと思ったかもしれない。

奇妙なことに、彼はもはや精通している古い時代のものに関心を失ったようにみえた。知りすぎたためにそれらへの関心を失ったのだろう。そして、いまや彼は明らかに現代の世界のありふれた事象に関する知識の吸収に全力を傾けるようになった。それらの知識は彼の頭から完璧に消されていた。彼は自分の頭の中でこのような全面的な消去が起こっていたことを、ひた隠しにしようとした。しかし、彼を観察している者には分かっていた。彼が院内での読書と会話の全課程を受講したのは、自分の生活と二〇世紀の日常的また文化的な知識を吸収したいと強く望んだからである。その知識とは、一九〇二年生まれの人間、現代の我々の教育を受けた人間には当然身につけているはずのものであった。医師たちはいまやこう考えている。彼は自分がもつデータの範囲が致命的に狭くなっていることを考慮して、複雑な現代世界に立ち向かおうとしている、と。またこんな有力な意見もある。彼は現代に関する情報の吸収が十分な状態に達するまで、入院という気楽な状況に〝身を隠し〟ていたのだ、と。

彼がいつから精神に異常をきたしたかについては医師たちの間で議論の的になっている。ボストンの権威ライマン博士は一九一九年から一九二〇年にかけて、としている。その期間は、モーゼス・ブラウン学校の最終学年にあたる。彼は突然歴史からオカルトの学習に転向し、カレッジ卒業資格の取得を断った。その理由は、オカルト学のほうが個人的にははるかに重要な研究成果をあげられるということであった。この転向の背後に、明らかに当時ウォードの日常生活における行動パターンの変化が見られた。彼は市の記録を調査し、一七七一年に埋葬されたある先祖の墓を探し続けた。墓の名前はジョセフ・カーウィンで、ウォードの言によれば、彼についての文書をスタンパーヒルズのオルニー・コートにある古い屋敷の羽目板の裏から発見したとのことであった。その家はカーウィンが建て所有していたことで知られていた。一九一九〜二〇年の冬に、大きな変化がウォードに起こったことはまず間違いない。ウォードは突然好古趣味を放棄し、国内外のオカルトに関する事象について必死に探求するようになった。また先祖の墓の調査も執拗に続けた。

しかしウィレット医師の意見はかなり違う。その判断は患者を間近にかつ継続的にみてきた経験からだけでなく、ウォードについての調査研究に基づいていた。博士はこの調査研究を生涯続けたが、その内容は恐怖に満ちたもので、博士に強い影響を及ぼした。博士がそれらの発見について語るとき声は震え、紙に印そうとすると手が震えた。ウィレット医師も、一九一九〜二〇年の変化以来、徐々に精神の荒廃が始まり、一九二八年に精神障害のぞっとするような頂点に達したということには異論はないが、しかしこの点については、彼なりの観察から、より詳しい調査がされるべきだと考えている。少年が常に精神的に均衡を欠いており、周りのことに極度に熱中し、また影響を受けやすかったことを認めるとしても、博士は、初期の変化により彼が正気から狂気へ移行したとする意見は認めない。むしろ、博士はウォード自身、人間に驚異的かつ深遠な影響を与える何かを発見または再発見したと語っている言葉を信じた。

真の狂気はその後に起こった変化とともにやってきた、と博士は信じている。その変化とは、カーウィンの肖像画と古文書が発見されこと、ある馴染のない異郷の地を訪れ、一風変わった謎めいた状況のなかで何か呪文を唱えたこと、その呪文に明らかに反応があったこと、苦悶しながら書いたとみえる激烈な内容の手紙を一通受け取ったこと、吸血鬼信仰とポートゥックスト村の不吉なうわさ話が波のように押し寄せてきたこと、ウォードが自分の頭の中から現代の事象に関する記憶を排除し始めたこと、彼の体つきが次々と微妙に変わっていったこと、などである。

まさにこの時にウォードは悪夢に取りつかれるようになったと、ウィレット医師は鋭く指摘している。そして医師は、きわめて重大な発見をしたという青年の主張を裏付ける十分な証拠を発見して慄然とした。まず第一に、二人の高い知性をもった職人がジョセフ・カーウィンの古文書の発見現場に居合わせた事実。第二に、青年がウィレット医師に見せた古文書とカーウィン日記の一ページはどれも明らかに天才の筆になるものであること、である。ウォードが発見したと主張する穴は長い間現実に存在した。しかしウィレット医師は、青年が発見したと主張する事実を信じる人はほとんどいないし、また真実かどうか永久に証明できないであろうと思った。その他に、オーンとハッチンソンの手紙の不思議な暗合、カーウィンの筆跡の謎、探偵たちがアレン博士について明らかにした問題についての謎、ウィレット医師が衝撃的な経験をしたあと意識を取り戻し、ポケットを見ると中に中世風の草書体で書かれた恐るべき内容のメッセージが入っていたこと、などいくつかの謎が残った。

そして、もっとも決定的だったことは、博士が最後の調査のなかである一対の呪文を検討して得た恐ろしい二つの結論であった。一つは、その呪文が真実であること、もう一つは呪文の内容がきわめて恐ろしく、しかも、その効果が永久に続くということであった。

プロヴィデンスの街並み（1982 年 / 撮影：菊地秀行）

クリスチャン・サイエンス教会とラヴクラフト晩年の家
(1982 年 / 撮影：菊地秀行)

# 解説

編集担当・増井暁子

彼の名は「チャールズ・デクスター・ウォード」。一九〇二年、数世紀前の面影を残すプロヴィデンスの町の裕福な家庭に生まれる。十六歳の時、伝承や古跡に魅かれ研究心に満ちた青年となった彼は、自身の系譜をたどるうちに世の記録から故意に抹消された一人の人物の名前を発見する。「ジョセフ・カーウィン」。この発見がなければ、チャールズは二十六歳にして精神病院に拘禁されることも、またその一室から突然、その姿を消すこともなかったであろう。

本書は、この不幸にして数奇な人生を終えた「彼」に、三人の作家が捧げる三つの物語である。

この三作品を編集するという世にも稀な幸せに感謝し、各作品の解説をしたい。

## 《ダッチ・シュルツの奇怪な事件／朝松 健》

「朝松健」である。「クトゥルー神話」である。この二つの言葉を並べるだけで私の胸はいっぱいになり、もう十分に解説を終えた気持ちになる。日本で朝松氏ほどクトゥルー神話を愛し、数多くのホラー作品を世に出した人物はいない。しかし、あえてそれを文字に著すことによって、本書を手にした読者とともに、より一層の幸せを噛みしめたいと思う。

この作品は「-2」章から始まる。一九二八年のプロヴィデンスの精神医療施設で〈龍尾《カウダ・ドラコニス》〉の呪文が唱えられ、退去《バニッシュ》が完了する。

（この呪文を見ただけで、『チャールズ・ウォードの事件』のファンは狂気乱舞するだろう）。しかし「邪悪なるもの」は依代《よりしろ》から去っただけで、決して滅びたわけではなかった。それは再び肉体を得る機会を狙っており、まずは禁酒時代のフランク・ジンメルに、次はアル・カポネに闇の言葉をかける。そしてどちらもマイケル・リーという魔術師によってその恐ろしい野望を阻まれる。フランク・ジンメルとマイケル・リーとの戦い、そしてアル・カポネが闇に魅入られるくだりは、朝松氏が編纂した『秘神界』に収録されている『聖ジェームズ病院』を参照されたい。

その「邪悪なるもの」がアル・カポネの次に目をつけたのが、ダッチ・シュルツであった。

一九三五年、ニューヨーク。二年前に禁酒法も廃止になり、マフィアも近代化される新しい時代になりつつあった。ダッチ・シュルツと対立していたルチアーノは二人の殺し屋を雇う。一人は、半世紀前に死に、その灰から蘇った男ヴァージニアン、もう一人は、「Japanese army intelligence lieutenant」と呼ばれる日本人。「モト」と名乗るその日本人の男のなんとカッコいいことか！　立ち居振る舞い、口調、何から何までクールでジェントル、そして戦う姿は軽やかで剛胆。出会う機会があれば間違いなく「もう、（私を）どうにでもして！」と懇願するだろう。

アル・カポネの時はＦＢＩの味方についたマイケル・リーが、「敵の敵は味方」と、今度はルチアーノに助言を与える。しかし、当人はベルリンで忙しく、助っ人に来られない。そこで今回はニューヨークに教団《カルト》を持っている魔術師アドリアン・マルカトーを暗殺チームに加える。「アドリアン・マルカトー」は、一九六八年にアメリカで映画化されたアイラ・レヴィンの小説、『ローズマリーの赤ちゃん』に登場する人物であるが、モデルはニューヨークに滞在中だったアレイスター・クロウリーとのことである。

モト、ヴァージニアン、マルカトーが向かった先はダッチ・シュルツの大伯父「Ｊ・Ｃ」が入院しているという「ピルグリム州立病院」である。「ピルグリム州立病院」はニューヨーク州ブレントウッドに実在した病院で、一九三一年、増え続けるニューヨークの精神病患者を収容するために、三三万三八六五平方メートルという広大な敷地に設立される。前ニューヨーク州精神衛生局長官「チャールズ・Ｗ・ピルグリム」博士を称えて命名された。一九五〇年代には世界最大の規模の病院となり、いち早くロボトミーや電気ショック療法(ＥＣＴ)などが導入されたという。

ダッチ・シュルツはこの大伯父に面会に行くたびに大量の生肉を持参し、大伯父は毎日三ガロンの輸血をされているという。モト達三人は、病院で「Ｊ・Ｃ」と面会し、恐るべきフルネームを耳にし、意外な人物の変わり果てた姿を目にする。この病院内の描写が実に恐ろしい。


**「死から生還したばかりのリトゥルネーは大量の血と大量の生肉が必要だ。それが与えられなければ奴ら**

**はお前たち人間を襲い、生きながら肉を食らい、内臓《わた》を啜《すす》り、血を吸いつくす。さあ、始まるぞ。全病室のリトゥルネーが今、ピルグリム州立病院に解放される」**（本文より）

**「廊下から鉄の扉が次々と開放されていく音が響きはじめた。看護婦の悲鳴。警備員の叫び。緊急警報のベルが鳴り響き、赤いシグナルが点滅する」**（本文より）

読みながら私の耳にも「緊急警報のベル」が響き、合わせて心臓が大きく鼓動する。そして「J・C」は由緒正しき手段によって灰に帰され、心が平静を取り戻す。

ところで、モトがルチアーノの元に連れられてきた時、ダッチ・シュルツがプロヴィデンスに一時身を潜めていたという流れから、「ロバート・サイダム」という名前が話に出てくる。「ロバート・サイダム」とは『レッドフックの恐怖』（H・P・ラヴクラフト著）の登場人物である。自宅で怪しげなことを行って目をつけられ、若い娘と結婚して先に死ぬ……というあたりはジョセフ・カーウィンと似ているともいえる。

「-2」章から始まる本作品を、『チャールズ・ウォード事件』、『聖ジェームズ病院』の続編、という捉え方もあるかもしれない。けれど、私にはそう思えない。過去に起こった事実を、私たちは極めて偏った不完全な価値観でしか理解することができない。けれど、それが「朝松フィルター」を通した時、史実はそのピースそのままになんの違和感もなく新しいパズルにあてはめられ、浮かび上がる絵は恐怖と怪奇に満ちている。

氏の怪作『邪神帝国』を読んだ時も、作品の恐ろしさ以上に、私たちに見えない「史」を編む朝松氏に心の底から恐怖を感じた。従って、「続いて」いるのは「続編」だからではなく、単に時間軸の中で歴史が続いているからに過ぎないのだ。

ラストシーンで、モトは灰に返ってゆくヴァージニアンから本名を尋ねられる。その名前を目にした時、「もう、どうにでもして！」と思った自分に納得した。彼は二年後の一九三五年、ドイツの地でナチスＳＳのハインリッヒ・ヒムラーに誘拐され、〝ヨス・トラゴンの仮面〟を手に入れるよう迫られる。よくよく「誘拐される運命にある男」というわけだが、この彼に初めて出会った時もあまりのカッコよさに、私は同様に「もう、どうにでもして！」と心の中で叫んだのだった。

**《青の血脈～肖像画奇譚／立原 透耶》**

四十歳を過ぎ、結婚もせずに一人寂しく、大学の講師をしている「わたし」の前に、ある日突然一人の青年が現れる。それは二十年前、留学先の中国の天津で出会い、恋い焦がれ、叶わず逃げ出した、その時そのままの姿の「彼」だった。

序文および本文一～十章からなる本作品の舞台は、中国、日本、イギリス、アメリカと各国にまたがる。またその年代も五世紀から現代と多岐にわたる。十一話のうち、三つの話以外は登場人物も異なり一見関連がないように見えるが、全話を通じて、「邪悪なるもの」に愛するものを奪われ、子孫の体を器として利用され続けた一人の女の逃亡と復讐の物語である。

清朝、揚州の地に、青く四角い眸を持った娘が生まれる。その娘は羅《ルオ》といい、生まれながらにして「人ではないもの」を見た。羅《ルオ》は市場で老人と青年に出会い、連れ去られる。そして無理やり子供を生まされ、その子供、その子孫は邪悪なるものの魂を移すための器として使われた。

邪悪なるものの手から放れた羅《ルオ》(ルオ)は、西蔵《チベット》の香巴拉《シャンバラ》で男と出会い、結婚し、束の間の幸せを得る。しかし、その地にも追手が迫り、愛しい男は殺される。地底に逃れたルオは、時に男に、時に女にと性別さえも変えながら、自らも子孫に魂を移し、過去に未来にと時代を渡る。

この羅《ルオ》の理解者であり、転生を繰り返しながら邪悪なるものと戦っているのが「利《リー》おじさん」こと、朝松氏の作品『ダッチ・シュルツの奇怪な事件』にも登場した「マイケル・リー」である。

マイケル・リーの初出は一九三七年五月号の『ウィアード・テールズ』誌に掲載されたヘンリー・カットナーの作品、『セイレムの怪異』である。魔女が住んでいた館にうっかり引っ越してしまった作家が、ミイラを呼び出してしまう。その彼を救ったのがマイケル・リーである。そして翌月の六月号では、ロバート・ブロックとの合作『暗黒の接吻』に登場する。この作品は、山田博士という日本人が初めて登場するクトゥルー作品でもある。マイケル・リーの甥であるグラハム・ディーンが、五代前の祖母の家を譲り受けると、夜毎悪夢を見るようになる。その夢の中でディーンは海獣に接吻される。海獣は接吻を繰り返しながら己の魂をディーンに移そうとしていたのだ。本作品でも「わたし」に魂を移すべく、「彼」によって天津へ呼ばれる。偶然のごとくの彼との出会いに、「わたし」は恋に落ち、焦がれ、彼からの接吻を受ける。この接吻こそ、「暗黒の接吻」であった。

彼に恋い焦がれる「わたし」の姿に、一度でも誰かに恋したことがある者ならば、自分の姿を重ねずにはいられないだろう。

**「彼の眸が大きくなり、冷たい唇がわたしの唇を束の間、覆った。肺までもが凍りつきそうな吐息が、わたしの中に吹き込まれた。くらくらした」**（本文より）

**「わたしの彼への想いは狂ったように激しくなっていった。彼を想って夜も眠れなくなった。食事がまともに喉を通らなくなり、彼に認められたい一心で絵の修業をつづけた。一カ月に一度しか会えない彼は、その都度わたしに口づけをしたが、それ以上のことは何一つしようとはしなかった」**（本文より）

**「彼が欲しい。彼を自分のものにしたい。わたしはそればかりを願うようになった。どうしてそこまで彼に恋い焦がれるのか、理屈なんてない。ただ、永遠に彼が欲しかった。永遠に彼を残しておきたいと祈った」**（本文より）

そして、「わたし」は「彼」の肖像を描き、その中に彼の魂を封じ込めてしまう。恋心は、時にどんな怪奇現象よりも狂気に満ち、現実を凌駕《りょうが》する。けれど、その力をもってしても決して封じ込められないもの——それは、悲しいかな、己の恋心ではないだろうか。

本作品で重要な鍵となるのが「肖像画」である。全話のうち一話を除いて全ての話に「肖像画」、もしくは画家が登場する。邪悪なるものが、もしくは邪悪なものと契約したものが肖像画を描くと、描かれた者の魂はその絵に写しとられてしまうのだ。時にその絵は、ごく普通に生きる人々の誰もが持つ心の闇を鏡のように写し取り、その者を絶望と死へ誘う。時にその絵は、描かれた者の生命《いのち》を宿し、肉体に訪れる時間を止める。そしてその絵が損なわれる時、描かれたもののもダメージを受ける。

**《妖術の螺旋／くしまち みなと》**

錬金術やオカルティックなことなど、ちょっと「変わったこと」に興味がある、けれでも鏡子自身はいたって普通の女子大生のはずであった。あの台風の日、高祖父の「日記」を見つけるまでは——。

それは、気づくと、本棚を整理していた鏡子の目の前に落ちていた。拾い上げようとした時、

**「その表紙をつまんだ瞬間から、表紙の革が皮膚に吸いつくような、ベッタリとした感触が指の腹を伝い、そのまま腕に絡みついて頚椎《けいつい》を伝って脳髄にゾワリと響いた」**（本文より）

あまりのリアルな描写に、今、本書を手にしている紳士淑女のその指を、ベッタリとした感触が伝い、腕を伝って脳髄にゾワリと響いたに違いない。

「日記」と思ったのは間違いで、そこに載っていたのは「錬金術」の実験記録だった。入手の難しい材料もなく、鏡子は記録に沿って錬金術を行い、「金」を造りだすことに成功する。そして、鏡子は高祖父の実験記録にのめりこんでいく。より純度の高い金をより簡単に造りだすには、高祖父が研究のために建て、移り住んだ「夜刀浦町」の家に行く必要があると判断する。

「千葉県海底郡夜刀浦町《うなそこぐんやとのうらまち》」、現在は「市」となっているこの町を知らない人はいないだろう。外房に位置するこの町は、室町時代に内紛より逃れた馬加《まくわり》家の姫君が追手の小崎重昭と恋に落ち、「神」の力を借りてこの地を治めるようになったという伝説を持つ。夜刀浦市の概要については本作品内でくしまち氏が解説しているが、さらに詳細について知りたい方は、同氏の『かんづかさ』（一〜三巻）および『秘神―闇の祝祭者たち』（朝松健編纂）および『弧の増殖　夜刀浦鬼譚』（朝松健著）を参照されたい。

この夜刀浦市の描写にぐいぐい惹きこまれていく。ＪＲも通っており、その駅には「ご当地マスコット」が立っている。市内には「武家屋敷西バス停」など、明らかに観光客向けの名前のバス停まである。このごく普通の俗っぽさの一方で、町を覆う「粘りつくような異臭」、「厚ぼったく横長な唇」を持ち「聞きづらい声で話す」交番の警察官やバスの運転手。驚き、逃げ出すほどの「怪異」ではない「違和感」に、この町を訪れる者の心の奥底では「危険」を知らせるシグナルが点滅し始める。しかし、そのシグナルは、目につく俗っぽさに

「誤報」だと打ち消される。このどこにでもある地方都市の風景にさえ、悪意と妖気を感じずにはいられない夜刀浦の町に、読みながら鏡子と同化し絡めとられていく。

そして、鏡子は高祖父の家で、錬金術の成果を高めるものを見つけ、純度の高い「金」を造りだすことに成功する。しかしその代償は予想もつかないほど大きなものだった。

「チャールズ・ウォード事件」もそうだが、ごく普通の人間が、なにげない興味や偶然から数奇な運命に巻き込まれ、不幸な結果を迎える話を読むと、もし自分が同様の事柄に遭遇したらその不幸を回避できるだろうか、もし自分が鏡子だったらどこまで遡れば違う選択をしただろうかと考えてしまう。偶然見つけた高祖父の日記には決して難しくない錬金術が記してあった。それは、ちょっとした物作りやファンタジー小説が好きな者なら、誰でも遊び心で試してしまうであろう。それでももし本当に「金」ができてしまったら…女子大生の鏡子以上に記された錬金術にのめり込み、もっともっと「金」を造りたいと思う大人たちはたくさんいるだろう。そのために訪れた町は、違和感はあるが逃げ出すほどではない。古い家も、「その庭は雑草にも覆われているにも拘わらず、なぜか道から玄関まで続く石畳は一本も草が生えていない」など、不思議に思うことはあっても、中に入るのをためらうほどのことではない。

鏡子が出遭う最初の怪異は「アセナス」である。明らかにそれは異形の姿であり、もしそれが突然襲って来たならば逃げ出したであろうが、発見した時は標本ケースの中にいた。ここでアセナスを外へ出すかどうかがターニングポイントであった。愛らしく「コクコク」と頷き、出してほしいと身振りでうったえる体調八十センチほどのアセナス。これが錬金術に必要なものかもしれないと思えば、私でもやはり出してしまったかもしれない。

　間一髪のところを鏡子は、祖父からの依頼された十一夜《トオヤ》に救い出される。そこで十一夜は「一応は解決」と含みをもった言い方をする。問い返すと、十一夜は、鏡子が大きな代償を支払わねばならないことを告げる。


**「魔術のエネルギーの根源がなにか知っているのかい？」**（本文より）

**「なんのために魔術の儀式で生贄を捧げるのかもわからずに、キミは錬金術に手を出したんだな……」**（本文より）

　この言葉を読んで愕然とし、鏡子と同じ言葉を私も口にした。「そんなこと知らないよ」。儀式で生贄を捧げる小説や映画はたくさん読んだし観てきた。でもそれはその儀式には必須のもので、生贄がなければ儀式が成立しないと思っていたし、ましてや「もし生贄を捧げなかったら」なんてことは、考えたこともなかった。そんなことを知っている人が世の中どれだけほどいるだろうか。

　つまり、この話は、入り口を見つけてしまうと誰もがその先の道を辿り、気づいた時には取り返しのつかない代償を支払うこととなる、恐ろしい物語なのである。しいてラヴクラフトから送られた教訓を唱えるならば、「先祖の残した日記や記録、手紙に、いたらずに興味を持つべからず」であろうか。

本アンソロジー・シリーズ前巻の『ダンウィッチの末裔』に引き続き、本書の巻末に『チャールズ・ウォードの事件』の一章前半の新訳を掲載している。前巻に掲載した時に、巻頭に掲載しようか巻末に掲載しようか悩んだ末に巻末に掲載した。その理由は——。確かに本書は原作に捧げるオマージュであり、執筆陣は原作を愛している。けれど、読者も「原作ありき」とは全く思っていない。「この原作は読んだことはないけれど、以前読んだ他のクトゥルー作品は読んだことがないけれど、著者のファンである」、そんな方にもぜひ手にとっていただきたいし、そんな方でも「十分」楽しめる作品を書いて欲しいと著者の方にはお願いしている。「それじゃあ、オマージュの意味がないじゃないか」という声もあるかもしれないが、私はそうは思わない。原作に対する愛があり、それに捧げる作品を書こうと思うだけで著者は楽しいはずである。もともと素晴らしい作品を生み出している著者が、原作を愛し、楽しんで書く、これだけで私は読者にとっても「十分」楽しい作品となる要件を満たしていると思っている。そしてもし読者が、時にこれみよがしに、時にさりげなく著者が仕掛ける仕掛けに気づいたとしたら、本書は「十二分」に楽しい一冊となるだろう。その差の「二分」を埋めるために巻末に新訳を掲載し、この解説を書いている。書き下ろされた三作品を読んで原作に興味を持ったら巻末の「冒頭」に目を通して欲しい。それを読んで原作を最後まで読みたいと思ってもらえたら、またこの解説を読んで著者の他の作品も読んでみたいと思ってもらえたら本望である。

さて、前巻に引き続き本アンソロジーシリーズのこぼれ話を記しておく。なんのことやらと思う方はあまり重要ではないので「ここで解説終了」と閉じてしまっても結構だし、興味が湧いた方は前巻『ダンウィッチの末裔』の解説を読んでいただきたい。（つまり、前述に反するようだが、この先の解説は前巻『ダンウィッチの末裔』の「続き」、である）

本書『チャールズ・ウォードの事件』のアンソロジーに最初に参加が決まったのは誰か、という問いに答えるのは大変難しい。しいていうと、くしまちみなと氏であろうか…。

アンソロジーを個々の原作への「オマージュ」にしようと決まった時は、朝松氏の『邪神帝国』、『崑央（クン・ヤン）の女王』の復刊が決まったばかりで、同氏と直接お話ししたのも電話で一、二回という程度であった。ただし、当然のことながら朝松氏はアンソロジーをお願いしようと思っている著者の筆頭であり、企画が固まり次第お願いしようと考えていた。そんな時期に『ナイトランド』主催の「クトゥルー・ミーティング」でくしまち氏と出会い、夜刀浦を舞台にクトゥルー神話を書いておられることから、後日お会いする約束をする。

くしまち氏と再会したのは、アンソロジーのテーマを「オマージュ」にしようと社内で決定した翌日だった。企画の説明をし、参加をお願いすると快諾。「どの作品がいいでしょうか」とお聞きすると、「しばらく考えてみます」、というお返事。そしてその後、「朝松先生にはお願いしないのですか？」と聞かれ、「もちろん、お願いしたいと思ってます」と私が答えると、「もし朝松先生が参加されることになったら、ぜひ、朝松先生と同じ作品で参加したいです！」と…。それは前巻の解説に書いた「この作品が好き、という先生に参加いただく」という主旨から大きく外れる申し出だった。「えっと、でも、朝松先生がどの作品を選ばれるか聞いてみないと分からないですし…」と、とりあえずお茶を濁そうとしたが、「大丈夫です！　僕、どの作品も大好きですし、どんな作品でも書けます！」と力説された。そのキラキラした瞳はまるで森で出合ったバンビのようで、とてもノーとは言い難かった。「まあ、原則からは少し外れるけれど、『愛』には変わりがないのだから、いいか」と考え、その場で「分かりました」とお答えした。

その翌日、早速朝松氏に電話をかけた。企画の主旨を説明すると半年先なら書く時間を取っていただけると。そして、選ばれた作品は『チャールズ・ウォードの事件』だった。その日の少し後、ツイッターを書き込んでいると、たまたま立原透耶氏と繋がることとなった。私は立原氏の『苦思楽西遊傳』（『秘神界　歴史編』収録）の大ファンで、ぜひ中国を舞台にクトゥルー神話を書いていただきたいと思っていた。思わず勢いで電話番号を聞き、その数時間後には立原氏と電話で話していた。明るくてウィットに富んだ立原氏はお話しするだけでも楽しく、企画の主旨にも賛同いただき、その場で参加が決定した。そして、「どの作品がいいですか？」と聞いた。僅かな沈黙の後に『チャールズ・ウォードの事件』という答えが返ってきた。一瞬、私の背に冷や汗が流れたことを、今初めて告白する。『ダンウィッチの怪』はもう著者が決まっていたのであらかじめ選択から外していただいたのだが、『チャールズ・ウォードの事件』については朝松氏からお返事をいただいたばかりで、くしまち氏への最終確認はしていなかった。それでなんとなく決定作品として認識しておらず、まさか、立原氏が数時間前の朝松氏と同じ作品を選ぶとは想像もつかず、除外作品として挙げなかったのだ。電話の向こうで『チャールズ・ウォードの事件』のどこが好きか、なぜ好きか、楽しそうに語る立原氏に、もう「あとの祭り」である。私はその場で腹を決めた。これが、このオマージュ・アンソロジーが

「二つの小説＋その他」という企画であるにも拘わらず、本書『チャールズ・ウォードの系譜』が三作とも小説になってしまった真相である。

半年後の今、本書の著者が朝松健氏、立原透耶氏、くしまちみなと氏と決まったあの日、まるで星辰が並んだとしか思えない。三作品、全く違った時代、舞台設定、作風であるにもかかわらず、『チャールズ・ウォードの事件』という筒にはいった万華鏡のように、キラキラと輝いている。できれば一度きりでなく、二度、三度お読みいただいて、回すごとに違う景色を楽しんでいただきたい。

（了）

二〇一三年六月一日

**邪神金融道**
**The　Cthulhu**
**Myothos Files ①**
著者・菊地秀行

〈あらすじ〉

社員の誰ひとり顔を知らない謎の社長が経営するＣＤＷ金融。そこで働く「おれ」がラリエー浮上協会に融資した5000億の回収を命じられ、神々の争いに巻き込まれていく。


〈解説〉

ホラー作家菊地秀行の書き下ろし長編クトゥルー小説。「ＣＤＷ金融」の初出は1999年に出版された「異形コレクション・ＧＯＤ」。　『本書は私しか書けっこない、世界で一番ユニークなクトゥルー神話に間違いない！』(あとがきより)

本体価格：1600円＋税
ISBN：978-47988-3001-8

妖神グルメ
**The Cthulhu Myothos Files ②**
著者・菊地秀行

〈あらすじ〉

海底都市ルルイエで復活の時を待つ妖神クトゥルー。その狂気の飢えを満たすべく選ばれた、若き天才イカモノ料理人にして高校生、内原富手夫。

ダゴン対空母カールビンソン！

触手対F-15！

神、邪教徒と復活を阻止しようとする人類の三つ巴の果てには驚愕のラストが待つ！


〈解説〉

「和製クトゥルー神話の金字塔」と言われた「妖神グルメ」。若干の加筆修正に、巻末に世界地図、年表、メニューと付録もついております。

本体価格：900円＋税
ISBN：978-47988-3002-5

**邪神帝国**
**The Cthulhu Myothos Files ③**
著者・朝松健

〈あらすじ〉

第一次大戦後、ヒトラーの台頭とともに1933年に政権を掌握し、1945年には崩壊したナチスドイツ。

その陰には邪神を信仰するものたちの恐ろしい魔術とさらなる闇が存在していた。

緻密に織り込まれたオカルトは、どこまでが史実でどこまでが虚構なのか区別がつかないほどのリアリティと戦慄で迫りくる。


〈解説〉

「ヒトラー、ナチス」に焦点をあてたクトゥルー神話の傑作短編集。

全7章及び「魔術的注釈」で構成された本書は、オムニバスとして各章が史実と絡み合い、実在の人物「アドルフ・ヒトラー」に焦点をあてている。

本体価格：1050円＋税
ISBN：978-47988-3003-2

**崑央(クン・ヤン)の女王**
**The　Cthulhu Myothos Files ④**
著者：朝松健

〈あらすじ〉
分子生物学者・森下杏里は、地上60階を誇るハイテクビル、通称リヴァイアサンの塔へ出向を命じられた。紀元前1400年古代中国は殷王朝の遺跡から出土した、完璧なミイラの研究のためであった。そこで杏里は研究には似つかわしくない厳重な警備の中、不気味な実験を強要される。 そして、研究が進むにつれ次々と発生する不思議な現象。杏里はついに実験の真の目的を知るが…。

〈解説〉
地上60階のハイテクビルで分子生物学者森下杏里は、古代中国殷王朝の遺跡から出土した、完璧なミイラの不気味な実験を強要される。次々と発生する不思議な現象。実験の真の目的とは!?

本体価格：1000円＋税
ISBN：978-47988-3004-9

**ダンウィッチの**
**末裔《まつえい》**
**The　Cthulhu**
**Myothos Files ⑤**

〈収録作品〉

◆軍針
　　菊地秀行著

◆灰頭年代記
　　牧野　修著

◆ウィップアーウィルの啼き声（ゲームブック）
　くしまちみなと著

〈解説〉

1つのクトゥルー作品をテーマに3人の作家が小説、ゲームブック、漫画などの様々な形で競作するオマージュ・アンソロジー・シリーズ。第一弾は『ダンウィッチの怪』。菊地秀行、牧野修、くしまちみなと(ゲームブック)が、それぞれの視点と恐るべき描写で邪神が紡ぐ闇を切り裂く。

本体価格：1700円＋税
ISBN：978-47988-3005-6

クトゥルー・ミュトス・ファイルズ
The Cthulhu Mythos Files ⑥

# チャールズ・ウォードの系譜
The Hommage to Cthulhu

2013年7月1日　第1刷

著者

朝松健　立原透耶　くしまちみなと

発行人

酒井武史

カバーイラスト　小島文美
本文中のイラスト　小島文美　小澤麻実
カバーデザイン　神田昇和

発行所　株式会社　創土社
〒165-0031 東京都中野区上鷺宮 5-18-3
電話 03-3970-2669　FAX 03-3825-8714
http://www.soudosha.jp

印刷　株式会社シナノ
ISBN978-4-7988-3006-3　C0093
定価はカバーに印刷してあります。